明朝那些事儿

当年明月 著

第叁部 妖孽宫廷

浙江出版联合集团
ZHEJIANG PUBLISHING UNITED GROUP
浙江人民出版社
ZHEJIANG PEOPLE'S PUBLISHING HOUSE

图书在版编目（CIP）数据

明朝那些事儿.第3部,妖孽宫廷 / 当年明月著. —杭州:
浙江人民出版社，2011.11（2017.5 重印）
ISBN 978-7-213-04631-5

Ⅰ.①明… Ⅱ.①当… Ⅲ.①中国历史—明代—通俗读
物 Ⅳ.① K248.09

中国版本图书馆 CIP 数据核字（2011）第 146223 号

明朝那些事儿·第 3 部　妖孽宫廷
当年明月　著

出版发行	浙江人民出版社（杭州市体育场路 347 号　邮编　310006）
责任编辑	吴晓红
责任校对	朱晓阳
印　　刷	北京嘉业印刷厂
开　　本	700 毫米 × 980 毫米　1/16
印　　张	17.5
字　　数	297 千字
插　　页	1
版　　次	2011 年 11 月第 1 版
印　　次	2017 年 5 月第 23 次印刷
书　　号	ISBN 978-7-213-04631-5
定　　价	29.80 元

如发现图书质量问题，可联系调换。质量投诉电话：010-82069336

历史原来很精彩

旷野上，当年明月踽踽而行。

历史是什么？历史就是那些残台断瓦、古庙荒冢吗？就是那些发黄的书本吗？不是，绝对不是。

“历史原来是很精彩的呀！”当年明月大喊一声。声音消失在风中，当年明月继续踽踽地走着，山野一片寂静。

好一段时间，远远地，传来一阵阵回声：“很精彩的呀，很精彩的呀，很精彩的呀，很精彩的呀……”声音渐渐消失，山野又归于寂静。

前面那座古庙里有点儿动静，一个小和尚好像刚睡醒，慢腾腾地伸了个懒腰，抖落了身上厚厚的尘土。噢！那不是朱重八吗？他朝四下看了看，然后向当年明月走来了。那边还有人，朱棣骑着马，风尘仆仆，身上浸着汗水，也向这边赶来。后边是方孝孺，一脸正气，拉着朱允炆，有点儿嫌他走得太慢；沮丧的胡惟庸，骄横的蓝玉，都来了。远远地，过来一个瘦了吧唧的人，一看就知道是朱厚照，还是那样儿，站没站相，坐没坐相，走路也是一摇一晃的……

这么多人都围上了当年明月，一下子就热闹起来了。乱哄哄地，有的拍着当年明月的肩膀，有的指手画脚，吵吵嚷嚷，只听清几个词儿：很精彩的，很精彩的，写写吧，写写吧……写吧，写吧，就像写你们公司的老板，那个胖子，写厂子里那个猴儿精小李、前村儿的嘎子、胡同儿里的小三儿，写吧，想到哪儿写哪儿，就这么写吧……

当年明月也不知是惊喜，还是兴奋，都快晕了。

镜头拉远。

声音淡出。

旷野上又是一片寂静。

忽然，一阵风吹来，一摞纸被吹散了，漫天飞舞。一个过路人捡起一张，一看，原来是书稿，当年明月写的——《明朝那些事儿》。

这也算我给它写的序，比上次那篇序轻松点儿。

毛佩琦

2006年9月8日于北七家村

明朝那些事儿 叁

【目录】

明朝那些事儿

叁

第一章　有冤报冤，有仇报仇

改天换日

当年的囚犯朱祁镇终于回到了他的宫殿，八年前他从这里出发，沦为人质和囚徒，八年后他回到了这里，继续做他的皇帝。

中国的史书是很神奇的，再狼狈不堪的事情也能说得冠冕堂皇，朱祁镇先生先后当过俘虏、人质、囚徒，吃尽了苦，受尽了累，史书上却说他是“北狩”、“静养”，用今天的话来描述也可以说是出去体察民情，下放边疆体验生活与民同乐，协调民族关系。

当然了，自己吃的亏自己知道，朱祁镇先生也只能打落门牙往肚里吞。但无论如何，这一次他也算是“我胡汉三又回来了”。

但这位“胡汉三”目前最重要的工作并不是国家大政方针，而是要安抚他的“还乡团”。

朱祁镇确实是个很够意思的人，在登基后的第二天，他就给了“还乡团”的成员们优厚的回报：

“还乡团”一号成员徐有贞：入阁，兵部尚书。

“还乡团”二号成员石亨：封忠国公（爵）。

“还乡团”三号成员张軏：封太平侯（爵）。

“还乡团”四号成员曹吉祥：司礼太监，总督三大营。

功德圆满，善莫大焉。

根据我们以往的常识，既然是“还乡团”，就一定会干点儿杀人放火、伤天害理的事情，这也难免，毕竟人家不是旅游团、探亲团，而徐有贞等人也牢记“还乡团”的宗旨，雷厉风行地干了几件坏事。

就在同一天，徐有贞便下令逮捕了于谦和王文等人，把他们关进了监狱，对于徐有贞而言，他已经忍得太久了，此时不报，更待何时！

然后就是内阁大换血，陈循、江渊、商辂、萧镃等人统统被炒鱿鱼赶了出去，而徐有贞也很够意思，他唯恐自己的对头陈循和江渊失业后找不到工作，特别找人关照他们，给他们安排了一份工作让他们继续报效国家（充军辽东）。

当然了，某些受到处罚的人也是罪有应得，比如那个金刀案件中的卢忠，这位仁兄出卖朋友后没有捞到什么好处，此刻却得到了报应——斩首。

还有那个建议朱祁钰砍树、让朱祁镇晒太阳的高平，当年他一时兴起，拿朱祁镇开涮，此时也被砍掉了脑袋，其实他除了滥伐树木外，倒也没干什么其他的事情。

看来破坏环境者还真是没有什么好下场。

内阁被“还乡团”扫荡之后，只剩下了高榖，于是徐有贞又安排了自己的亲信许彬、薛瑄入阁，至此他完全控制了内阁和朝政大权。

此时的内阁加上徐有贞共有四人，可能是徐有贞嫌人太少，在二月，他又召另一个“自己人”吏部右侍郎李贤入阁。

可是徐有贞万万没有想到，这个叫李贤的人其实并不是他的亲信，在徐有贞、石亨、曹吉祥飞扬跋扈、不可一世的时候，他保持着沉默，默默地观察着这些夺门之变“还乡团”的一举一动，寻找着他们的弱点和矛盾，等待着时机的到来。

无论后来如何，至少在当时，徐有贞等人确实是威风无比，特别是徐有贞，他不遗余力地打击诬陷所有与自己为敌的人，而他导演的最大一起冤案就是著名的于谦案。

徐有贞曾经认为，只要自己掌权，杀掉于谦易如反掌，但现在他才发现，想除掉于谦并不是一件容易的事情。

原因在于，他没有杀掉于谦的理由。

于谦为人清廉，威望极高，又没有什么劣迹，实在找不到啥借口，既没有经济问题，也没有生活作风问题（这在当年也算不上是什么问题），要把他搞倒谈何容易！

但最终，对于谦的刻骨仇恨让他想到了一个办法。

于谦是推立朱祁钰的主要大臣，也是朱祁钰的亲信，而朱祁镇最为痛恨的人就是他的弟弟朱祁钰，徐有贞决定利用这一点加深朱祁镇对于谦的反感，同时徐有贞还编造了一个谎言，说于谦有意请外地藩王到京城接替皇位，并坚决反对朱见深继位。

作好了这些准备之后，他去见朱祁镇，在他看来朱祁镇一定会同意杀掉于谦。

可是事情的发展大大出乎他所料。

徐有贞在朱祁镇面前慷慨陈词，说于谦不愿和谈、拥立新君，是想置太上皇于死地，如此之人，应该杀之后快，等等。

可是朱祁镇却只是笑着摇了摇头，对徐有贞说道："于谦是有功的。"（谦实有功）

徐有贞傻眼了。

他把朱祁镇看得太简单了，这位太上皇饱经风雨，深通人心，对徐有贞的动机一清二楚，他知道徐有贞这样做是为了报私仇，却想借刀杀人，让他背一个杀功臣的恶名，这种亏本买卖，他怎么肯干？

徐有贞急了，如果留着于谦，将来一旦复起，自己必将性命不保，情急之下，他想出了另一个杀于谦的理由。

他相信，只要把这个理由说出来，于谦就必死无疑！

于谦非死不可！

徐有贞昂头大声说道："不杀于谦，此举无名！"

朱祁镇被惊醒了，他突然意识到，徐有贞是对的。

所谓"夺门之变"是一场政变，并没有正当的名义，而照徐有贞所说，于谦等大臣都是准备立外藩王为帝的，是反对自己的，在这种情况下，如果不杀掉于谦，树立一个阴谋集团的典型，向举国上下表明自己行为的被迫性和正义性，“夺门之变”的合法性就不复存在。

没办法了，这个恶名不背也得背了。

于谦，你非死不可！

徐有贞笑了，他知道皇帝已经动了杀机，但这位皇上绝想不到的是，他其实是中了自己的圈套，因为所谓于谦非死不可，不过是一个复杂的逻辑陷阱，而这个陷阱之所以能奏效，则完全是建立在那个于谦准备立藩王为帝的谎言基础上。

这确实是一个复杂的逻辑陷阱，直到两年后，另一个聪明人李贤才最终为朱祁镇揭开了其中的奥妙。

不久之后，牢中的王文和于谦都知道了自己的罪名——迎立外藩。这是极为严重的罪行，不但要杀头，还要灭族。王文一听就急了，他跳了起来，准备为自己申辩。

王文很有自信，他有充足的辩解理由，因为所谓迎立藩王，必须先使用金牌召藩王入京，而他和于谦都没有动过金牌，所以在他看来，这个罪名是很容易驳倒的。

可是于谦却丝毫不动，只是笑着对王文说道：“这是石亨他们指使的，申辩有什么用！”

事情确实如于谦所料的那样，此案主审官最终查无实据，没有办法，只好向徐有贞请示如何办理这个难题。

徐有贞到底是政治老流氓，他不假思索地说出了一句话，解决了这个问题，估计他自己也没有想到，这句话会成为千古名句，为后人唾弃不已。

他的这句话是：“虽无显迹，意有之。”

官员们浓缩了他的意思，将其提炼为更传神的两个字——“意欲”，并最后以此定罪。

在中国历史上，臭名昭著的程度足以与此句匹敌的只有那句“莫须有”。

“莫须有”杀掉了岳飞，“意欲”杀掉了于谦。

好一幕精彩的丑剧！

而徐有贞也凭借此句入选史上最无耻之辈排行榜，堪与秦桧并称，遗臭万年。

一个伟大的人

正月二十三日，于谦被押往崇文门外，就在这座他曾拼死保卫的城池前，得到了他最后的结局——斩决。

史载：天下冤之。

于谦被杀之后，按例应该抄家，可当抄家的官员到于谦家里时，才发现这是一项十分容易完成的工作，因为于谦家里什么也没有，除了生活必需品外，根本就没有多余的钱（家无余财）。

抄家的官员万没料到，一个从一品的大官家里竟然如此穷困，他们不甘心，到处翻箱倒柜，希望能够找出于谦贪污的证据。

不久之后，他们终于发现于谦家中有一间房子门锁森严，无人进出，大为兴奋，认定这是藏匿财宝的地方，便打开了门。

房子里没有金银财宝，只陈设着两样东西——蟒袍和宝剑。这是朱祁钰为表彰于谦的功绩，特意赏赐给他的，于谦奉命收下，却把它们锁了起来，从未拿去示人以显荣耀。

抄家的人最终收敛了自己一贯嚣张的态度，安静地离开了于谦的家，因为他们眼见的一切都明白无疑地告诉了他们：这个被他们抄家的对象，是一个人品高尚的人，是一个了不起的人。

朱祁镇事后不久也十分后悔，特别是在徐有贞的阴谋败露后，他曾反复责问另两个当事人石亨和曹吉祥，为何要编造谎言诬陷于谦，石亨没有办法，只好把责任推给徐有贞，回答道："我也不知道，这都是徐有贞让我这么说的。"

朱祁镇听到这句话，目瞪口呆，只是不断摇头叹气。

但皇帝是不能认错的，朱祁镇便将这一任务交给了他的儿子，八年后，太子朱见深刚刚继位，便下了一道诏书，为于谦平反，并召回了于谦的儿子于冕。到万历年间，懒得出奇的明神宗也对于谦敬仰有加，授予谥号"忠肃"，以肯定他一生的功绩。

其实于谦并不需要皇帝的所谓嘉许，因为这些所谓的天子似乎并没有评价于谦的资格。明英宗之前有过无数的皇帝，在他之后还会有很多，而于谦是独一无二的。

人们不会忘记，正是这个人在危难之际挺身而出，力挽狂澜，保卫京城和大明的半壁江山，拯救了无数平民百姓的生命。

他从小满怀以身许国的志向，经历数十年的磨砺和考验，从一个孤灯下苦读的学子成长为国家的栋梁。

他身居高位，却清廉正直，在他几十年的官场生涯中没有贪过污、受过贿，虽然生活并不宽裕，却从未滥用手中的权力，在贫寒中始终坚持着自己的操守。

他不畏惧困难和风险，在国家最为危难之时挺身而出，承担天下兴亡。

他是光明磊落地走完自己一生的。

在这个污浊的世界上，能够干干净净度过自己一生的人，是值得钦佩的。

而如果他还能做出一些成就，那么我们就可以说，这是一个伟大的人。

于谦就是一个这样的人。

他的伟大不需要任何人去肯定，也不需要任何证明，因为他的一生就如同他的那首诗一样，坦坦荡荡，堪与日月同辉。

石灰吟

千锤百炼出深山，
烈火焚烧若等闲。
粉身碎骨浑不怕，
要留清白在人间！

这正是他一生的写照。

我曾往杭州一游，并专程去拜祭这位英雄人物，但我到于谦祠时，所见之景象实在让我大吃一惊，当时正值黄金周，杭城游人无数，可于谦祠却是游人寥寥，极为冷清，倒是遇到几位外国留学生正在向于谦像鞠躬，惊讶之余上前攀谈，这才得知他们是在大学读书时看到过这段历史，对这位英雄十分仰慕，特意赶来瞻仰。

听完他们的话，我无言以对。

神台之上，于谦先生依然保持着他那从容的神态，想来他在临刑前也是如此吧。

五百多年过去了，于谦似乎从来都没有离去过，他始终站在这里，俯瞰着这片他曾用生命和热血浇灌过的土地，俯瞰着那些他曾拼死保卫的芸芸众生。

我释然了，不管这里是否门庭冷落，无人问津，也不管这里有没有仰慕者前来顶礼膜拜，都与这座祠堂的主人于谦无关。

沧海横流，方显英雄本色！即使再过五百年，无数浮华散去，于谦依然会站立在这里，依然会因他的正直无私、勇敢无畏被世代传诵。

因为他是一个永远活在我们心中的英雄，是真正的英雄。而真正的英雄是不会被人们忘却的。

我坚信这一点。

明代有很多厉害的人物，我曾给这些人物做过一个排行榜，而于谦在我看来，应该排在第二名，虽然明代有一些人物的丰功伟绩不下于、甚至超过了于谦，但他们的排名也在于谦之后，这是因为评定的标准有两项：品行、才能。虽然某些人的才能确实胜过于谦，但他们的品行是有缺憾的。比如朱元璋同志的政治问题和张居正同志的经济问题。

而于谦不但才能过人，品德上也几乎无可挑剔，所谓德才兼备者，千古又有几人！

如无例外，于谦本应排在第一，可惜的是，在他之后，还有另一位高人横空出世，此人不但文武兼备、智勇双全，而且五花八门无一不通、三教九流无一不晓，且善始善终，堪称不世出之奇才。对这位仁兄，英雄的称呼似乎已不适用了，因为在很多人看来，有一个更适合他的称呼——圣贤。

这位仁兄也将是我们后面文章中的主角，这里就不多说了。

最后提一句，于谦死后，他的儿子于冕被罚充军，而充军的地点叫做龙门，后来的系列电影《龙门客栈》就是以此为故事模板的，而那位大反派太监的生活原型就是司礼监曹吉祥同志。

虽然我们有理由相信这是子虚乌有的事情，但闲来无事调侃一下曹吉祥等人，倒也不失为一种乐趣。

过河拆桥

杀了一批，换了一批，做新龙袍，修宫殿，改年号（景泰改为天顺），足足折腾了一个多月，朱祁镇终于消停了，这也难怪，平常人搬个家都累死累活的，何况是换皇帝。

按说事情也算顺利完成了，可朱祁镇怎么也没有想到，虽然他已经思虑周密，事必躬亲，却还是犯了一个天大的错误，而这个错误将造就一个中国历史上绝无仅有的现象，让朱祁镇成为历史的笑柄。

朱祁镇到底犯了什么错误呢，我们前面提过，朱祁镇于正月十七日夺门成功，随即登基为帝，他什么都考虑到了，却忘记了那个被他赶下皇位的人——朱祁钰！

当时朱祁钰已经奄奄一息，所以朱祁镇也没有去理会他，直接就坐上了皇位，可他没有料到，自己的这个弟弟生命力还很顽强，过了一个多月才死，这还不打紧，要命的是，他忘记了一件极为重要的事——废黜朱祁钰的皇帝身份！

这位老兄风风火火地干了十几天，才猛然想起自己那个只剩半条命的弟弟仍然是皇帝，哭笑不得的朱祁镇立刻用皇太后的名义宣布废黜朱祁钰，但是已经太迟了。

此时已经是二月初一，也就是说在这十几天里，大明王朝同时有两个皇帝，而且这两位皇帝都是现任皇帝，外面坐着一个，里面还躺着一位。此真可谓千古难得一见之奇观。

朱祁镇虽然闹了笑话，但毕竟还是坐稳了皇位，并从此开始了他的第二代统治——天顺。

而那些“还乡团”成员们在冤杀了于谦之后，前景似乎也是一片光明，如果用童话的语言就此结尾，可以表述为：“他们四个人手牵着手，从此开始了幸福的生活。”

但是很可惜，在具有悠久的优秀历史文化传统（比如权谋斗争、厚黑学）的我国，童话是没有市场的，类似他们这种阴谋集团，结局总是逃不开两句话。

一句叫“攘外必先安内”；另一句叫“过河拆桥”。而从后来的情况发展看，“还乡团”大致适用于第二句。

第二章　隐藏的敌人

解决外敌，即刻内斗也算是华夏文明的光荣传统之一，很快，“还乡团”的成员们便十分自觉地依照这一传统开始了轰轰烈烈的内部斗争。

说来有点儿滑稽，斗争的起因并非分赃不均，而是性格不合。因为徐有贞是一个有理想、没道德、有文化、没纪律的复合型人才，虽然他心黑手狠脸皮极厚，但还是想做事的，是有追求的。

可是石亨和曹吉祥这两位仁兄，除了有野心和贪欲外，啥也没有，如果坏人也分档次的话，徐有贞就是一个有品位的坏人，而石亨和曹吉祥就是坏人中的渣滓。

夫妻之间性格不合可以离婚，而政治家性格不合最终却只有一个结局——你死我活。

于是，坏人之间的斗争就此开始。

你的素质太低！

徐有贞和石亨、曹吉祥的矛盾从“夺门之变”后不久就开始了，他们原本是一根绳子上的蚂蚱，关系很好，但功成名就之后，徐有贞才发现，他的这两个同伙素质实在太低。

徐有贞入阁之后，开始操持国家大事，每日忙于办理各种事务，毕竟他还是一个有追求的人，可石亨和曹吉祥却截然不同，他们发达之后，只热衷于干一件事——贪污受贿，不但如此，他们还不断在朝廷中安插自己的人，混乱朝纲。

比如石亨同志先后打过多次报告给朱祁镇，要求封赏夺门有功人员，前后竟多达四千人！真是天晓得这些人都是哪里来的，估计他连那天晚上在自己家厨房做饭的老妈子（应该是有力地保障了后勤补给）也算了进去。

曹吉祥也不甘人后，他的养子、侄子乃至于七姑八婆之类的八竿子打不着的亲戚也都封了官，令人叹为观止。

徐有贞每次看到这种乌烟瘴气的情景，都会不由得羞愧有加：

当年我怎么和这帮人搞到一起了？什么素质啊？

自己虽然是一个阴谋家，可那二位仁兄充其量却只能算是两个混混，如果继续跟他们混下去，实在太丢人。

打定了主意，徐有贞开始和石、曹二人保持距离，见面了也不打招呼，他要树立自己的光辉形象。

石亨和曹吉祥终于发现，这位高学历的仁兄想洗手下船，和自己决裂。

决裂就决裂吧，还怕你不成！

天顺元年（1457）五月，“还乡团”第一次内斗正式开幕。

这天，徐有贞、曹吉祥等人正在朝堂之上议事，朱祁镇突然拿出一份奏折，当众宣读，内容是这样的：曹吉祥、石亨等人贪污受贿、专横霸道、欺上瞒下、排除异己，应予惩戒。

曹吉祥先生当时就懵了，他手足无措，张嘴想要辩解，却不知说什么好。

朱祁镇却没有看他，而是微笑着对徐有贞说：“御史敢于直言，是国家的福分啊！”

徐有贞看了尴尬的曹吉祥一眼，也笑了。

这封奏折的作者是都察院御史杨瑄，是个小人物，而根据厚黑政治学第一定律，小人物敢弹劾大领导，排除个人精神失常的因素，唯一的结论就是有人指使。

指使他的人我不说大家也能知道，就是徐有贞。

徐有贞的没落

徐有贞没有理会无地自容的曹吉祥，扬扬得意地走出了大殿。他有充分的理由得意，作为内阁首辅，他能够调动文官集团的所有资源去对抗他的敌人，他有无数的打手（言官），在他看来这是一场没有悬念的战争。

可是他错了。

因为他的对手是明代历史上唯一可以与文官集团对抗的死敌——宦官集团。

话虽如此，但当时的宦官集团并没有太大的权力，司礼监曹吉祥是很难与内阁首辅徐有贞对抗的。

为了解决徐有贞，曹吉祥整日冥思苦想，功夫不负有心人，经过长时间的业务（厚黑）钻研，他终于发现了徐有贞的破绽，并由此想出了一个绝妙的主意。

不久后的一天，曹吉祥进宫见朱祁镇，君臣二人聊天，气氛和洽，突然曹吉祥话题一转，貌似轻松地说起了宫内的一件事情，且谈得津津有味，可他的谈话对象朱祁镇却脸色突变，大惊失色。

为什么会出现这样的一幕呢？

因为朱祁镇十分清楚，这件事情他只告诉过一个人——徐有贞。

于是他急切地打断曹吉祥，问他是怎么知道的。

“是徐有贞告诉我的。”（受之有贞）

然后曹吉祥带着疑问的表情加了一句：

“皇上还不清楚吗，外面的人全都知道了！”

这句话同时也宣布了徐有贞的结局：他彻底完了。

背叛和泄密是皇帝绝对无法忍受的。自此之后，朱祁镇渐渐远离了徐有贞，不再将他看做是自己的亲信。

徐有贞也是丈二和尚摸不着头脑，他想来想去，也不明白自己到底哪里得罪了皇帝，受到如此冷遇。面对着朱祁镇那冷淡的眼神，他无从申辩也无法申辩。

曹吉祥赢了，他终于达到了自己的目的，给了徐有贞一次漂亮的回击。徐有贞当然不会将那些隐秘的事情告诉他，那他是怎么知道谈话内容的呢?

这个诡计的秘密在于，徐有贞进宫见朱祁镇时，交谈的确实只有他们两个人，但听见的却有三个人，而那个多出来的旁听者就是太监。

这些皇帝的贴身太监受到曹吉祥的指使，将每次谈话的内容告诉他，然后曹吉祥会在不经意间说出这些原本只有天地你我方知的事情，将徐有贞塑造成一个口不把门的奸臣。

曹吉祥十分得意，和石亨弹冠相庆，从此更加飞扬跋扈。这也难怪，也该轮到他了，但曹吉祥想不到的是，他并不是这次胜利唯一的得意者，还有一个人正在暗地里庆祝着自己的胜利。

隐藏者的图谋

曹吉祥和石亨所不知道的是，五月的那次弹劾，策划者并非只有徐有贞一个人，这次攻击的实际组织者是另一个人——李贤。

在徐有贞看来，这个叫李贤的人是他一手提拔的，绝对忠实于他，事实上，这个人也确实极为精明强干，很能帮得上徐有贞的忙（史载：颇得其力）。所以他与李贤共同策划了对曹、石等人的攻击行动，并收到了一定的效果，这也让徐有贞更加认定，李贤是一个极为可靠的人。

可是徐有贞不知道的是，这位李贤先生除了是自己的下属和亲信外，还是一个卓越的社会活动家，喜欢广交朋友，而他的朋友中有一个人叫石亨。

早在徐有贞拉拢之前，李贤和石亨的关系已经十分融洽，石亨曾经劝说李贤参加夺门阴谋，但被李贤拒绝，后来吏部尚书王直退休，继任尚书王翱也是个很有背景的人，根本不买石亨的账，石亨十分不满，便对当时任吏部侍郎的李贤私下表示，准备赶走现在这个不听话的尚书，由他接任。

吏部是六部之首，吏部尚书被称为天官，地位显赫，石亨竟肯把这个位置交给李贤，可见在石亨眼里，李贤也是“自己人”。

然而，出乎石亨意料之外的是，李贤竟然拒绝了，他谦恭地表示自己还没有能力担当此大任，还是让原尚书留任的好。

李贤的这一举动让石亨大为感慨，在他看来，李贤这个人与旁人不同，非但不争名夺利，连到手的大官都不要，实在是个难得的人才，不禁对李贤又多了几分好感。

可是石亨绝对想不到的是，李贤之所以拒绝自己的好意，是因为他有着更深的图谋，为了实现这一图谋，他已经制定了一个周密的计划，并在暗中窥视着自己的猎物，随时准备打出那致命的一击。

而在他的猎物名单上，有着这样三个名字：徐有贞、石亨、曹吉祥。

徐有贞已经被皇帝疏远了，但他对自己的处境却并不了解，每日依然以首辅自居，不把曹吉祥和石亨放在眼里，这也使得他们之间的矛盾越来越大。而上次指使御史弹劾也让徐有贞尝到了甜头，所以他决定再来一次。

这次他找到了御史张鹏，并搜集了大量石亨、曹吉祥不法的证据，准备向朱祁镇提出弹劾，和以前一样，他还是找李贤一起商议，并具体安排行动步骤。

徐有贞的聪明终于到了头，皇帝已经不再信任他，他却没有自知之明，可是奇怪的是，虽然徐有贞并不通晓其中玄机，李贤却是知道的，但他非但不阻止徐有贞的行为，反而积极参与筹划，这一举动也让徐有贞倍感亲切。

因为李贤知道，他计划的第一步即将实现，不久之后，他将把一个人的名字从他的名单上划去。

徐有贞开始行动了，他命令张鹏向皇帝上书弹劾石亨，这个时机很好，因为石亨此刻出征在外，正好可以对曹、石两人分别击破，这个算盘打得确实不错，然而，他没有料到，自己的计划还没有等到实施，就已经破产了。

石亨并不是笨蛋，他早已在言官中安排了自己的眼线，就在张鹏准备上书的前一天，他已经得到了消息，便连夜赶了回来，找到了曹吉祥商量对策。

曹吉祥告诉石亨，告状的事情已经是板上钉钉，变不了了，但只要你跟我进宫干一件事，保管你我明日太平无事。

然后他领着石亨进宫觐见了朱祁镇，还没等皇帝大人缓过神来，曹吉祥便向石亨使了个眼色，开始做他们预先商量好的那件事——痛哭。

看着眼前这二位鼻涕眼泪一起下来，朱祁镇手足无措，连忙追问出了什么事情，曹吉祥这才悲痛地说道："御史张鹏受人指使，想置我们二人于死地，我们没有办法，只有请皇上为我们做主！"

朱祁镇听了倒也没有什么大的反应，毕竟这是大臣之间的矛盾，与他没有多大关系。所以他表现得十分平淡。

然而，石亨接着说了一句话，正是这句话触动了他，最终决定了徐有贞的结局：

"一个御史怎么敢这样做（安敢尔），现在内阁专权，容不下我们啊！"

专权？

对，就是专权。

石亨的似乎无心之语击中了朱祁镇的死穴，他或许是一个好人，或许是一个宽厚的人，但如果有人敢于触动他的权力，就算是天王老子也没商量！

朱祁镇决定动手了，他要用实际行动去显示他的权威，告诉所有的人，他才是这个帝国的统治者。

第二天一早，朱祁镇便下令关押了张鹏和之前曾经上书的杨瑄，矛头直指徐有贞。

此时，石亨已经得知，李贤也是攻击他的策划者之一，他十分惊讶，也非常愤怒，决定要把李贤和徐有贞一起整死。之后他不断地在皇帝面前攻击二人，最终促使朱祁镇下定决心，把徐有贞和李贤关进了监狱。

徐有贞彻底完了，他被关进了当年于谦待过的地方——诏狱，整日唉声叹气，在阴暗潮湿的牢房里反思着自己，一切都宛如梦幻，他用尽心思技巧，胆大包天，最终斗垮了于谦，却也只高兴了四个月，就沦为了囚犯。人生对于他而言，已经落幕了。

可是同样身在牢狱的李贤却心如明镜，其实在这场斗争中，他才是唯一的胜利者，他尽力协助徐有贞，利用徐有贞的力量去打击石亨、曹吉祥。此外，他还充分发挥了徐有贞的盾牌作用，避过了石亨等人的反击。

不过现在看来，他似乎还是失算了，毕竟他也被关进了监狱，等待着他的是不可知的命运，杀头、充军或是流放？

但李贤却丝毫不见慌乱，这一天的到来早在他的预料之中，为此，他已经准备了很长时间。

不久之后，处罚决定下来了，总算是皇帝开恩，徐有贞被降为广东参政，李贤被降为福建参政，这两个地方在当时都是偏远地区，也算是一种体面的发配。

走出牢房的徐有贞抬头看着久违的天空，松了一口气，不管怎样，这条命还是保住了，而在他的心底，却对一个人始终感到过意不去，这个人就是李贤。

在徐有贞看来，李贤是自己的亲密战友，也是因为自己才到了此地步，所以在临行前，他特意找到了李贤，满怀歉意地对他说，事情到了这个地步，实在没有料到，如今就要各自上路，离开京城，只好自己保重了。

李贤的反应却出乎意料，他一点儿也不沮丧，而是十分客气地与徐有贞交谈，表示自己并不在意，谈完后还亲自将他送出门外。

徐有贞怀着愧疚走了，看着他离去的背影，李贤露出了笑容。

“徐有贞，要走的只有你而已。”

李贤的真面目

徐有贞老老实实地去了广东，李贤却没有，因为就在出发前的一刻，有一个意想不到的人站出来说话了。

这个人正是那位差点儿被罢官的吏部尚书王翱，在这关键的时刻，他挺身而出，为即将出行的李贤说情，在他的大力游说下，朱祁镇终于办了人情案，将李贤留在了京城，并在不久之后恢复了他吏部侍郎的职位。

答案最终揭晓了。

李贤不排挤王翱，不担任吏部尚书，就是为了迎候这一天的到来。因为他需要王翱的帮助。

徐有贞聪明绝顶，认定李贤是他的亲信，可是他错了。

石亨位高权重，对李贤许以官位，以为可以拉拢他，可是他也错了。

他们都认为这个叫李贤的人会乖乖地听他们的话，为他们办事，却绝不会想到，在李贤的眼里，他们不过是猎物而已。

他原本可以投靠“还乡团”，做大官，拿厚禄，可是他没有这样做，在“还乡团”肆虐的日子里，他默默地隐藏着自己，从那些阴谋家身上学习权谋和诡计，并最终用这些武器打倒他们。但他这样做又是为了什么呢？

从他后来的言行中，我们可以找到答案：公道。

徐有贞不是李贤的朋友，石亨也不是李贤的朋友，甚至于王翱也不是他的朋友，李贤周旋于这几个人之间，似乎是个让人捉摸不定的人，但在我看来，他也有一个真正的朋友，这位朋友的名字叫做于谦。

事实上，李贤和于谦的交往并不紧密，而且他们之间也有政治分歧，在继位问题上，李贤主张朱祁镇复位，而于谦似乎对这位太上皇并不感冒，却主张由他的儿子朱见深继位。

因为有着不同的政治见解，两人关系一度比较冷淡，但在那场轰轰烈烈的北京保卫战中，李贤彻底被这个挺身而出、拯救国家危亡的人所折服，他的勇气和顽强、清正与廉洁给李贤留下了深刻的印象。

混迹官场多年的李贤被打动了，他第一次认识到，在这个污秽的地方，还有像于谦这样勇于任事、刚直不阿的人。

但转瞬之间，风云突变，那群不知所谓的投机者——“还乡团”一下子冒了出来，把朝政搞得乌烟瘴气，还冤杀了为国家耗尽心力的于谦。

在于谦被杀的那一天，李贤作出了他人生中的一个重要决定，他要为这个为国家付出一切、鞠躬尽瘁的人讨回公道。

他并没有站出来公开反对那些人的恶行，因为他知道，这是没有用的，要想战胜那些奸邪小人，必须比他们更狡诈，更有权谋，他静静地隐藏了自己，细心观察着对手的动向，利用他们之间的矛盾，将他们一一击破。

在这样险恶的环境中，他逐渐变得成熟、机敏，虽然也曾历经艰险、身陷不测之地，但他始终没有放弃过自己的信念。

现在他终于除掉了徐有贞，下面该轮到第二个人了。

徐有贞的最后结局

俗话说：风水轮流转，明年到你家。对这句话，徐有贞应该深有体会，就在四个月前，他得势之时，把于谦关进监狱却仍不罢休，一定要置其于死地。但他绝没有料到，现在这一情况竟然原封不动地套用在他的身上。

他已经万念俱灰，只想去广东当一个扶贫干部，可是石亨却坚持认为，囚犯的身份更适合这位仁兄。于是又发动言官弹劾徐有贞，而且每天都到朱祁镇面前去闹，朱祁镇被他烦得不行，加上他本人也确实讨厌徐有贞，便连夜派人把正在路上的徐有贞抓了回来。

二进宫的徐有贞苦不堪言，他又一次回到了熟悉的地方——锦衣卫诏狱，并倾情出演了《监狱风云》第二部。在这里，他与那些态度“和蔼”的看守们重逢了，每天住在潮湿的房间里，吃着霉变的牢饭，估计还吃了不少闷棍（锦衣卫指挥门达是石亨的人），整日以泪洗面。

可是对于石亨而言，这些还不够，他一定要杀掉徐有贞，朱祁镇最终也答应了他的要求，准备选个黄道吉日给徐有贞放血。

可偏偏在这个时候，京城发生的一件事情最终救了徐有贞的命。

就在刽子手在家磨刀霍霍之际，京城突然迎来了一场大雷雨，很多建筑被大风破坏，石亨家也被水淹了。古人办事都讲个吉利，婚丧嫁娶都要查查皇历，杀人也不例外，出了这么大的天灾，大家都人心惶惶，认为此时杀人不吉利，徐有贞就此捡了一条命。

可是死罪可免，活罪难饶，本着惩前毖后、治病救人的精神，石亨体贴地将已经五十多岁的徐有贞安排到云南参军，发挥余热，实现了老有所为。

这也算是个不错的安排，如果把徐有贞发配到辽东参军，他很有可能在那里遇到三个月前被自己安排充军的江渊，成为他的战友。而按照新兵老兵的排列顺序，没准儿徐有贞还要帮江渊洗袜子。

之后，徐有贞在那个风景如画的旅游胜地扛了四年长矛，天顺四年（1460）被放回老家苏州，苟且偷生十余年，最后死去。

徐有贞，宣德八年（1433）进士，混迹官场十六年，毫无成就，正统十四年（1449）因为说错一句话，被人取笑嘲弄，隐姓埋名七年，天顺元年（1457）元月投机成功，飞扬跋扈，冤杀于谦。四个月后被关入监狱，免死充军云南，最后回到故乡，在人们的鄙视和谩骂中死去。

对于这个人，我已无话可说。

第三章　公道

石亨的智商

有一句话用来形容石亨是再合适不过了——头脑简单、四肢发达。他的智商和武力似乎是成反比的，恰似三国游戏里设定的吕布，武力很高，智力很低。

他能够夺门成功，靠的是徐有贞，能够打倒徐有贞，靠的是曹吉祥，现在于谦没了，徐有贞也没有了，他终于露出了自己那原本啥也不明白的愚蠢面目。

愚蠢表现之一：

一次，石亨带着自己手下的两个小军官大摇大摆地去见朱祁镇，言谈极为随意，朱祁镇见状，脸色马上就沉了下来，毕竟这里是皇帝的地方，不是菜市场，什么阿猫阿狗的都进来成何体统！

他生气地问道："这两个是什么人？进来干什么？"

石亨却毫不在意地说道："是我的心腹手下，希望皇上提拔他们。"

朱祁镇的忍耐几乎快到极限了，却还是耐着性子说："这事情不急，改日再说吧。"

石亨却不依不饶："请皇上今天就批准了吧。"

朱祁镇冷冷地看了石亨一眼，最终答应了他的要求。但愤怒的种子已经深深地埋下。

愚蠢表现之二：

石亨的侄子石彪镇守大同，有一次带兵出去巡视，遇到一群瓦剌人，不管三七二十一，上去就砍，结果杀死对方几十人。回来后他灵机一动，向上报成大同大捷，而石亨也以此为资本，反复吹嘘。

事实上，当时的边患已经十分严重，瓦剌不断与明朝为敌，发动攻击，朱祁镇看到这份边报，哭笑不得，只好顺着意思给了点儿赏赐算是讨个吉利，回头却找来了恭顺侯吴瑾询问相关对策。

“边关吃紧，如何是好？”

吴瑾只说了一句话：

“如果于谦还在，不会有这样的事情！”

朱祁镇沉默了，面对这样的控诉，他也只能保持沉默。

偏偏石彪派的报功使者是个二百五，看着石亨吹牛，他也跟着吹，说什么斩获无数，俘虏无数。内阁学士岳正是个喜欢调侃的人，便问他：

“你说俘虏无数，可是人在哪里啊？”

“人数太多，没法带回来，都在树林里杀掉了。”

按说这句话应该能搪塞过去，可使者没有想到，这次岳正却想把玩笑开到底。

他拿出了当地的地图，笑着对使者说：

“这附近都是沙漠啊，哪来的树林？”

石亨的拙劣表演远不止如此，可这位老兄的脑袋似乎进了水，就是不明白他不过是个打工的，皇帝才是真正的老板。而不久之后发生的一件事情也彻底断送了他的锦绣前程。

在这一年，朱祁镇在自己的宫殿里会见了一个特别的客人，正是这次会见解开了一直以来缠绕着朱祁镇的一个疑团，并最终将“还乡团”送上绝路。

这位特别的客人叫朱瞻墡，是朱祁镇的叔叔，他正是当年传言中要来京城接任皇位的人，也就是“还乡团”所说的于谦准备拥立的那个人。

为了打消朱祁镇心中的疑虑，以免有朝一日被不明不白地干掉，他特意来到京城说明情况。宾主双方举行了会谈，会谈在热情洋溢的气氛中举行，双方回顾了多年来的传统友谊，并就共同感兴趣的问题交换了意见，朱瞻墡重申了皇位是朱祁镇不可分割的财产，表示将来会坚定不移地主张这一原则。朱祁镇则高度评价了朱瞻墡所作的贡献，希望双方在各个方面有更进一步的合作。

会议结束了，朱瞻墡满意地走了，朱祁镇却愤怒了。

事实最终证明了于谦的清白，石亨等人不但飞扬跋扈，不把自己放在眼里，还借自己的手杀死了于谦，这个冤大头当得实在窝囊。

朱祁镇立刻跑去责问石亨，石亨哑口无言，只能把责任推给徐有贞，可是这些托词更让朱祁镇不满，他不再多言，拂袖而去。

在一旁静静观察的李贤这才惊奇地发现，石亨实在是“还乡团”中最蠢、最差劲儿的一个，和徐有贞相比，他的档次实在太低，对付这样的人，根本不用自己动手，他迟早会自取灭亡。

话虽如此，但李贤仍然不敢轻敌，因为在石亨的背后，还有一个曹吉祥。

这个世界上最为残酷的游戏就是政治游戏，因为在这场游戏中从来都没有亚军，亚军就是失败者，只有冠军才能生存下去。李贤明白，在保证能够完全击倒对手前，他必须忍耐，接受无数次考验，等待时机的到来。

可是朱祁镇却没有这样的耐心，有一次，他私下单独找到李贤，问了他一个问题：

“这些人（此辈）干预政事，搞得来报告事情的人不来找我，却先去找他们，该怎么办呢？”

李贤慌了，他知道，这位皇帝陛下的不满已经到达了顶点，想发泄一下，才问出了这个问题，可是自己却不能实话实说，因为时机还不成熟。

他想了一下，讲出了一个堪称绝妙的答案：

“陛下你自己看着办吧。”

有人可能会纳闷儿，这句话不是推卸责任吗，到底妙在何处呢？

要分析这句话，必须和问题联系起来，这句话绝就绝在一语双关，听起来好似是让皇帝自己看着办，实际上，它的意思是让皇帝看着“自己办”，收揽大权。

这样说话确实绕了太多弯子，有这个必要吗？

很有必要，因为李贤的高明之处恰恰就体现在此处。

李贤比徐有贞聪明得多，他之所以这样说话，是因为他知道，也许就在不远的地方，有一双耳朵正在倾听他们的谈话！他无时无刻都始终记得，自己的敌人绝不仅仅是没有大脑的石亨，还有一个管太监的曹吉祥。

朱祁镇若有所思地点了点头，停止了问话，他已经明白了李贤的意思。对于这几个“还乡团”成员，他已厌恶到了极点。但已经发生的事情还不足以让他最终下定决心，与“还乡团”决裂，直到翔凤楼上的那次简短的谈话。

这年冬天，朱祁镇带着恭顺侯吴瑾和几个大臣内监登上翔凤楼，登高望远，很是惬意，突然朱祁镇指着城区中心黄金地带的一座豪华别墅问吴瑾：

“你知道那是谁的房子吗？”

吴瑾不但知道这是谁的房子，还知道朱祁镇为什么要问这个问题。作为李贤的同道中人、于谦的同情者，他决定趁此机会下一剂猛药，让那些人彻底完蛋。

“那一定是王府！”（此必王府）吴瑾斩钉截铁地回答道。

在听到答案的瞬间，一丝杀意掠过朱祁镇的脸庞，他冷笑着说道：

“那不是王府，你猜错了。”

朱祁镇回头冷冷地看着那些跟随而来的大臣们，抛下了一句话，飘然而去：

“石亨居然强横到这个地步，竟没有人敢揭发他的奸恶！”

石亨，你的末日到了！

石亨的覆灭

对于皇帝的反感，石亨并不是没有感觉的，相应地，他也准备了自己的应对，埋伏在皇帝周围的大臣自不必说，他还特意安插了自己的侄子石彪镇守大同，自己则统帅京城驻军，只要一有动静，便可里应外合，这是个相当厉害的安排，进可攻，退可守，确实有水平。

阵势摆好了，朱祁镇你放马过来吧，看你敢动我一手指头！

石亨太天真了，事实证明，朱祁镇确实解决了他——用一种他绝对想不到的方式。

在石亨看来，朱祁镇不过是个任他摆布的老实人，也正是因为这个原因，他才敢如此专横跋扈，现在他已经羽翼丰满，自然更没有什么可怕的。

事实似乎确实如石亨想象的那样，朱祁镇那边一点儿动静也没有，他委托自己最为信任的心腹锦衣卫指挥逯杲四处打探消息，得到的结果是宫内无事，天下太平，看来事情似乎就这么过去了，然而，就在他扬扬自得的时候，却得知了一个令他震惊的消息。

石彪被抓了。

天顺三年（1459）八月，一直默不作声的朱祁镇突然发飙，将镇守大同的石彪逮捕下狱。这一举动大大出乎了石亨的预料，让他目瞪口呆。

石彪被抓，意味着自己的所有外援已经被切断，单凭现在手上这些人，别说造反，搞个游行示威都不够数，他这才意识到，眼前的这位皇帝已经不是当年那个忠厚老实的朱祁镇了，经过这么多年的历练，那个懵懂无知的年轻人已经成为久经考验的政治老手了。

但后悔也太晚了，石亨打起精神，准备迎接朱祁镇的下一次冲击。

可是奇怪的事情又一次发生了，自石彪入狱后，朱祁镇又没有了动静，石亨搞不清楚对方到底想干什么，便上书表示自己对侄子犯罪负有领导责任，要求罢官辞职回家种田。

朱祁镇却和颜悦色地告诉他，你不用担心，你侄子的事情与你无关，放心大胆地过你的日子吧。

石亨相信了他的话，便不再坚持，放弃了辞职的打算，同时也放弃了他的最后一丝生存的希望。

真正的政治老手是不同于常人的，他们炒菜时从来不用大火爆炒，只用小火慢炖，打仗时从不中央突破，总是旁敲侧击。

从朱祁镇决定除掉石亨的那一天开始，他已经作好了充足的准备，为了掌握石亨的第一手资料，他策反了石亨身边的一个人，这个人正是锦衣卫指挥逯杲。

说起这位逯杲，也算是个奇人，锦衣卫出身，人送绰号“随风倒”，但凡风吹草动都逃不过他的眼睛，反应极其之快，北京保卫战有他，夺门之变有他，整徐有贞有他，现在对付石亨，他又毅然站在了第一线。着实让人佩服。

于是石亨的罪证通过逯杲源源不断地送到了朱祁镇的手中，而石亨得到的却只是每日平安无事的安慰。

在逯杲的帮助下，朱祁镇料理了石彪和石亨的其他部下，逐步完成了扫清外围的工作，现在石亨已经是孤家寡人了，可谓不堪一击。但出乎意料的是，在这关键时刻，朱祁镇却停住了进攻的脚步，迟迟不向石亨下手。

逯杲对此十分不解，他不明白，既然已经到了这个地步，为什么不干脆解决石亨呢？

但李贤却是明白的，朱祁镇这奇怪的举动早在他的预料之中。

李贤十分了解朱祁镇，这位皇上虽然历经政治风波，但归根到底还是个比较忠厚、念及旧情的人，他连拥立自己弟弟的于谦都不忍杀害，更何况是曾经有过夺门之功的石亨！

李贤很清楚，要想破解朱祁镇那最后的慈悲，只有一个方法，那就是揭开夺门之变的真相！只有这样，才能将这些"还乡团"彻底一网打尽！

于谦，属于你的公道，我一定会替你拿回来！

时机终于到了，他们已经走到了悬崖的边缘，很快就将坠入万丈深渊，永不超生。

现在，只需要轻轻的一推。

最后致命的一击

"石亨已然如此了，可是他夺门有功，全部革去未免太过了吧！"

当李贤奉诏进宫议事，从朱祁镇口中听到这句话时，他立刻意识到，完成最后一击的时刻来到了。

他突然故作神秘地说道："不瞒陛下，当初也曾有人劝我参与夺门，可是我拒绝了。"

"什么！"朱祁镇顿时大为意外，他马上厉声追问，"那你为何不参加呢？"

李贤不慌不忙地说道："因为即使不夺门，皇位依然是陛下的（天位陛下固有），既然如此，又何必夺呢？"

朱祁镇糊涂了，这是什么意思？不夺门我又怎么会有今天的皇位呢？

他满腹狐疑地看着李贤，等待着他的答案。

其实从夺门之变发生的那一天起，李贤就已看穿了这场所谓的政变的真相，他很清楚，这其实只是一个投机者的骗局，但当时由于一个关键问题尚未解决，他无法给出确切的答案，现在时候到了。

因为解决那个关键问题的，就是朱祁镇与襄王的那一次会面。

正是在这次会面中，朱祁镇知道了所谓藩王进京继位是子虚乌有的事情，他十分生气，却没有意识夺门之变的伪装已因为这件事情的发生被彻底揭去，直到李贤为他解开这个谜团。

李贤带着狡黠的笑容说出了他的谜底："陛下难道还不明白吗，如果景泰（朱祁钰）一病不起，陛下即使身处南宫，天下也必然为陛下所有啊！"

朱祁镇沉思良久，这才恍然大悟！

他终于知道了其中的奥妙。

如果诸位还不明白，那么就让我来解释一下这个谜团的开始和结束，下面探案开始：

开端就是徐有贞的那句"不杀于谦，此举无名"，如果细细分析，就会发现，这句话很不简单，徐有贞之所以能够得出这样的结论，是基于两个前提。

前提一：朱祁钰已经一病不起，可能很快就会驾崩，他也没有儿子，到时皇位必然空缺。（此为事实）

前提二：于谦准备拥立外地藩王进京继位。（此为徐有贞编造）

于是徐有贞就此得出了一个理所应当的结论：夺门有功，谋反无罪。

当年如果不是我们夺门，让你继承皇位，你还不知道在哪儿凉快呢！

当年的朱祁镇也是这样认为的，所以于谦才会被认定为反面典型，而"还乡团"却大受重用。

然而，两年之后的李贤却用事实戳破了这个看似合理的逻辑陷阱。

前提一依然存在：朱祁钰没有儿子，死后皇位必然空缺。

但事情到这里发生了变化，因为前提二已经被事实驳倒了，那么一个最为关键的问题便浮出了水面——皇位到底会属于谁呢？

而当你列出所有的可能性后，就会发现，李贤的话是对的，天下非朱祁镇莫属！

首先由于朱祁钰没有儿子，他这一支已经不可能继承皇位，其次皇族的其他成员（如襄王）继位也已被证明是子虚乌有，那么就只剩下了两个可能性：

一、朱祁镇复位。这对于朱祁镇而言自然是最好的结局。

二、沂王朱见深继位，他是朱祁镇的儿子，原本就是名正言顺的皇太子，更为重要的是，他当年（1457）只有十岁，而维护朱祁镇的孙太后也还在世，所以皇位传给了朱见深，也就是给了朱祁镇。

谜团终于解开了，朱祁镇这才明白，这场所谓的夺门之变真正的受益者并不是他，而是那些“还乡团”。

李贤看见朱祁镇已经醒悟，便趁势又点了一把火：

“石亨那些人说是迎驾还勉强可以，怎么能说是夺门呢?！天下本就是陛下的，何必要夺！幸好事情成功了，万一有个三长两短，事情失败了，他们那几条烂命没了也就算了，可陛下怎么办呢（朱祁钰还活着呢）?

“如果景泰就此去世，陛下顺利继位，石亨等人便没有丝毫功劳，他们拿陛下冒险，只是为了自己的荣华富贵啊！”

真正是岂有此理！

被忽悠了几年的朱祁镇顿时火冒三丈，他立刻召集群臣，下达诏令：今后但凡奏折一律不准出现“夺门”二字，违者严惩不贷！那些冒功领赏的人，趁早自己出来承认领罚，不要等我亲自动手！

石亨终于活到头了。

天顺四年（1460）正月，时值夺门之变四周年纪念日，石亨光荣入狱，一个月后凄惨地死于狱中。

可他在地府还没住满一个月，就在阎王那里见到了一个熟人——他的侄子石彪也于同月被押赴刑场斩决。

这位正统年间第一勇将就此结束了他的一生，从名将到奸臣，贪婪和私欲改变了他的人生轨迹，人各有志，无须多说，只是不知他黄泉之下，有何面目去见当年的亲密战友于谦。

所谓君子报仇，十年不晚。可李贤却似乎是一个热爱生命、珍惜时间的人，解决徐有贞和石亨，他只用了四年，现在他的猎物还剩下最后一个人：曹吉祥。

徐有贞足智多谋，石亨兵权在握，这两位仁兄都不是善类，与他们相比，曹吉祥实在算不上啥，要学历没学历，要武艺没武艺。现在“还乡团”的两位主力已经被罚下了场，只剩下了他。对李贤来说，解决这个硕果仅存的小丑应该是他计划中最为轻松的一步，可他没想到，这个不起眼的曹吉祥不但是最难对付的一个，还差点儿要了他的命。

曹吉祥的雄心壮志

石亨死了，曹吉祥慌了，这也难怪，不用细想，光扳指头算就能明白，下一个也该轮到他了。

在如此险峻的时刻，一般人考虑的应该是低调为人，苟且偷生，能混个自然死亡就谢天谢地了，可这位仁兄的思维却着实异于常人，他不但毫不退让，还积极要求进步，他还有着更高的精神追求——当皇帝。

曹吉祥有个养子叫曹钦，他和曹吉祥一样，有着远大的理想，并对此充满信心，但要真的动手，他还需要一样东西。为此，他私下找到自己的门客冯益，问了他一个意味深长的问题：

“自古以来，有宦官子弟当皇帝的吗?”

冯益心知不妙，但毕竟自己在人家里混饭吃，便顺口答了一句：

“曹操。”

对于这个答案，我们有必要说明两点，首先，这个答案不能算对，因为曹操先生是死后才被追认为皇帝的，其次，估计冯益也没有想到，为了这句话，他赔上了自己的老命。

找到了理论依据的曹钦大喜过望，他立刻在曹操的光辉形象指引下，大张旗鼓地干了起来。

书生造反，三年不成，而曹吉祥和曹钦用行动证明了自己文化有限，不是书生，他们二话不说，甩开膀子就准备造反了，昔日司礼太监王振预备几天，就敢出征打仗，而曹吉祥紧随其后，筹划一个多月就动手了。

曹吉祥和曹钦经过“仔细”筹划，制订了一个简便易行的计划（简单到只有一句话）：

曹钦带兵杀进宫，曹吉祥在内接应，杀掉朱祁镇，自己当皇帝。

以上，计划完毕。

制订人：曹吉祥、曹钦。

人才，真是高效率的人才啊!

虽然这是一个漏洞百出、不知所谓的计划，但曹钦敢造反，还是有一定资本的。

他的资本就是手下的鞑官。

所谓鞑官，就是投降的蒙古兵，从朱棣时代的朵颜三卫开始，蒙古官兵就已经成为明军中最精锐的部队，曹吉祥曾经镇守边关，深知这些蒙古兵好勇斗狠，便私下招募拉拢蒙古士兵，为自己效力。

实事求是地讲，曹钦手下的这些鞑官确实相当厉害，其战斗力要高于明军，可那也要看是由谁指挥，放在曹钦手里，也只能是风萧萧兮易水寒了。

但对曹钦有利的一点在于，宫内的驻军不多，而明代为防止武将造反，调兵手续十分复杂，身为主将，如无兵符，一兵一卒也难以调动。等到大军齐集，大事已定。所以，成功的真正关键在于时间。

只要能够在城外驻军调动之前攻入宫城，抓住朱祁镇，胜利就必定属于我！

一切就绪后，曹钦开始了他造反前的最后一项准备工作：选定造反日期。

选一个黄道吉日谋反，是古往今来所有阴谋家的必备工作，曹钦也不例外，而他在这个问题上还表现出了一定的科学精神，曹钦并没有迷信皇历，而是抱着实事求是的态度去询问他的同党——掌管钦天监的天文学家、专业人士汤序。

汤序接受了这个任务，他仰头望天，认真观察许久，然后面目严肃地告诉了曹钦那个起兵的黄道吉日。

天顺五年（1461）七月庚子日，大吉，利动刀兵。

曹钦千恩万谢地走了，他相信这一天是起兵的最好时机，因为他相信“科学”。

如果他知道汤序为他挑的这个日子到底多“好”的话，只怕他在造反时做的第一件事就是拿刀砍死这位仁兄。

混乱的夜晚

庚子日，夜。

曹钦在自己的家中设宴招待即将参与谋反的鞑官们，在宴会上，他十分兴奋，对所有的人封官许愿，希望在坐人等努力放火，认真砍人，造反成功，前途无量！

曹钦造反前请客并不仅仅是请这些人吃一顿，他还有更深的目的。因为这些所谓的鞑官都是为钱卖命的雇佣军，他们能够背叛自己的国家为大明效力，谁能保证他们不会为了更多的钱出卖自己呢？

所以他虽谈笑风生，同时却用警惕的眼睛盯着在坐的人，并嘱咐亲信看好大门，谨防人员出入。

曹钦思虑确实十分周密，但随着酒宴的进行，会场气氛活跃起来，他也开始有些麻痹，然而，就在此时，一个早有准备的人趁机溜了出去。

这个人的名字叫做马亮，平日并不起眼，曹钦只知道他是蒙古人，却不知道他有一个叫吴瑾的朋友。

马亮溜出来后，一路狂奔，直奔吴瑾所住的朝房，此时已经是夜晚二更，吴瑾被上气不接下气的马亮吵醒，闻听此事，顿时大惊失色。

可是吴瑾惊慌之后，才发现自己也是无能为力，因为他此刻孤身一人，手头无兵。情急之下，他突然想起还有一个人也住在朝房，便立刻起身去找这个人。

此人就是十二年前北京保卫战中那个“力战不支，欲入城”的孙镗。

他即将成为这个夜晚的主角。

吴瑾实在应该感到庆幸，因为事实证明，在这个混乱的夜里，正是这位孙镗起到了最为关键的作用，奇怪的是，孙镗平日并不住在朝房里，可为什么偏偏在这个夜晚，他会待在这个地方呢？

事情就有这么巧，原来就在一天前，朱祁镇召见孙镗，命令他第二天领军西征，孙镗收拾妥当，今夜本应该在家休息，可偏偏他身体不适，为了方便第二天出征，便睡在了朝房里。

估计这种情况几年也难得遇见一次，可是那位伟大的天文学家汤序经过仔细研究，偏偏就挑中了这一天，找了这么个蹩脚的家伙当同党，曹钦的水准也着实让人汗颜。

孙镗从吴瑾口中得知了正在发生的一切，当即作出了决定：立刻报告朱祁镇。

可是此刻已是深夜，皇帝也已经下班回家睡觉了，而皇宫的门直到白天上朝才能开启，所以当两人赶到紧闭的长安门时，他们只剩下了一种选择——急变。

所谓急变，是明代宫廷在最为紧急的情况下使用的联系方法，一旦有十万火急的事情发生，必须在夜间惊动皇帝时，上奏人应立即将紧急情况写成文书，由长安门的门缝中塞入。而守门人则应在接到文书的第一时刻送皇帝亲阅，不得有任何延误，否则格杀勿论！

可这一次出现了意外，孙镗和吴瑾在长安门外急得团团转，却始终没有把文书投进去。

因为这二位仁兄事到临头，才发现他们面临着一个十分棘手的问题。

吴瑾摊开纸笔准备写上奏，却迟迟不动手，只是眼巴巴地看着孙镗，原因很简单——他认字不多，写不出来。

孙镗被他盯得浑身不自在，禁不住吼道："你看我做甚？我要是写得出来，还用得着干武将这行？"

于是，这两个职业文盲围着那张白纸抓耳挠腮，上蹦下跳，却无从下笔。眼看时间一分一秒过去，情急之下，他们也顾不得什么文书格式，问安礼仪，便大笔一挥，写下了中国历史上最短的一篇奏折，只有六个大字：

曹钦反！曹钦反！

这二位也是真没办法了，如此看来，普及义务教育实在是一件功德无量的好事。

这封上奏立刻被送呈给了朱祁镇，危急之中，这位皇帝表现得很镇定，他当机立断，下令关闭各大城门，严防死守，并立刻逮捕了尚在宫中的曹吉祥。

这项重要工作完成了，但吴瑾和孙镗明白，真正的战斗才刚刚开始，在这个惊心动魄的夜里，他们两个人都将面临生死存亡的考验。

要知道，曹钦虽然兵力不多，但对付皇宫守军仍绰绰有余，如果在天亮援军尚未到来之前，谋反者已然攻破皇宫，那一切就全完了。面对着前途未卜的茫茫黑夜，吴瑾和孙镗没有选择退缩，虽然他们都是孤身一人，却毅然决定承担起平叛的重任。

两人决定各自去寻找援兵，平定叛乱，稳定局势，商讨完毕后，他们就此分别，并约定来日再见。

可是谁也没有想到，长安门前一别，他们再也未能见面。

当吴瑾和孙镗在宫外四处乱窜的时候，喝得头晕眼花的曹钦终于发现了一个严重的问题：

“马亮去了哪里？”

深更半夜，谋反前夕，他又能去哪里呢？一个清晰的结论立刻浮现在他的脑海里：计划已经泄露了。

事情到了这个地步，不反也活不成了，瞬息之间，曹钦作出了决断：

反了！不是鱼死就是网破！

曹钦带着他的雇佣军们出发了，曹氏之乱正式拉开序幕。

然而，也正是从这一刻起，曹钦开始了他让人难以理解、不可思议的表演。

根据原先的计划，他们的目的地应该是皇宫，可是曹钦却擅自改变了方向，他要先去杀一个人。

这个人就是锦衣卫指挥逯杲，他也是曹钦最为痛恨的人，逯杲原先曾经是曹钦的朋友，但后来因为“还乡团”失势，逯杲翻脸不认人，成了曹家的敌人。所以曹钦第一个就准备干掉他。

此刻，消息灵通的逯杲已经听到风声，正准备出门跑路，却恰好撞到赶过来的叛军，曹钦二话不说，当头就是一刀，砍掉了逯杲的脑袋。

与此同时，曹钦还派出另一路叛军进攻东朝房，因为在那里有着另一个重要人物——李贤。

李贤正在朝房里睡大觉，突然听见外面人声鼎沸，心知不妙，准备起身逃跑，却被一拥而入的叛军堵了个正着。

叛军也不跟他讲客气，挥刀就砍，李贤躲闪不及被砍伤了背部，而其他叛军也纷纷拔出刀剑，准备把李贤砍成肉酱。

如无意外情况，李贤同志为国捐躯的名分应该是拿定了，可在这关键时刻，一声大喝救了他的性命：

“住手！”

李贤想不到的是，喊出这一声的人竟然是曹钦。

曹钦刚刚从逯杲家回来，他喝住众人，一手拿着血刀，一手提着逯杲的人头，走到李贤的面前，笑着说道：

“李学士（李贤是内阁学士），有劳你了，帮我一个忙吧。”

这是令人毛骨悚然的一幕，手持人头、身上沾满鲜血的曹钦对眼前的猎物展开笑容，从他后来的行为看，由于原定计划的泄露，此时的曹钦似乎已经有些不知所措，行为失常。

李贤终于迎来了他一生中最为危险的时刻，几年来，他历经风雨，披荆斩棘，除掉了一个又一个的对手，却没有想到，这最后的敌人竟然会狗急跳墙，拼死一搏。现在他已经身负刀伤，还成为了对方手中的玩偶。更要命的是，他面对着的是一个不太正常的人。

慌张是没有用的，镇定下来，一定有解决的办法！

李贤恢复了他泰然自若的神情，他强忍住伤口的疼痛，叹息一声，说道：

“事情怎么会到这个地步啊！”

曹钦用一种十分形象的方式回答了他的问题，他把逯杲那血淋淋的头提到李贤的眼前，一字一句地说道：

“是这个人逼我的！”（杲激我也）

李贤强压心中的恐惧，深吸了一口气。

“需要我做什么吗？”

曹钦笑了，他突然上前一步，抓住了李贤的手：

“事情到了这个地步，不是我的原意，请先生帮我代写一封解释的奏折呈交给皇上吧。”

李贤万没想到，这位仁兄提出的竟然是如此的一个要求，可这位仁兄如此凶神恶煞，没准儿写完后等着自己的就是鬼头刀，为了争取时间，他故作为难地说道：

“我写是可以的，但此地没有纸笔啊。”

曹钦的脸上又一次浮现出了诡异的笑容，他指向了门外正吓得哆嗦的一个人：

“不要紧，他有。”

那位被叛军抓住的第二个人质，就是李贤的死党——吏部尚书王翱。

与此同时，分头行动的吴瑾和孙镗正在黑夜中寻求支援，但情况却让他们大失所望，长安门外住着很多文武百官，此刻听见动静，却没人出头，看来该出手时就出手在某些时候只是梁山强盗的行为准则。

吴瑾没有办法，只好回家找来自己的堂兄吴琮和几个家丁，向东安门方向奔去，他深通兵法，知道曹钦今夜必反无疑，而叛军要想抓住皇帝，控制局势，进攻的目标必然是内城的城门，所以他准备去那个方向打探动静。

可他这一去就没能再回来。

而另一边的孙镗也是一头雾水，他四处寻找没有结果，情急之下，竟然摸到了太平侯张瑾的家里，要求他带领家丁帮助作战。

张瑾是一位武将，家里养着很多的家丁，如果他能站出来，确是不错的办法，可孙镗在这个时候去找这位仁兄，只能说他是晕了头了。

因为这位张瑾就是“还乡团”成员张𫐄的儿子！

虽然张𫐄在夺门后不久就死掉了，但他的儿子却还没有打倒自己老子的觉悟，所以对跑上门的孙镗置之不理，孙镗也只好无奈离去。

有人可能会注意到这样一件奇怪的事情：孙镗不是准备带兵出征吗，为什么不去调那些兵呢？

孙镗当然不是白痴，明明有兵还要到处跑，真正的原因在于那些兵只有等到他第二天拿到兵符，奉命出征后才能调得动！

但现在已经没有办法了，帮手找不到，城外驻军也指望不着，眼看就要陷入绝境，孙镗突然灵机一动，想出了一个办法。

此刻，李贤和王翱已经在曹钦的威逼下写好了请罪奏折，并塞入了宫门，他们曾以为曹钦准备就此罢手，却万万没有料到此时的曹钦已经完全失去了控制。

看见那封文书被塞进了门里，曹钦长出了一口气，似乎事情已经了结，但转瞬之间，他改变了主意，突然厉声喝道：

“众军集结，即刻攻击长安门！”

这是一道让后人百思不得其解的命令，曹钦的叛乱计划已经被揭破，相信他自己也知道，这封请罪文书糊弄不了朱祁镇，骗不开城门，而且老兄你都请罪了，干吗还要打呢？

无论如何，他还是动手了，可他手下的鞑官虽然勇猛，却一直无法打败长安门的守军，为了打破这个僵局，曹钦放火烧城门，可守军也早有准备，他们用砖头塞住城门，还兼具了防火功能。曹钦在门前急得转了几圈，反复调兵攻打，就是进不去。

曹钦彻底失去了控制，他突然丢下了鞑官，自己一个人跑回来找李贤和王翱。

这两位仁兄奉命写完了文书，心里正七上八下，突然看见曹钦风风火火地提着刀跑了进来。

李贤心知不妙，当即站了起来，大声对曹钦喊道：

“你想干什么?!”

曹钦也不说话，用他的行动回答了这个问题——他举起了带血的钢刀。

到了这个份儿上，也没办法了。

可是李贤等了很久，才发现这一刀始终没有砍下来。

曹钦先生似乎突然改变了主意，他恶狠狠地告诉李贤小心点儿，然后又急匆匆地走了。

被吓出一身汗的李贤和王翱这才松了一口气，落到这个么精神不正常的家伙手里，他们也只有认命了。

就在几乎同一时刻，孙镗带着自己的两个儿子来到了军营驻地，面对巡哨，他没有亮出兵符，却运足中气，气沉丹田，大呼一声：

“刑部大牢有人逃跑了！大家快去抓啊，抓住了有重赏！（最后这句话很重要）。”

正在睡觉的士兵被他喊醒，许多人都不予理会，但有些士兵却闻声而起，抄起家伙就跟着孙镗走了（赚钱的机会怎能放过），后经统计，孙镗这一嗓子喊来了两千人，正是这两千人最终稳定了局势，平定了叛乱。

孙镗带着两千位想发财的志愿者来到长安门附近，这才说出了他的真正目的：

“你们看见长安门的火光了吗，那是曹钦在造反！大家要奋力杀敌，必有重赏!”

原本想来砍囚犯的士兵们这才知道自己上了当，但既然来了也不能空着手回去，叛军也是人，打谁不是打啊，反正有钱拿就行。于是大家纷纷卷起袖子憋足力气，向长安门冲去。

然而，当孙镗到达长安门时，才发现曹钦等人已经撤走，他立刻列队，随着叛军的踪迹追击而去。

原来曹钦眼看长安门无法攻下，天却已经快亮了，于是他决定立刻改变方向，进攻东安门。

然而在行军的路上，他遇见了另一个往东安门赶的人——吴瑾。

大家都携带武器，杀气腾腾，不用自我介绍也知道是来干什么的，于是二话不说，开始对打。此时吴瑾身边只有五六个人，根本不是叛军的对手，但他毫无惧意，与叛军拼死相搏，力尽而亡。

这位于谦的昔日战友最终死在了“还乡团”覆灭的前夕，他没有能够看到最后的胜利。

曹钦杀掉了吴瑾，带领着叛军到达了东安门，开始了新一轮攻击行动，和长安门一样，他这次又用上了火攻，烧毁了东安城门。

曹钦原本以为东安门易攻，这才绕了个大圈跑过来，可他实在没有想到，实际情况恰恰相反。

东安门的守将没有用砖头塞门，却想了一个更绝的方法。曹钦在外面放火，他也没闲着，自己竟然找来木头，在里面又放一把火！这样一来火势越来越大，形成了一片火海，别说叛军了，兔子也钻不进来。

曹钦又一次陷入困境，正在此时，尾随而来的孙镗赶到了，看见这群深更半夜还在开篝火晚会的仁兄们，他立刻趁势发动了进攻。

按说到了这个地步，这场叛乱应该很快就能够结束，可曹钦手下的鞑官的战斗力实在让孙镗大吃了一惊，这些蒙古人在山穷水尽之际仍然十分勇猛，虽然人少却能以一当十，孙镗仗着人多，曹钦仗着人猛，战斗从东安门一直打到长安门，从凌晨打到了中午，打打停停，停停打打，一直没止息。

这是奇怪的一天，大臣们早就得到了消息，躲在了家里不去上朝，老百姓也不上街溜达，都待在家里打开窗户看街上的这场热闹。

最苦的是曹钦，他已经没有出路了，为了突出重围，他集中了一百多骑兵，向着包围圈发动了最后的冲锋。

可是曹钦的这点儿把戏在久经战阵的孙镗面前实在太小儿科了，他立刻安排了大批弓箭手站在队伍前列，对纵马冲锋者一律射杀，双方又一次陷入僵局。

这场让人哭笑不得的造反行动已经持续了十二个小时了，搞成现在这个样子，是曹钦万万没有想到的，而随着时间的推移，曹钦发现鞑官们的战斗力越来越弱，这也难怪，毕竟造反也算是体力活，鞑官们为造反已误了中午的正餐，这么闹下去谁能受得了？

万般无奈之下，曹钦逃回了自己的家，跟随而来的孙镗随即领兵包围了曹家，发动了总攻击，眼见大势已去，曹钦投井自尽，结束了他的一生。可攻进曹家的官兵们似乎还没过瘾，顺带着把曹家上下不论大小杀了个一干二净（估计是因为带走了不少东西，顺便灭个口）。

这就是权倾一时的曹家最终的下场。

最后补充几个人的处理结果：当夜，朱祁镇在午门召开大会，宣布判处曹吉祥死刑（注：凌迟处死），与他一同被处决的还有在曹家混饭吃的冯益（多说了一句话），业务不精的天文学家汤序（其实我认为他应该算是有功之臣）。

至此，经过历时五年、惊心动魄的激烈斗争，"还乡团"的成员们全军覆没，正义最终得到了伸张。

"于谦，公道还是存在于世上的啊！"

在那个星光灿烂的夜晚，李贤露出了笑容。

李贤，立朝三十余年，虽历经坎坷，却能百折不挠不改其志，终成大业。官至少保、吏部尚书、华盖殿大学士，成化二年（1466）病逝，名留青史。

史赞：

伟哉！宰相才也！

李贤的故事已告一段落，但其身后事却更为精彩。话说这位学士大人招了一个叫程敏政的女婿，而在他去世三十四年后，他的女婿主持了一次科考，别出心裁出了一道考题，难倒了几乎全天下所有的应试举人，在那一年，只有两个人答出了这道题。

可是具有讽刺意味的是，这两个答出了考题的人不但没有飞黄腾达，反而彻底改变了自己的命运，在历史上留下了截然不同的痕迹。而在那两个人中，有一个叫做唐寅，我们通常称其为唐伯虎。

第四章　不伦之恋

朱祁镇的遗愿

经历了无数的刀光剑影，权谋争斗，朱祁镇终于迎来了安宁稳定的生活，就在这片宁静中，他走向了自己人生的终点。

天顺八年（1464），朱祁镇三十八岁，应该说这是个并不算大的年龄，但此时的朱祁镇已经身患重疾，奄奄一息，大漠的烽烟、宫廷的争斗，耗尽了他所有的精力，现在的他唯一能做的就是静静地等待，等待着死亡的到来。

这位皇帝的一生并不算光彩，他宠信过奸邪小人，打过败仗，当过俘虏，做过囚犯，杀过忠臣，要说他是好皇帝，真是鬼都不信。

但他是一个好人。

他几乎信任了在他身边的每一个人，从王振到徐有贞、再到石亨、李贤，无论这些人是忠是奸，不管在什么样的环境下，他都能够和善待人，镇定自若，抢劫的蒙古兵、看守、伯颜帖木儿、阮浪，最后都成了他的朋友。

可是事实证明，好人是做不了好皇帝的。

这年正月，朱祁镇在病榻之上，召见了他的儿子、同样饱经风波的朱见深，将帝国的重任交给了朱见深。

然后，这位即将离世的皇帝思虑良久，对朱见深说出了他最后的遗愿，正是这个遗愿，给他的人生添加了最为亮丽的一抹色彩。

“自高皇帝以来，但逢帝崩，总要后宫多人殉葬，我不忍心这样做，我死后不要殉葬，你要记住，今后也不能再有这样的事情！”

“我一定会照办的。”

跪在床前的朱见深郑重地许下了他的允诺。

自朱元璋起，明朝皇帝制定了一项极为残酷的规定，每逢皇帝去世，后宫都要找人殉葬，朱重八和朱老四自不必说，连老实巴交的朱高炽、宽厚仁道的朱瞻基也没有例外，现在这一毫无人性的制度终于被这位历史上有名的差劲皇帝废除了，不能不说是一种讽刺。

朱元璋统一天下，建立帝国，留名青史；朱棣横扫残元，纵横大漠，威名留存至今，他们都是我们今天口中津津乐道的传奇。他们的功绩将永远为人们牢记。

但在他们丰功伟绩的背后，是无数战场上的白骨、家中哀嚎的寡妇和幼子，还有深宫中不为人知的哭泣，一帝功成，何止万骨枯！

朱祁镇最终做成了他的先辈们没有做的事情，这并不是偶然的，他没有他的先辈们有名，也没有他们那么伟大的成就，但朱祁镇有一种他的先辈们所不具备（或不愿意具备）的能力——理解别人的痛苦。

自古以来，皇帝们一直很少去理解那些所谓草民的生存环境，只要这些人不起来造反，别的问题似乎都是可以忽略的，更不要说什么悲欢离合，阴晴圆缺。

但朱祁镇做到了，至少在废除殉葬这件事情上，他理解了后宫那些无辜者的痛苦。八年前，他从一个作威作福的皇帝变成了俘虏，之后又成为囚犯，从衣来伸手、饭来张口到衣食不继、相拥取暖，这一惨痛的经历让他深刻地了解了身处困境、寄人篱下的悲哀，也知道了身为弱者要生存下去有多么的艰难。

所以在生命的最后一刻，他决定违背祖制，去解救那些无辜的人。

应该承认，这是一个勇敢而伟大的行为。

在这个世界上，任何人都没有无故去夺取别人的生命和尊严的权力。

虽然他一生中干过很多蠢事、错事，但在我看来，他比那些雄才伟略的帝王们更像一个“人”。

我们可以用一句话来评价朱祁镇的一生：

他是一个好人，却不是个好皇帝。

天顺八年（1464）正月，明英宗朱祁镇结束了他传奇的一生，终年三十八岁，太子朱见深继位，一个让人哭笑不得的朝代就此拉开序幕。

明宪宗朱见深

曾经有一个朋友让我帮他解决一个难题：他和他的女友关系很好，但是由于他的女友比他大两岁，家里人反对，他拿不定主意，想问问我的意见。

我想了一下，给他讲了一个故事，朱见深的故事。

悲惨的童年

一般说来，皇帝的童年或许不会快乐，却绝不会悲惨，明代皇帝也是如此，当然了，首任创业者朱重八同志例外。

但朱见深先生的童年似乎可以用这个词来形容，客观地讲，这位仁兄确实受尽了累，吃够了苦，虽然他后来终于成功继位，当上了皇帝，但如果你研究过他的发展史，相信你也会由衷地说一句：

兄弟，你实在不容易啊！

正统十二年（1447），朱见深出生了，他是皇位未来的继承者，用今天的话说，他是含着金钥匙出生的，可是没有人会想到，仅仅两年之后，他的人生悲剧就将开始。

正统十四年（1449），父亲朱祁镇带兵出征，却成了肉包子打狗——一去不回。在大明王朝的最关键时刻，朱见深毛遂他荐，被挺而出，在牙还没长全的情况下被光荣任命为皇太子，时年两岁。

两岁的朱见深自然不会知道，他之所以在这个时候被立为皇太子，有着极为复杂的政治背景。

当时，朱祁镇战败被俘，朱祁钰即将顶替他哥哥的位置，老谋深算的孙太后早已料到这个弟弟是不会就此罢手的，为防止皇位旁落，她急忙拥立朱见深为太子，并以此作为支持朱祁钰登基的交换条件。

虽然孙太后成功地将朱见深立为太子，但她深知深宫之中，人心险恶，保不准朱祁钰先生什么时候来一个斩草除根之类的把戏，而她自己也不可能时刻与宝贝孙子在一起，为确保安全，她作出了一个决定：派出自己的一个亲信去保护朱见深。

她做梦也不会想到，正是这个不经意的决定，改变了朱见深的一生。

她派出的亲信是一个姓万的宫女，从此这位宫女开始无微不至地照料幼童朱见深。

那一年，她十九岁，他两岁。

事实证明，孙太后的政治感觉是很准确的，朱祁钰坐稳皇位之后，丝毫没有归还的意思，不但自己追求连任，还想让自己的儿子也能连任。于是在景泰三年（1452），他买通了大臣，废除了朱见深的太子地位，改立自己的儿子朱见济为太子。对于这一变动，孙太后虽然极不服气，却也无可奈何。

这些政治人物为了自己的利益争来斗去，却没有人意识到，他们的举动，已经为一场悲剧拉开了序幕。

此时已经五岁的朱见深自然不知道大人们的事情，他每日只是在深宫中闲逛，由于他身处险境，且地位不稳，大家都认为他被废掉是迟早的事情，所以没有多少人愿意接近这位所谓的皇太子，对他十分冷淡。

从两岁时起，孤独和寂寞就不断缠绕着这个幼童，对他而言，童年是灰暗色的。而在这灰暗的生活中，唯一可以给他带来安慰的就是那位万姑姑。

无论周围的人对他如何冷淡，也无论人们如何排斥他，不陪他玩耍，这位万姑姑却总是一直陪伴着他、安慰着他，照料他的生活，虽然他的母亲周贵妃也常常来探望他，但宫中到处都是朱祁钰的耳目，为了不惹麻烦，每次总是来去匆匆，在他那幼小的心灵中，这个日夜守候在他身边的人才是他可信赖的依靠。

就这样，朱见深和他的万姑姑相依为命，过着这种冷清而又平静的生活，可有一天，这种生活被打破了，一群人突然闯进了朱见深的宫殿，气势汹汹地对他说，你不可以再用太子的称谓，从此以后，你的称呼是沂王。

然后这些人告诉他，沂王是没有权利继续住在这里的，你要马上滚出宫去，因为你的堂兄朱见济将很快搬进来，成为这里的主人，新的太子。

接下来要处理的就是原任太子，现任沂王身边太监宫女的下岗分流遣散问题，而从使用价值方面来讲，废太子还不如废旧轮胎。这是因为废旧轮胎还能回收利用，而根据历史经验，废太子往往会一废到底，永久报废。

人们很早就知道这个道理，所以这种时刻经常出现的景象就是树倒猢狲散，身边的人纷纷收拾行李，离开朱见深，另寻光明的前途。

面对着这一突变，那位姓万的宫女的表现却异于常人，她没有说话，只是默默地看着那些离去的人，默默地为朱见深准备着出宫的行装。

五岁的朱见深并不清楚到底发生了什么事，他只知道他很快就要搬出这里，而那些熟悉的面孔也即将离他而去，在他的脑海中没有答案，只有疑惑和忧虑。

“你也会走吗?”

“不会的，我会一直在你身边陪伴着你。”

这句话，她最终做到了。

景泰三年，朱见深被废为沂王，搬出宫外。

这一年，她二十二岁，他五岁。

朱见深的沂王生活开始了，事实证明，这是他人生中最为黑暗的一个时期，虽然他的父亲已经从蒙古载誉归来，但立刻又被委以囚犯的重任，关进南宫努力工作，由于事务繁忙，无法与他见面，而由于他已经搬出了宫外，他的母亲周贵妃也无法出宫来看他。此外，他身边布满了朱祁钰的手下，无时无刻不在监视着他的举动，如果被人抓住把柄，没准儿就要从废太子更进一步，变成童年早逝的废太子。

五岁的朱见深，没有父母的照料和宠爱，没有老师的耐心教导，身处不测之地，过着今日不知明日事的生活，他随时都可能被拉出去砍掉脑袋，或者在某一次用餐之后突然食物中毒，暴病不治而亡。对他而言，每一天都可能是生命的终点，每一天都是痛苦的挣扎，而这样的生活持续了整整五年。

在这让人绝望的环境中，只有她始终守在他的身边，照顾他，安慰他，无论遇到什么困难，也从未动摇过。

对朱见深而言，这个人已经成了他的母亲、他的朋友、他的依靠，是他不可分离的一部分。在那黑暗的日子里，这个人支撑着他，和他一起熬过了最困难的时刻。

五年后（1457），朱见深的父亲又一次得到了皇位，他的苦日子终于熬到了头，风水轮流转，他又一次搬回了宫中，恢复了太子的身份。自然，她仍陪伴在他的身边。

这一年，她二十七岁，他十岁。

在担任东宫太子的日子里，日渐成熟的朱见深逐渐对这位大他十七岁的女人产生了微妙的感情，相信就在这段时间之内，他们的关系发生了特殊的变化。

对于这些情况，他的父亲朱祁镇和母亲周贵妃都有所察觉，但他们并没有阻止，而是为朱见深挑选了三个女子作为皇后的候选人，等待他登基之后挑选册封。因为他们相信，这个姓万的宫女绝不可能成为皇后，等到朱见深长大懂事后，自然会离开她的。

天顺八年（1464），朱祁镇病死，朱见深继位，从此这位万宫女正式成为了皇帝的妃子。

这一年 ，她三十五岁，他十八岁。

皇后又如何！

虽然明代的宫廷政治十分复杂，王公贵族、文臣武将个个粉墨登场，卷起袖子你来我往，斗得不亦乐乎，不过在我看来，要论斗争水平，后宫的诸位佳丽们也层次甚高，顾盼一笑，举手投足之间，足以致人死命，可谓巾帼不让须眉。

对于这个问题，其实很早以前，亲爱的花木兰同志就曾经教导过我们：

谁说女子不如男！

太子朱见深成了皇帝，万宫女也变成了万妃，大致可以算是功德圆满，此时的万妃历经风波，已经年近不惑之年，但让众人惊异的是，这个女人竟然得到了皇帝朱见深的大部分宠爱，很多人都不理解。

而这一情况的出现，对后宫那些正值妙龄的女子们来说就不仅仅是一个理解的问题了，她们十分愤怒，也很不服气：这样的一个女人凭什么得到专宠？

在那些不服气的女人中，级别最高的是皇后吴氏。

要说这位吴小姐，那可是大大的有来头、有背景，想当初竞选皇后的时候，评委（朱祁镇）最先定的是一位王小姐，可是这位吴小姐凭着自己出身官宦，而且交际甚广，竟然找人搞定了评委，搞了暗箱操作，把王小姐挤了下去，最终当上了皇后。

要知道，皇后的人选是朱祁镇亲自定的，那这位吴小姐到底有什么神通，能够改变朱祁镇的决定呢？

这是因为她认识一个十分厉害的人——牛玉。

关于这个人我们不用介绍太多，只用说两点就够了：一、他是朱祁镇的亲信太监。二、朱祁镇临死前召见了两个人，一个是朱见深，另一个就是他。

有这样的一个人关照，吴小姐当上皇后自然不在话下，实在不用搞什么潜规则。

有这样的后台和关系网，年轻貌美的吴小姐自然不把三十五岁的万阿姨放在眼里，她绝对无法忍受自己被朱见深冷落，于是她想了一个办法去整治万阿姨。

可是不幸的是，事实证明，这不是一个好的方法。

可能毕竟是太年轻了，吴小姐丝毫不考虑后果，竟然直接找到万阿姨，把她拉回来打了一顿板子。

这个方法可以用四个字来形容：简单粗暴。当然了，她打这顿板子还是有理论基础的，她到底是皇后，所以对此美其名曰——整顿后宫纪律。这一顿板子打得万阿姨差点儿丢了命，也帮很多后宫的妃子出了一口气，此时的吴小姐可谓是威风凛凛，风头甚猛。

据说最猛的风是十二级的暴风，这位吴小姐的举动也真可谓是暴风骤雨，但事实证明，在历史中，最猛烈的风不是暴风，而是枕头风。

万妃挨了打，回去就向朱见深告了状，在这场争斗中，吴皇后靠的是家世和身份，而万妃靠的是宠信，那么结果如何呢？

自然是万妃赢了。(还是皇帝说了算)

朱见深听说万妃被打之后，十分生气，当即作出了处理。

他废掉了吴小姐的皇后名分，而此时她刚当皇后一个月。除此之外，吴小姐的父亲也被免官充军，而吴家的老朋友牛玉也被牵连在内，这位原先的司礼监竟然被发配去孝陵种菜，做了菜农。

更让人难以置信的是，那位曾挺身而出、平定叛乱的孙镗也被免了职，原因竟然是据说他和牛玉有亲戚关系。

皇后只干了一个月就被废掉，这可谓是前所未闻，而且此事竟然牵涉进去那么多无关的人，影响实在太坏，内阁成员李贤、彭时向朱见深进言，希望皇帝能够三思，收回成命。

朱见深只是笑了笑，没有回答，也没有解释，只是一如既往地宠爱万妃。

一年后（成化二年 1466），万妃迎来了她人生的转折点，这一年正月，她为朱见深生下了一个儿子，朱见深闻讯大喜过望，立刻封她为贵妃，还为此去宗社祭天，感谢祖宗保佑。

如无意外，万贵妃的这个儿子必定会成为将来帝国的继承者，可是遗憾的是，这一幕最终并没有出现。

第二年，这位皇子就患病夭折了，而这一年万贵妃已经三十八岁，她几乎不可能再生育儿女了。

这一事件严重地打击了朱见深，却并没有影响到朱见深对万贵妃的喜爱，此时的朱见深年仅二十一岁，正是少年风流的时候，可他却一反常态，日夜守在这个大龄女人的身边，似乎永远也不会厌倦。

朱见深不急，下面的大臣们可急了，内阁成员彭时估计是分管妇联工作的，眼看朱见深如此专宠万贵妃，而这位中年妇女很明显已经过了生育年龄，担忧皇帝无后，于是便发挥了文官集团以天下为己任、无论大事小事都要管的居委会工作精神，给皇帝上了一封十分特别的奏折。

这封奏折可算奇文，具体内容就不写了，大致意思是：

皇帝陛下，您的后宫有很多妃子，可是到现在却还没有儿子，臣想这应该是陛下过于宠爱某一个人所致吧，所以希望陛下能够将宠爱分给其他的妃子，这是国家大计啊。

真是不看不知道，一看吓一跳，这位彭时先生竟然干涉起皇帝的私生活来，公然上书劝皇帝平时多找其他老婆联络感情（文言“雨露均沾”），按说一般的皇帝看到这样的文书早就跳起来骂了：“我睡老婆，还要你管吗？”

可这位朱见深先生的反应更加出人意料，他一点儿也不生气，只是淡淡地说道：

“这是我的私事，你让我自己做主吧。”

然后，他依然故我。

大臣们的疑惑已经到了极点，他们不明白，这个万贵妃容貌并不突出，年龄也大了，为什么皇帝陛下竟然可以忽略那么多年轻貌美的女子，专宠她一个人呢？

朱见深明白大臣们的疑虑，但他并不想解释什么，因为他知道，这些人是不会理解的。

在那孤独无助的岁月里，只有她守护在我的身边，陪伴着我，走过无数的风雨，始终如一，不离不弃。

是的，你们永远也不会明白。

在这世上，爱一个人不需要理由，从来都不需要。

意外的收获

对于朱见深而言，万贵妃是他的妻子，是这个世界上最善良、最可信的人，但可惜他不知道，这位万贵妃还有另外一副隐藏的面孔。

要知道，虽然朱见深是一个很专情的人，可他毕竟是皇帝，绝不可能只宠信万贵妃一个人，他也会时常找后宫的其他妃子或是宫女，万贵妃也从未反对过，双方似乎相安无事，但朱见深似乎一直以来都忽略了一个重要疑点：为什么这么久过去了，他还没有任何子女呢？

朱见深万万想不到，之所以出现这种情况，是因为所有怀上他孩子的妃子或宫女都被人逼迫堕胎了！而干这件缺德事的正是那位集万千宠爱于一身的万贵妃。

但从来就没有人告诉过朱见深这些事情，原因很简单，他们不敢。

如果就这样搞下去，也许下一任皇帝朱祐樘先生就得另找地方投胎了。但也就在此时，万贵妃真正的敌人出现了，正是这个人彻底打破了万贵妃的如意算盘。

说来滑稽，万贵妃的这位敌手并不是选出来的，而是打出来的。

成化初年（约 1465），广西，大藤峡。

都察院都御史、远征军指挥官韩雍正站在峡谷的入口，仰望着上方的悬崖绝壁，为了平定两广土官叛乱，他带兵千里行军赶到这里，却发现山势险恶，方向难寻，常年的带兵经验告诉他，这里是最好的伏击地点。

正当他为找不到一条安全的出山之路发愁的时候，手下兴奋地向他报告，他们在前方找到了十几个当地的儒生和里长，熟悉附近地形，愿意为大军带路。

韩雍说：带我去看看。

他缓步走到那些当地人的面前，并没有迎上前去和他们热情握手，感谢他们即将为祖国作出的贡献，却出人意料地大笑起来：

“就凭你们这几个人，也敢来行刺！都给我抓起来！”

儒生里长们大惊失色，左右人却都是莫名其妙，士兵们随即上前搜身，果然在他们身上发现了行刺的利器。

部下们十分惊奇：你怎么就知道这些人是叛军派来的呢？

韩雍笑着说道：“你们还不明白吗，此地荒郊野岭，道路难行，鬼才来闲逛，而且附近都是叛军，怎么会有儒生里长四处活动？不是奸细刺客还能是谁？”

这件事情传到了叛军那里，没文化的土官们十分惊讶，以为韩雍有特异功能，惊为天神，士气受到了严重打击，不久之后韩雍分兵五路进攻大藤峡叛军营地，叛军不堪一击，被全部歼灭。

得胜功成的韩雍站在山顶之上，俯视着山间的那条大藤，所谓大藤峡即因此藤而得名，历来被土官们视为圣物，顶礼膜拜。

韩雍笑着问被俘土官：“这藤是干什么用的？”

土官对他的调侃态度十分不满，一脸严肃地回答：“此藤横跨山崖，白天不见踪影，夜晚方现，是此地天赐神物。”

韩雍的脸上闪过一丝坏笑，对身边的士兵说道：“拿斧头来！”

没等土官们反应过来，韩雍突然举起大斧，朝那藤全力砍去，于是神物就此一斧两断，成了废物。

这下子土官们一下子炸开了锅，个个目瞪口呆、惊慌失措地看着韩雍，而韩雍却只是轻松地笑了笑：

“诸位不要激动，藤断了也没什么，改个名字就行，我拿主意，今后此地就叫断藤峡吧。”

这就是明代历史上著名的成化两广叛乱和断藤峡之战，要说这事也算是个大事，但因为如果和由此事引发的后续事件比起来，那可就只能算是小巫见大巫了。

说来让人难以相信，后来那惊心动魄的一幕幕活剧竟是由这样一件小事引起的：

平定了叛乱后，韩雍准备班师回朝，这时他的一个部下向他请示了一件事：

“我们俘获了很多当地土民，如何处理？”

韩雍漫不经心地回答道：

“这还不简单，交当地官衙放归乡里严加管束就是了。”

说到这里，他突然想起了什么，便补充了一句：

“去挑一些年轻的，男女都要，我要带回京去。”

这里有必要说明一下，韩雍的举动也算是老习惯了，明朝每逢边界打仗抓到俘虏，总会挑一些男男女女到京城，送进王府或是宫里各有不同用场。

一般说来，女的会被安排做宫女，而男的就比较惨，他们的新职业比较统一——太监。伟大的郑和同志就是这样进入宫廷的。

韩雍做梦也想不到，他的这一举动将给大明帝国带来深远的影响，并导致了两个截然不同的结果——八年心惊肉跳的乱世，十八年国泰民安的盛世。

因为在那批进宫的人中，有这样一男一女，男的叫汪直，女的姓纪，名字不详。

男的还没到出场的时候，让他先等等吧，而那个姓纪的女孩，将成为风光无限的万贵妃最为可怕的敌人。

最强大的武器

吴小姐的下场让所有的人都知道了一个常识：这个不起眼的万姓中年妇女是皇帝最为宠信的人，如果要得罪了她，只有死路一条。

接替皇后位置的王小姐也是胆战心惊，经常串门，主动问安，就怕这位无冕之后什么时候心血来潮，闲来无事整她一下，那可就大大的不妙了。这也难怪，吴皇后有容貌、有权势、有名分，来势汹汹，万贵妃却只用一个小报告就结束了她的皇后任期，杀人于无形之中，着实厉害得紧。

此时的万贵妃俨然已经成了后宫真正的统治者，呼东喝西，指南骂北，但凡有后宫妃嫔宫女怀孕，她便立刻指使手下的人去逼迫堕胎，好不威风，自己生不出来就不让别人生，真可谓是断子绝孙、一统江湖。

也就在这个时候，广西来的纪姑娘进入了深宫，此时的她背井离乡，孤苦一人，怯生生地注视着周围陌生的一切，没有人会想到（包括她自己），就在不久之后，这个羞涩胆怯的小姑娘将会撼动万贵妃那看似稳如泰山的权势与地位。

纪姑娘被分配入宫，做了一名普通的宫女，可是出人意料的是，这位宫女一进宫就得到了宫中几乎所有人的喜爱，因为很快人们就发现，她是一个十分容易相处的人，她原先是广西土官的女儿，养尊处优，还能够识文断字，却从不因由官宦之家的小姐沦为宫女而怨天尤人，即使人家欺负她，交给她很多脏活累活，她也并不在意，只是一个人默默地做完。

她虽然没有权势，没有背景，甚至于没有过人的容貌，却有着一样女人最为强大的武器——善良。

她真心诚意地对待每一个人，从不去计较什么，只是一心一意地完成分派给自己的工作，由于她的出色表现，上级派给了她一个重要的职务——仓库管理员。

一般来说，这管仓库实在不能算是个体面的差事，但纪姑娘这个仓管员当得却是十分风光，这是因为她管的那个仓库比较特别——钱库。

更为重要的是，她管的这个钱库并非国库，而是内藏库，这里有必要解释一下，国库里存放的就是国家的钱，是由户部管的，而所谓内藏库里存的是皇帝的私房钱，由他自己掌管，并不用交给后宫的老婆们（不容易啊）。这也为后来发生的一切埋下了伏笔。

成化五年（1469）的一天，纪姑娘正如往常一样认真清点着仓库，一个人走了进来。

这位仁兄就是朱见深同志，不知他是不是闲来无事，想去自己的钱库数钱玩，便一路进了仓库，正遇上仓库管理员纪姑娘。

这是他们之间的第一次相遇。

朱见深对这个管仓库的小姑娘起初并不在意，他关心的只是仓库里的钱，四处巡视之后，他开始询问仓库的收支情况。

可是问着问着，朱见深突然发现了一件很有趣的事情。

后宫中女子众多，许多人几年也难得见皇帝一面，所以每当真正见面时，往往都是“激动的心，颤抖的手，一句话也说不出口”。对这一场景朱见深已经是司空见惯了，可这一次，通常的那一幕却并没有发生。

眼前的这个小姑娘十分特别，虽然初次见面，却应答如流，而且神情自然，不卑不亢，回答问题条理清楚，井然有序，毫不紧张，好像并没有意识到眼前的这个人就是众多妃嫔争夺的对象、君临天下的皇帝。

后宫的那些你争我夺、勾心斗角的是是非非似乎与她毫不相干，回答完朱见深的问题，她便退后静立一旁，不说一句多余的话，不问一个多余的问题。在她的眼中，管理仓库才是自己唯一的工作。她不想去获取什么，也不想去争夺什么。

不自是，故彰；不自伐，故有功；不自矜，故长；夫唯不争，故天下莫能与之争！——《道德经》

朱见深被深深地打动了，这个看仓库的小姑娘没有矫揉造作的仪态，也没有心思机敏的试探，她的身上只有如清风流水一般平淡的随和与友善，但这已经足够了。

他喜欢上了这个小姑娘，当然了，由于他是皇帝，自然不用经过加深了解、互致问候、拜见双方父母之类的复杂过程，直接就“临幸”了。

这以后的事情出乎意料的平淡，仓库管理员纪姑娘并没有如诸多后宫小说中描述的那样飞黄腾达，这并不奇怪，因为以她的性格，是不会主动向朱见深要求些什么的。

此后，她依然如往常一样管理着她的仓库，也从未对人谈论过这件事情，对她而言，这件事情似乎从来都没有发生过。

可是上天偏偏要给她一个不平凡的命运，就在不久之后，她发现自己竟然怀孕了。

按照常理，在古代，要是哪位女子怀上了皇帝的孩子，那可是了不得的大事，地方政府要到该女子的家中敲锣打鼓，燃放鞭炮，洽谈将来的合作事宜，家中父母要一把鼻涕一把泪地给祖宗上炷香，而那些风水先生们也会跑到这家的祖坟上去搞理论研究，总而言之两个字——风光。

可当时纪姑娘面临的环境则应该用另外两个字来形容——危险。

因为当时的后宫正处于万贵妃的管辖之下，而这位万贵妃最不能忍受的声音就是婴儿的啼哭，对于她而言，这无异于丧钟的轰鸣。为了她的地位，她必须除掉所有可能对她造成威胁的新生命——包括那些即将诞生的。

出于母亲的天性，纪姑娘很想保住她即将出生的孩子，所以她多方隐瞒，可是很不幸，她怀孕的事情最终还是被万贵妃知道了，于是这位后宫的统治者决定派她身边的一位亲信宫女去处理此事——堕掉那个即将出生的孩子。

夺走她孩子的人就要来了，纪姑娘却没有任何对策，她身处后宫，无处可逃，更无处申冤，她很清楚，之前很多妃嫔的孩子都是这样被处理掉的，而她作为一个小小的仓库管理员，又能够做些什么呢?

上天无路，遁地无门。

万贵妃的亲信终于还是来了，她走进纪姑娘那所简陋的住所，面无表情地看着她挺起的肚子和惊慌的眼神，没有说一句话，转身走了。

然后她回到万贵妃的寝宫，回复了她的答案：

“她的身体有病，但并未怀孕。”

“你肯定吗?”

“我肯定。”

我没有能够在史书中找到这个宫女的名字，这并不奇怪，因为在后世史家的眼中，她只是个无足轻重的小人物，不过在我看来，在王侯将相的历史中，她也有着属于自己的称呼——一个有良心的人。

万贵妃被瞒了过去，而纪姑娘肚子里的孩子终于保住了性命，后宫又恢复了往日的平静，但在这平静的外表下，事情才刚刚开始。

成化六年（1470），七月，己卯。

伴随着一声响亮的啼哭，经历了痛苦分娩的纪姑娘终于生下了一个男孩，和所有的母亲一样，她欣喜地看着自己的孩子，看着这个刚刚诞生的生命，紧紧地将他拥入怀中。她已经没有了父母，没有了兄弟姐妹，因为即使他们没有在战乱中死去，也注定永远不能再见面。

现在她终于有了在这个世界上唯一的亲人——儿子。

这是幸福的一刻，她孤独的生命终于有了寄托，有了希望。

可是她的幸福并没有延续多久，因为这一声啼哭也惊动了后宫中的另一个人，一个满怀失落和仇恨的女人。

她终归还是知道了这个孩子的诞生，嫉妒的火焰在她的心中燃烧起来，为什么她有孩子，而我没有?！我才是后宫的统治者，是皇帝最为宠信的女人，任何人都不能将这一切从我身边夺走！

她下达了命令：

"溺死那个孩子!"

接受命令的人叫张敏，他只是一个普通的宦官，但希望大家能够记住这个名字。

他奉命来到纪姑娘的住所，推开房门，看见了纪姑娘和她怀中正在吃奶的孩子。

这一次，纪姑娘不再惊慌了，历经这么多的风风雨雨，她很清楚即将发生些什么。

她从容地说道：

"做你该做的事情吧。"

张敏站在门口，静静地看着这对母子，一动也不动，过了很久，他走了进去，从纪姑娘手中小心翼翼地接过了孩子。

"孩子在这里不安全，还是交给我吧，过段时间你再来看他。"

他没有再看纪姑娘那惊愕的表情，抱着孩子径自走了出去。

张敏抱走了孩子，找了宫中一间空置的房子，安顿了这个孩子，他还和宫中的其他太监商议，从他们那少得可怜的收入中挤出一些钱，买来乳糕裹着蜜糖喂养这个没奶吃的孩子。在没人注意的时候，纪姑娘也会经常来看望她的孩子。

从此，这个孩子就成了后宫中宫女、太监们那枯燥生活的最大乐趣。他们都很喜欢这个孩子，原因很简单，作为这座冷酷的后宫中的普通一员，他们永远也不可能有自己的孩子。

可是随着这个孩子一天天长大，张敏等人逐渐发现了一个新的问题：他们养不活这个孩子。

张敏是一个普通的宦官，并非司礼监，而他的同事和那些知情的宫女们都只是这座金碧辉煌的后宫中的最底层，没有额外的收入，除了自己花销外，每月根本剩不下什么钱，虽然这个孩子不用上托儿所，也不用交什么择所费，更不用上那些各种各样的辅导班，但即使如此，他们还是无法承担养育他的费用。

对于这个问题，纪姑娘也没有更多的办法，她只是一个小小的仓库管理员，也没有额外收入，养不起自己的孩子。

大家都养不起，难道要拿去送给万贵妃？正当他们一筹莫展的时候，另一个人说话了。

"那就交给我来养吧。"

讲这句话的正是前任皇后吴小姐。

虽然是前任皇后，但毕竟瘦死的骆驼比马大，吴小姐家有钱有势，养一个孩子自然不在话下，当然了，她的动机估计没有那么单纯，打倒万阿姨仍然是她的最终目的，无论如何，这个孩子能够活下来了。

这之后的五年，纪姑娘的这个孩子一直在宫中生活，虽然他不能出去玩，但在她母亲、吴阿姨、张叔叔以及无数叫不出名字的内监宫女的照料下，他一直幸福地成长着——至少比他的父亲幸福。

日子一天天地过去，孩子一天天地长大，而这些生活在后宫最底层的人们却没有发现，他们已经创造了一个奇迹。

从成化六年到成化十一年（1475），整整五年时间，紧密森严的后宫中多了一个孩子，这一点，几乎所有的宦官、宫女、妃嫔们都知道，但他们却无一例外地保持了沉默，守住了这个秘密。

只有一个人不知道——万贵妃。

这不是一个故事，而是真实的史实，是发生在以争宠夺名、钩心斗角闻名于世的后宫中的史实。在这里，人们放弃了私欲和阴谋，保守了这个秘密，证明了善良的力量。

读史多年，唯一的发现是：几千年来我们似乎在重复着同一种游戏——权力与利益的游戏，整日都是永远也上演不完的权力斗争、阴谋诡计，令人厌倦到了极点。但这件事似乎是个例外，它真正地打动了我。

我们这个古老国度有着漫长的历史，长得似乎看不到尽头，但我却始终保持着对这些故纸堆的热情。

因为我始终相信，在那些充斥着流血、屠杀、成王败寇、尔虞我诈的文字后面，人性的光辉与伟大将永远存在。

最后的抉择

这个吃百家饭长大的孩子就这样在后宫中快乐地生活着，对他而言，有母亲的陪伴，还有那么多叔叔阿姨宠爱着他，每一天的生活都是幸福的，但纪姑娘明白，这种日子是不会长久的，她和她的孩子最终还是要面对命运的最后裁决。

这一天终于来临了。

成化十一年，五月，丁卯。

朱见深坐在镜子面前，一个宦官正站在他的身后为他梳头，端详着镜中自己那憔悴的容貌，他深深地叹了一口气，虽然他还不到三十岁，却已未老先衰，这倒也罢了，他真正担心的是另外一件事。

“我还没有儿子啊！”

当朱见深为自己的不育问题而烦恼时，站在他身后的那个人也正在痛苦中思索着自己的抉择——说，还是不说？

这个梳头的宦官正是张敏。

五年前的那个夏天，他奉命去除掉一个孩子，面对着那对孤苦的母子，他最终违背了冷酷的命令，选择了自己的良知。五年之中，他和这个孩子朝夕相处，看着他一天天地长大，度过了很多快乐的日子，可他很清楚，这件事情总会有一个了结。这个孩子必须获得他父亲的承认，才能活下去，并成为这个帝国的继承者。

现在时机到了。

但他也很明白，自己不过是一个普普通通的宦官，无权无势，如果说出真相，以万贵妃的权势，他将必死无疑。

真相大白之日，即是死期来临之时。

这是张敏一生中最为痛苦的时刻，要让这个孩子活下去，他就必须舍弃自己的生命。

除此之外，别无选择。

一生低声下气、地位卑微、终日带着讨好笑容的张敏终于作出了他人生最后的抉择——一个伟大的抉择。

“陛下，您已经有儿子了。”

离别

朱见深惊诧地回过头，第一次认真地打量着这个为他梳头的宦官。

“你刚才说什么？”

“陛下，您已经有儿子了。”

朱见深一动不动地盯着跪在地上的张敏，确定他并非精神错乱之后，方才半信半疑地问道：

“在哪里？”

但这一次，张敏没有立刻回答他的问题，而是选择了沉默。

朱见深疑心顿起，厉声追问道：

“为什么不答话？！”

跪在地上、半辈子卑躬屈膝的张敏抬起了头，无畏地看着朱见深，提出了一个条件：

“我自知说出此事必死无疑，但只要皇上能为皇子做主，死亦无憾。”

就这样吧，我相信我作出了正确的决定。

朱见深被眼前的这个小人物震慑住了，他知道，一个有胆量说出这句话的人是不会说谎的。

“我答应你，告诉我在哪里吧。”

然后他得知自己有一个已经五岁多的儿子，正在后宫的安乐堂内玩耍。

此时的朱见深什么也顾不上了，他喜形于色地奔向了后宫，并立刻派人去安乐堂接他的儿子——大明皇位未来的继承者。

此时的后宫已经乱成一团，大家都已知道皇帝派人来接孩子的消息，宦官、宫女们都十分高兴，而妃嫔们也纷纷来到纪姑娘的住处，向她道贺。

这也是一件十分自然的事情，自古以来母以子贵，纪姑娘保住了孩子，很快就能成为纪贵妃甚至纪皇后，甚至有可能取代万贵妃成为后宫的统治者。

纪姑娘微笑着送走了前来祝贺的人们，然后她关上了房门，向她的儿子作了最后的道别。

她在战争中永别了自己的亲人，被俘获进宫，在孤苦中延续着自己的生命，直到这个孩子的出现。六年的含辛茹苦，九死一生，她和自己的孩子最终熬到了出头的这一天。

但此刻的纪姑娘并没有丝毫的喜悦，因为她十分清楚，虽然皇位正向她的儿子招手，但死亡却离她自己越来越近。

万贵妃会毫不犹豫地杀死所有与她为敌的人，在这座皇宫中，没有任何人可以保护她的安全，即使她是皇子的母亲。而孩子的父亲，软弱的朱见深对此也无能为力。

她看着自己的孩子，这个她在世上唯一的亲人，最后一次亲手为他穿上了衣服，最后一次紧紧地将他拥入怀中，哭泣着向他告别：

“孩子，你走后，我也活不了多久了，你去到那里，看见一个穿着黄色衣服、有胡子的人，那就是你的父亲啊，今后一切千万小心，母亲再也不能陪伴你了。”

年幼的皇子并不知道发生了什么事情，为什么周围的人今天表现得如此奇怪，为什么母亲会痛哭失声。他只知道，自己就要离开这里，到另外一个地方去，去找一个有胡子的人。

离开了哭泣的母亲，这个孩子在他出生五年后第一次走出了自己居住的地方，离开了母亲，坐上了迎接他的小轿，踏上了未知的道路。

很快，他到达了这次旅行的终点，他的父亲正在那里等待着他。

由于深居简出，这位皇子快到六岁了还未理发，头发一直垂到了地上，他就这样跌跌撞撞地向那个穿着黄色衣服、坐在椅子上正凝视着他的人走去。

朱见深看着这个向自己走来的孩子，激动的心情再也无法抑制，他立刻迎上前去，抱住了这个孩子，放在自己的膝上，仔细地端详着他。

很快，他哭了，他一边流着眼泪，一边紧紧地抱着孩子大声说道：

“这是我的儿子，这是我的儿子啊，他像我！”

不用亲子鉴定，不用指认，不用证据，这就是我的儿子，毫无疑问。

他牵着这个孩子回到了自己的寝宫，并告知母亲周太后和所有的大臣们，自己有儿子了。

所有的人都欢呼雀跃，周太后更是兴奋异常，抱着她这个来之不易的孙子丝毫不肯撒手，大家都在为大明帝国后继有人而高兴，只有一个人例外。

后宫中的那个女人已经愤怒得几乎丧失了理智，派去堕胎的人敷衍了她，派去谋杀的人隐瞒了她，所有的人都知道这个孩子的存在，却没有一个人告诉她。

“你们都欺骗了我！”

复仇的欲望在她心中猛烈地膨胀。

让那个孩子和她的母亲消失，让一切都回到事情的起点，敢于欺瞒我的人，一个也不能放过！

那个在宫中躲藏了多年的孩子终于可以正大光明地生活下去了，他有了自己的寝宫，自己的宫女宦官，自己的从属，也有了自己的名字——朱祐樘。

纪姑娘也变成了纪妃，正式成为了朱见深的合法妻子，这个广西来的小姑娘似乎已经迎来了人生的转折。但事实证明，她对自己命运的判断十分准确。

朱祐樘进宫一个月后（成化十一年六月），纪妃死于后宫住所，死因不详。

关于她的死亡方式，最终并没有一个定论，有的说她是被逼自尽，有的说是突发重病身亡。但她的死因却似乎并没有引起什么争论，后世那些特别热衷于挖人隐私的历史学家们，出人意料地对这件事情也没有产生太大的兴趣。

因为所有的人都知道凶手的名字以及行凶的动机。

这位从广西来的小姑娘就此结束了她的一生，直到现在，我们仍然不知道她的名字、她的家庭成员，甚至于她的准确年龄。因为她不善言谈，入宫之后大多数时间，她只是静静地干着自己的工作，接受着别人交给她的任务，从未向人谈起她的故乡和亲人。

十二年后，她的儿子、已经成为皇帝的朱祐樘曾发动无数人去寻问他母亲的家世和亲人，广西各级官员自发动员起来，从布政使到县令，甚至包括当年曾经出征广西的韩雍手下的将领们，纷纷赤膊上阵，改行当了户口缉查员。他们挖地三尺，历时近十年，把广西全境翻了个底朝天，闹得四处鸡犬不宁，最终却只找到几个想借机发财的骗子。无奈之下，朱祐樘唯有在当地树立祠堂，册立封号，以缅怀对这位伟大母亲的哀思。

在历史上，她最终也只是一个昙花一现、连名字也未能够留下的女子。

但我仍然记下了她的名字——一个尽力保护自己孩子的母亲，一个善良的女人。

听到纪妃去世的消息，宦官张敏苦笑着叹了一口气：

"这一天迟早是会来的。"

几天之后，他在后宫中吞金自尽。

当一个人不得不走向死亡时，自杀代表着尊严和抗争。

就在给朱见深梳头的那一天，张敏对天许下了一个承诺，用他的死亡去换取这个孩子的生存。上天在这个问题上表现得很公平，他履行了义务，给了这个孩子快乐的生活，也行使了权利，把张敏送上了不归之路。

我查了一下史料才发现，从仕途上讲，这位叫张敏的宦官混得实在很失败，从头到尾，他只是一个门监，在今天这一职务又被称为"门卫"或是"看大门的"。

可就是这个普通得不能再普通的看大门的宦官，却做出了无数名臣名相也未必能够做到的事情。面对死亡的威胁，他选择了良知。

舍弃生命，坚持信念，去履行自己的承诺。这种行为，我们称为舍生取义。

张敏，是一个舍生取义的人。

幸存者

纪妃和张敏都死了，短短一个月间，朱祐樘就失去了他最为亲近的两个人，此时的他还不懂得什么是哀伤，只是偶尔会奇怪为什么母亲再也不来看他。

而与此同时，死亡的阴影也正悄悄地笼罩着这个孩子，对于后宫的万贵妃来说，这个孩子是个极为危险的人物，他会夺走朱见深的宠爱。于是另一场谋杀的阴谋即将实施。

可能有人会奇怪，如此恶行，难道没有人管吗？

要知道，万阿姨虽然年纪大了，却并不是傻瓜，她之所以敢如此肆无忌惮地除掉每一个她厌恶的人，其中自有原因。

她看着朱见深长大，十分了解这位皇帝，如果用两个字来概括朱见深的性格，那就是懦弱。公正地讲，朱见深并不糊涂，智商也不低，算是一个正常孩子，可童年的阴影使他的性格十分软弱，并且有极强的恋母情结（关于这个问题，可以参照四百年后弗洛伊德先生的理论），因而极度依赖万贵妃。

这样的一个家伙，有啥好怕？

眼看朱祐樘就要英年早逝，另一个女人站出来挽救了一切。万贵妃虽然统领后宫，但这个女人，她无论如何也是惹不起的。

此人就是朱见深的母亲周太后，按照辈分，万贵妃还要叫她一声娘亲。要说这位周太后，那可是见过大世面的，想当年，正统土木之变，景泰金刀疑案，刀光剑影，你来我往，周太后都挺住了，万贵妃搞的这点儿名堂，只能算是和风细雨的小场面。

“把孩子交给我，看谁敢动他一指头！”

一声令下，朱祐樘住进了太后的仁寿宫，这下万贵妃彻底没戏了。

可是历史告诉我们，阶级敌人是不会甘心失败的，不久之后，朱祐樘就接到了万贵妃的热情邀请，希望皇太子（此时已册立）殿下大驾光临。

朱祐樘也没想太多，松一松腰带就准备上路，此时周太后却站了出来，郑重其事地告诉他：

“去到那里，什么也不能吃！千万记住了！”

“要是一定让我吃呢？”

“就说你吃饱了！”

到了地方，万贵妃果然拿出了很多好吃的东西，和颜悦色地对朱祐樘说：

“吃点儿吧。”

朱祐樘收住了口水，说出了违心的答案：

“吃饱了。”

按说事情到这里就算结束了，可是朱祐樘小朋友，世事难料啊。

“那就喝点儿汤吧。”

完了，这句没教过啊！

他低下头开始思考标准答案，一旁的万贵妃却仍在不停地催促着，要说这孩子心眼还真是实在，憋半天憋得脸通红，终于蹦出了一句惊世骇俗的话：

“我怕有毒！”

万贵妃目瞪口呆，看着一脸无辜的朱祐樘，几乎当场晕倒在地：你小子也太直接了吧。

阴谋被搞成了阳谋，这下彻底没戏唱了，那汤里到底有没有毒也不重要了，太子殿下过了一回眼瘾，就此打道回府。

万贵妃晕倒前最后留言：

“这小子现在就敢这么干，将来还不得吃了我！”

自此之后，万贵妃就如同斗败的公鸡，彻底失去了往日的威风，不敢再堕掉别人的孩子，而朱见深同志也趁开放的大好形势，越发神勇，又生下了他的第四个儿子（前两个夭折了，朱祐樘是第三个），此后他又接连生了十余个儿子，一举彻底洗刷了不育的恶名。可他怎么都不会想到，除了太子之外，那位第四个出生的皇子在经历了无数风波之后，最终竟然也成了皇帝。

这些事情得等到四五十年后了，还是先安排成化年间的诸位大人们出场吧，他们已经等不及了。

第五章 武林大会

要说这成化年间的朝政，用一个词就可以完美地概括和形容——一塌糊涂。

这一点儿也不奇怪，朱见深同志的领导水平实在对不起人，他连自己的老婆都管不住，怎么管得住身边的秘书们?

在这种情况下，成化年间的政治顿时变得异彩纷呈、黑暗无比，而涌现出的各个政治流派更是多姿多彩、百花齐放，聚集在这个混乱的江湖中，召开了一场花招层出不穷、犯规屡禁不止的武林大会。

下面我们开始介绍参加武林大会的各大门派（排名不分先后）。

春派

全称：春药研究派。

掌门：梁芳。

门下弟子构成：术士、番僧。

独门绝技：化学物品研究（春药，现俗称伟哥）、生理卫生知识研究；

仙派

全称：修道成仙派。

掌门：李孜省。

门下弟子构成：和尚、道士。

独门绝技：炼丹（属化学门类）、修道；

监派

全称：内监宦官派。

掌门：汪直、尚铭。

门下弟子构成：太监。

独门绝技：地下工作（特务）、打小报告；

后派

全称：后宫老婆派。

掌门：万贵妃。

门下弟子构成：宫女、太监、外戚。

独门绝技：一哭二闹三上吊（此绝技经过长期演变，现已普及使用）；

混派

全称：混日子派。

掌门：万安。

门下弟子构成：文官集团。

独门绝技：混日子、弹劾（告状）。

这就是当时纵横江湖的五大门派，要诉说他们的来历瓜葛，您且上坐，听我慢慢道来：

什么是江湖？有人的地方就有江湖。

话说两千多年前绝世高手嬴政一统武林，荣任第一任武林盟主之后，江湖便陷入了众派林立、腥风血雨的光辉岁月。

在众多的门派中，资格最老、水平最高的是两大门派——监派和后派。

这两派的地位大致相当于少林和武当。其中后派的历史学名叫做外戚，监派的历史学名叫权阉。

两派虽然都服从武林盟主（皇帝）的调遣，但从挂牌子成立那天起，就是不共戴天的死敌，此消彼长，你死我活，几千年来就没消停过，而两派门中也都是高手辈出。

比如监派的赵高、单超、李辅国、鱼朝恩以及后派的吕后、杨坚、韦后等人，全部都是纵横一时的高人，为本派争得了极大的荣誉。两派在斗争之余，偶尔也会携手合作，一旦这种情况出现，武林盟主便会趁机浑水摸鱼，不断在两派间挑起是非，以维护自己的盟主地位。

当然了，有时候如果盟主武功不高，也有可能被这两派的高手取而代之，如杨坚就成功地脱离后派，成为新的武林盟主。

到了成化年间，这一情况并没有改变，后派和监派仍然水火不容，而其他门派也趁此机会，开张的开张，壮大的壮大，这就是我们之前介绍过的另外三派。

春派是后派的附属门派，春派掌门人梁芳原先是后派掌门万贵妃的物品采购员，由于胆大心黑，敢于中饱私囊、贪污公款，工作干得十分出色，被提拔为春派掌门，自立门户。

这里还要表扬一下梁芳同志的刻苦认真态度，大家知道他是研究春药的，但他干这行也真不容易，因为他本人是个宦官，在看得见吃不着且理论脱离实际的情况下，能够如此卖力工作，着实体现了卓越的钻研精神和职业素养。

这是春派，下面我们说仙派。

仙派也是一个历史悠久的派别，该门派最出名的人物应该就是秦朝那个据说去了日本留学的徐福，而到了成化朝，仙派也出人头地了，该派掌门李孜省原先在江西衙门里当小公务员，后来改行去京城北漂，顺便也干点儿诈骗的活儿。

后来他在行骗过程中遇见了春派掌门梁芳，就当了梁掌门的随从，而梁掌门对他也甚是欣赏，支持他另立门户，发挥特长，为盟主朱见深炼丹修道，从而一举打响了仙派的威名。

接着是鼎鼎大名的监派，此派在明代极为兴盛，前有郑和、王振，后有刘瑾、魏忠贤，可谓人才济济，而在成化朝，这一派却出现了分裂。

如同华山派有气宗和剑宗一样，监派也分裂成了东监派和西监派，两大掌门各行其是，彼此之间斗争激烈，东监派掌门尚铭根基深厚，秉承传统，不断壮大本派的传统附属企业——东厂，脚踏实地做好刺探情报、诬陷忠良的特务工作。

而西监派掌门汪直，自从被韩雍大军带到京城，挨了一刀变成宦官之后，奋发图强，打破传统发展模式，积极进取（拍马屁），努力争取盟主朱见深的信任，并以人无我有、人有我优的创新精神在西安门开办了西厂，他的办厂准则可以用一句话概括——“没有最坏，只有更坏”。

后派就不用多介绍了，成化年间的万贵妃可谓一女当关，万夫莫敌，她不但是后派掌门，还是武林盟主朱见深的老婆兼保姆，独门招式枕头风和枕头状横扫武林，无人能挡。

最后是混派，此派原叫臣派，本是与监派、后派齐名的大派，门下出过无数如李斯、霍光、房玄龄、王安石、三杨之类的绝顶高手，可是到了此任掌门万安的手中，门庭冷清，万掌门武艺稀松，除了坚持练习磕头功和拍马功之外，没有什么其他的本事，逐渐成为了后派和监派的附庸，直到十几年后，这种情况才得到了改观。

综上所述，成化年间的武林形势是这样的，后派和春派、仙派是同盟关系，可称之为泛后阵营。监派内部存在矛盾，对外则与后派同盟敌对，最窝囊的是混派，无论监派、后派它都不敢得罪，派如其名，只能乖乖地混日子。

以上就是武林五大门派的情况，相信你已看得出，这些都是所谓的邪派，如果你还在等待着名门正派的出现，恐怕就只能失望而归了，因为此时江湖的情形完全可以用一句话来概括：

这年头，没有好人了。

五派风云录

各派都到齐了，好戏也就该上演了。

春派掌门梁芳，卓越的药品批发商，物品采购商，他的发家之路主要有两条，其一是送礼给万贵妃，此外就是制造春药送给皇帝，两面讨好，大家都喜欢他，所以在一段时间里他十分得势。

他虽身为宦官，却并非监派成员，当时的宦官首领司礼太监尚铭和怀恩都曾试图收编他，梁芳的回答却是：你算老几？一边凉快去吧。

他仗着有人撑腰，大肆侵吞财物，朱见深同志的内藏原本有很多私房钱，可没过几年，就被这位仁兄用得干干净净，气得盟主大人几天吃不下饭。

但梁掌门也有一个好处，由于他本人读书少，没什么见识，和王振、魏忠贤等人比起来，档次差得太远，除了捞钱之外，也就是帮万贵妃去后宫堕个胎，更大的坏事他也干不出来（不是不想，实在是水平不高），他万万没有料到，自己做过的最有影响的事情竟然是招募了一个人。

这个人就是后来的仙派掌门李孜省。

如果要问五派中谁最受朱见深的宠信，估计很多人会回答是后派或者监派，但实际上，朱见深最看重的恰恰是这个不起眼的仙派掌门李孜省。

对这一点，实在不必吃惊，朱见深的心声可以明确地告诉我们原因：

我真的还想再活五百年！

春药也好，耳目也好，老婆也好，只要有这条命在，随时都可以再找。

生命是最宝贵的，朱见深明智地认识到了这一点。

所以，号称可以长生不老的李孜省自然成了朱见深的宠臣，而他本人也可谓再接再厉，不满足于用修道成仙糊弄盟主，在炼丹的同时还在生产线上加入了副产品——春药，开始抢自己老领导梁掌门的生意。

这样一来，多面手李孜省就成了炙手可热的人物，混派的掌门万安和大弟子刘吉、二弟子彭华都是靠他的关系才进入内阁，做大官的。

可这位掌门并不满足，他还打算跨行业发展，竟然把手伸到了特务工作上，自己组织人员为盟主大人探听消息，这下子可算是捅了马蜂窝，东厂、西厂的众多特务们都眼巴巴地靠着这行吃饭呢，你李孜省算是个什么东西?！竟然敢打破垄断，搞竞争！

监派掌门尚铭、汪直卷起裤腿，抄起家伙，准备向这个无名小卒发动进攻。

可是斗争的结果是他们意想不到的。

李孜省和太监的斗争就放到后面吧，先说其他两个门派。

后派就没有什么可说的了，万贵妃仍然过着她的日子，三天两头巡视后宫，然后心有不甘地凝视着太子东宫的方向，仅此而已。

下面轮到混派出场了，我个人认为，这是最有趣的一个门派。

在成化五年（1469）之前，内阁是一个庄严神圣的地方，那时的内阁成员是商辂和彭时。

商辂也算是老熟人了，早在北京保卫战时，他就露了一次脸，站出来支持于谦的主张，但他更出名的还是他的考试成绩——连中三元。想当初乡试发榜的时候，榜刚刚贴出来，人家还在瞪大眼睛找名字，他随便看了一眼，就打道回府睡觉去了。同乡问他怎么不找自己的名字，他若无其事地指着榜单说道：

“费那工夫干啥，排最上面那个不就是我嘛！”

除去靖难时被朱棣打击报复、删去名字的黄观，他是明代唯一一个完成这一高难度动作的人，事实证明，他的为官也十分优秀，而彭时也是状元出身，为官清正，在他们的带领下，大明帝国有条不紊地向前行进。

就在这个时候，万安进入了内阁。

万安，四川眉州人，正统十三年（1448）进士，这位仁兄书读得很好，当年高考全国第四名，位居二甲第一，可惜从他后来的表现看，他实在是应试教育的牺牲品，高分低能的典型代表。

他入阁后，不理政务，只是一门心思地干成了一件事——拉关系。他充分地使用了自己的姓氏资源，竟然和万贵妃拉上了亲戚。

什么亲戚呢？

据万安同志自己讲，万贵妃的弟弟的老婆的母亲的妹妹是他的妾，这可是了不得的近亲啊！

于是他跑到万贵妃的弟弟家，声泪俱下地认了这门亲事，并光荣地宣布：我万安终于找到亲人了！

无论亲戚是真是假，万安确实获得了提升的机会，成化十四年（1478），商辂退休回家，万安成了内阁首辅。

从此，在他的“英明”领导下，文官团体的历史进入了一个新的时代——混派时代。

外号党

混派与别派不同，承蒙各位江湖人物看得起，混派的许多精英都被赋予了外号。叫起来甚是响亮，不可不仔细谈谈。

混派掌门万安，江湖人送外号“万岁阁老”。

成化七年（1471），万安和内阁其他两名成员商辂、彭时前去拜见朱见深，商讨国家大事，彭时开口刚谈了几件事，正说到兴头上，突然听见旁边大呼一声：

“万岁！”

回头一看，万掌门已经跪在地上磕头了。

商辂、彭时瞠目结舌，待了一会儿，无奈地叹了口气，也跪了下来，磕头叫道：

“万岁！”

这奇怪的一幕之所以会发生，完全是因为万安的那一声万岁，这关系到一个严肃的礼仪问题。

在清代，官员之间商谈事情，若端起茶杯，就意味着本人不想再谈，请你走人，即所谓端茶送客。

而明代面圣也有着一套礼仪，朝见完毕，口呼万岁，这意思就是皇上再见，俺们下次再来。

万掌门不知是不是急着上茅房，没等谈几句，匆匆忙忙地喊了再见，搞得内阁极为尴尬，成为了满朝文武的笑柄，故而有了这个光荣的称号“万岁阁老”。

混派大弟子刘吉，江湖人送外号“刘棉花”。

刘吉，河北人，正统十三年（1448）进士，是万掌门的同期同学，成化十一年（1475）成为内阁成员，这人品行和万安差不多，但还有一点要强于万安——脸皮更厚。

明代弹劾成风，言官也喜欢管闲事，刘吉这种人自然成了言官们的主要攻击对象，可这位仁兄心理承受力好，言官说了什么权当没有听见，所以江湖朋友送他一个雅号“刘棉花”。

何意？

棉花者，不怕弹也！

混派跟班小弟倪进贤，江湖人送外号“洗鸟御史”。

倪进贤，安徽人，半文盲，拜入万掌门门下，系关门弟子，身无长物，却有着一个祖传秘方，据说配成药粉溶于水后，可以治疗 ED（学名），万掌门估计亲身试验过，所以一喜之下，让这位兄台干了个御史。

要是换在今天，他大可不必去干什么御史，投身医药界，必定能兴旺同类行业，胜过辉瑞公司，为国争光。

考虑到他对万掌门的巨大贡献，江湖朋友十分尊敬地送给他一个外号“洗鸟御史”。

内阁中硕果仅存的刘翊，基本上也是每天混日子，至于下面的六部尚书，着实不愧为混派的优秀弟子，秉承门派章程，每日坐在衙门里喝茶聊天，啥事也不干，严格遵守门规。

由于成化内阁及各部官员的优异表现，人民大众特别授予他们集体荣誉称号：

内阁三成员集体获得“纸糊三阁老”光荣称号。

六部尚书集体获得“泥塑六尚书”光荣称号。

这是群众给予他们的肯定。

叹服，叹服，都是些什么玩意儿！

下面我们讲最后一个门派——监派，之所以把它留在最后讲，是因为成化年间最大的黑幕、最狠毒的人物都由此派而起，却也由此派而灭。

汪直的奋斗史

在韩雍带回来的那一大群俘虏中，汪直并不是一个显眼的人，也没什么特长，咔嚓之后老老实实地做了宦官，不过他的运气很好，在宦官培训完毕分配时，他有幸被分到了后宫侍候皇帝的一位妃嫔——万贵妃。

事实证明，虽然汪直没有啥才艺技术，但他的服务态度是十分端正的，服务水平也很高，哄得万贵妃十分开心，一来二去，万贵妃就推荐汪直到朱见深那里继续培养深造，而汪直也着实不负众望，步步高升，最终成为了御马监的太监。

我们曾经介绍过，御马监是仅次于司礼监的重要部门，能爬到这个位置，可以说已经是宦官中的成功人士了，可是汪直并不满足，他又把手伸向了皇宫内最为神秘的太监管理机构——东厂。

汪直自发组织人外出打探消息，汇报京城及各地的一举一动，表现自己的情报收集能力，就是希望朱见深能够把东厂的控制权交给他。一时之间，京城内外四处都是汪直的便衣密探，没日没夜地打探消息，抓人关人，势头非常之猛。

有了这些“政绩”，汪直便得意扬扬地去向朱见深汇报，准备接手东厂这个明朝最大的特务组织，干一把地下工作。

盟主大人听取了他的报告，给予了高度的评价，并表示希望他继续努力，可盟主似乎讲上了瘾，在上面长篇大论，讲得头头是道，就是不说关键问题，汪直跪得腿发麻，终于忍不住插话：

“皇上，东厂的事情应如何办理？”

盟主被打断了发言，却并不生气，只是笑着摆摆手说道：

“那个人干得还不错，就这样吧。”

汪直的东厂梦想就此破灭。

盟主口中的“那个人”就是现任东厂掌印太监尚铭，这可不是一个简单的人。

尚铭入宫很早，办事十分利落，性格极其谨慎（注意这个特点），东厂在他的手下搞得有声有色，为了扩大财源，他还干起了副业——绑票敲诈。

尚掌门有一个公认的闪光点——对待工作认真负责，对他的副业也是如此，他一上任，就搞了一个花名册，上面一五一十地记载了京城各大富户的地址、家庭环境，并就财富多少列出了排行榜。

同时他还有着扎实的哲学功底，始终坚信世界是一个联系的整体，所有的事情都是有联系的，每当东厂有了案件，他都会把这些富户和案件联系起来，并且逐个上门抓人，关进大牢，让家人拿赎金来才放人。

这实在是一件十分缺德的事情，但出人意料的是，虽然他一直这样干，名声却还不错，许多人谈到他还时有夸奖，着实是一件十分奇怪的事情。

这是因为尚掌门还有一个很大的优点——讲究诚信。他虽然绑票，却从不虐待人质，而且钱到放人，从不撕票，和他打过交道的人质家属也不禁如此感叹：收钱就办事，是个实诚人啊。

此外他虽然劫富不济贫，却也不害贫，从来都只在富户身上动手，不惹普通百姓，在中下层群众中间很有口碑。他资历很高，却从不欺负后辈，人缘很好，还经常给盟主大人和后宫万掌门送礼，群众关系也不错。

这样的一个人，汪直自然是扳不动的。

可是汪直实在是一个很执著的人，他下定决心要打破尚铭的垄断，开创特务工作的新局面。禁不住他的反复要求，成化十三年（1477），朱见深终于特批汪直开办新型企业——西厂。

新官上任的汪直对此倾注了全部的心力，他立刻颁布了厂规和指导方针，大致可以概括为：

东厂害不了的，我们害；东厂整不死的，我们整；东厂做不到的，我们做！

此后，西厂特务就成了死亡的代名词，他们比东厂手段更为狠毒，一般百姓进了西厂几乎就等同于进了鬼门关，压根儿就别想活着出来。京城上下人心惶惶，谈虎色变。

西厂夜以继日辛勤工作，可不久之后，汪直却郁闷地发现，无论业绩还是名声，他的西厂始终赶不上东厂。这是很自然的，毕竟东厂有着悠久的历史和特务文化积淀，短时间内西厂确实望尘莫及。

汪直是一个不服输的人，他不愿意屈居在尚铭之下，也不愿意等待，为改变这一局面，他发动下属提合理化建议，并虚心采纳意见。

很快，一个下属给他出了一个主意，要想快点儿压过东厂，就得解决几个重量级的人物，这样才能短时间内打出威信，打响西厂品牌。

事后证明，这是个馊主意。

可是汪直却觉得这个建议十分好，立刻准备付诸实施。

方针已经确定，那么拿谁开刀呢？

汪直冥思苦想，终于找到了一个当时谁也不敢惹的人物，他决定首开先例，用来树立自己的威信。

这位即将倒霉的仁兄叫覃力鹏，也是个太监，他虽然不在京城，却是除汪直外，地位仅次于司礼太监怀恩和东厂太监尚铭的第三号人物，时任南京镇守太监。

明代虽然迁都北京，但南京依然是明朝都城，南京镇守太监向来就是一个十分重要的职位，而且覃力鹏背景深厚，和许多皇亲国戚都有私人关系，虽然经常违法，却从来没有人敢找他的麻烦。

可是这次汪直决定麻烦一下他，虽然同是太监，但为了西厂的品牌，只好牺牲老兄你了。

他打定主意，马上动起手来，收集了很多覃力鹏的罪证（那是相当容易），东扯西拉的，竟然搞出一个罪当斩首的结论。

覃力鹏万没想到，汪直竟敢拿他开刀，可这位仁兄也实在不是好欺负的，他连夜派人入京，做了一番工作，结果大事化小，被批评了两句也就算了。

汪直没有打垮覃力鹏，却也得到了朱见深的表扬，被授予敢于办事、公正无私的称号，受到领导称赞的汪直顿时精神焕发，接连搞出了几件莫名其妙的事情。

首先是几个刑部官员，刚刚从外地出差回来，一进京城就被西厂的人逮捕，放进牢里猛打了一顿，也不说他们犯了什么法，就又被释放出狱。搞得这几个人稀里糊涂，还以为是在做梦。

之后是一个外地的布政使进京办事，还没等找地方住下，也被西厂的人拉去打了一顿，吃了几天牢饭。

这当然都是汪直指使的，他的行为看似很难理解，其实只是想证明一点：

他能够在任何时间、以任何理由，解决任何人。

此时的汪直内有皇帝的宠信，外有西厂的爪牙，在很多人看来，他已经是一位不折不扣的成功太监。

可是汪直并不这样认为：

成功？我才刚上路哎。

他没有满足于目前的业绩，谦虚地认为还需要不断地进步，为了更好地确定自己的权威，他决定寻找第二个重点打击的目标。不久后，他找到了。

这次被盯上的人叫做杨晔。他本人虽然只是个小官，名气不大，却也不是等闲之辈，他的曾祖父就是大名鼎鼎的“三杨”中的杨荣。由于在家惹了麻烦，他和他的父亲杨泰一同来到京城暂住。

对汪直来说，这是一个绝好的机会，这一次，他准备大干一场。

当然，他不会想到，这件事情最终也解决了他自己。

汪直派人逮捕了杨晔和他的父亲杨泰，关进了大牢。

在牢里，汪直耍起了流氓。他下达命令，给杨晔表演了东厂乐队的拿手节目“弹琵琶”。

所谓“弹琵琶”，并不是演奏音乐，而是一种独特的行为艺术。具体说来，是用利刃去剃人的肋骨，据说行刑之时痛苦万分，足可以让你后悔生出来。这一招当年开国时老朱也没想出来，是东厂的独立发明创造。

可怜杨晔先生，足足被弹了三次，体力不支，竟然就死在了监狱里。

汪直却并不肯善罢甘休，一定要把事情做绝，他接着安插罪名，判处杨晔的父亲杨泰死刑，斩首。

此时的西厂也已经嚣张到了顶点，比如杨晔的叔父杨仕伟，时任兵部主事（正处级），西厂没有办理任何法律手续，逮捕证也没一张，就跑到他家里去抓人，半夜三更，搞得鸡飞狗跳，住在旁边的翰林侍讲陈音听见动静，十分恼火，拿出官老爷的派头，隔着墙大喝一声：

“你们这样胡作非为，不怕王法吗？！”

可对面的西厂特务倒颇有点儿幽默感，也隔墙答了一句：

“你又是什么人，不怕西厂吗？！”

事情闹大了，汪直却满不在乎，毕竟杨晔本人也不是什么了不得的人物，可后来事情的发展彻底打破了他的幻想。

他没有想到，虽然杨荣已经死去多年，但威信很高，是文官集团的楷模，他的子孙出了事，大臣们怎肯甘休！

第一个作出反应的是内阁首辅商辂，他派人查明了杨晔的冤情，召集内阁开会，痛斥汪直的罪行，并写了一封奏折给朱见深，要求废除西厂，罢免汪直，其中有一句非常厉害的话：

“不驱逐汪直，天下迟早大乱！”

朱见深发怒了，他虽然脾气温和，看到这句话也气得不行，大叫道：

“用一个太监，也会天下大乱吗？！”

他十分激动，立刻叫来身边的人，传达了他的口谕：

“让商辂明白回话，到底是谁指使他的！主谋是谁！”

朱见深很少发火，但发起火来绝不善罢甘休，按照常理，商辂要吃大苦头了。

但他这次的运气实在不错，因为奉命传旨的人，是司礼太监怀恩。

怀恩，山东人，本姓戴，宣德年间，因父亲涉罪抄家，他被逼入宫成为宦官，改名怀恩，历经三朝，最终成为了手握重权的司礼太监。

这是一个十分关键的人物，正是他多次挽救了时局，并在最后时刻力挽狂澜，将朱祐樘送上了皇位。

怀恩奉旨出发了，他刚刚领教了朱见深的怒火，却没有想到，在内阁等待着他的，是另一个更为愤怒的人。

怀恩来到内阁，刚好商辂、刘吉、万安等人都在，他便二话不说，传达了朱见深的口谕：

“奏折是谁写的，何人指使？！”

这是两句十分严厉的问话，说明皇帝生气了，后果很严重，可商辂却出乎所有人的意料，他不但没有丝毫畏惧，反而拍案而起，大声说道：

“奏折是我写的，也是我主使的，那又如何！你就这样回复皇上好了！”

“汪直不过是个太监，竟然敢私自关押处死朝廷官员，擅自调动边关将领和内宫人员，让他这样放肆下去，天下必定大乱！不除汪直，王法何在！”

商辂这一激动，内阁的全体成员也跟着激动起来，你一言我一语大有闹事的苗头。

关键时刻，怀恩保持了镇定，他安抚了商辂等人，即刻紧急回复朱见深，转述了商辂的回复，希望朱见深认真考虑。

听完了怀恩的汇报，朱见深感到了一丝恐惧，他意识到，商辂是对的，汪直已经成为了一个有威胁的人，必须采取行动了。

不久之后，朱见深下谕，罢免了西厂，将汪直逐回御马监。

对于内阁来说，这是一次了不起的胜利，商辂等人弹冠相庆，高兴万分。

但与此同时，御马监太监汪直却并不沮丧，因为他十分清楚，软弱的朱见深不会坚持多久，他仍然需要自己，不久之后，他就能回到原来的位置。

汪直的疏忽

汪直是对的。

对于朱见深而言，正确还是错误、忠臣或是奸臣，都并不是那么重要，童年时候的经历给朱见深打下了深刻的烙印——过得舒舒服服就好。

所以他需要的并不是在背上刻字的武将，也不是在朝廷上骂人的文官，他只喜欢一种人——听话的人。

汪直是一个听话的人，不但老老实实地伺候朱见深，还能够提供各种娱乐服务，这样的人上级自然不会让他闲太久。

于是不久之后，西厂重新开张，汪直也成了新任厂长。

汪直又一次达到了他太监生涯的顶峰。

然而不久之后，他就犯了一个错误，一个他的先辈曾经犯过的错误。

和王振一样，汪直也有着一个横刀立马的梦想。

既然是个太监，就应该踏踏实实地干好这份有前途的工作，可汪直先生偏偏要出风头，但问题是当时边界比较平静，为了达到自己的目的，汪直贯彻了新的边防方针：人不犯我，我也犯人。

事实证明，汪直确实是一个不折不扣的孬种，他所谓的进攻不过是杀掉人家进贡的使者，或是趁人家大人不在家的时候去骚扰一下老少妇孺。等人家来报复了，他又成了和平主义者，一溜烟地就逃了，可经过他这么三下两下胡搞，鞑靼和辽东各部落真的被惹火了，不断地到明朝边界找麻烦。

朱见深纳闷儿了，原本平安无事的边境突然四处传来战报，他没有相信汪直的鬼话，而是自己派人出去打听，这才发现原来所有的事情都是汪直惹出来的，这下他火大了。

朱见深同志要求不高，只想老婆孩子热炕头，过两天安逸日子，没事研究一下金丹春药之类的化学制造，可是汪直偏偏不让他消停，他开始对汪直不满了。

这种情绪很快被两个人察觉到了，他们决定利用这个机会把汪直彻底打垮。这两个人一个是李孜省，另一个是尚铭。

他们两个人决定抛弃以往的成见，精诚合作，尚铭寻找汪直的罪证，而李孜省则串通万安上书告状，双方各司其职，准备着最后的攻击。

成化十七年（1481），机会来了。

这一年，鞑靼部落开始进攻边境，朱见深接到消息十分不满，立刻找汪直进见，直截了当地对他说：

"你自己惹出的麻烦，自己去解决！"

汪直大气也不敢喘就连夜去了宣府，可当他到达那里的时候，人家已经抢完东西走了。汪直便急忙向皇帝打报告，说这边已经完事了，我准备回去。

朱见深同志回复：

那里非常需要你，多待几天吧。

尚铭和李孜省敏锐地感觉到，汪直快要完了，他们立刻按照计划发动了最后的攻势。一时之间，弹劾满天飞，原本的优秀太监、先进模范突然变成了卑鄙小人、后进典型。朱见深立刻下令，关闭西厂，将汪直贬为南京御马监。

出来时还风光无限的汪直灰溜溜地去了南京，沿途风餐露宿，以往笑脸相迎的地方官们此时早已不见了踪影，汪直已经没有别的野心，只希望能够安心到南京做个太监。

可是我国向来都有痛打落水狗的习惯，尚铭还嫌他不够惨，又告了一状，这下子汪直的南京御马监也做不成了，只能当一个小小的奉御，他又操起了当年刚进宫时候打扫卫生的工具，在上级太监的欺压下，干起了杂务。

成化初年进京成为奉御，成化十九年又被免为奉御，十余年从默默无闻到权倾天下再到打回原形，一切如同梦幻一般。

明史没有记载汪直这位风云人物的死亡年份，这充分说明，此人已经不值一提。

汪直的离去，最为高兴的自然是尚铭了，东西监派终于可以统一了。可他没有想到，下一个倒霉的人就轮到自己了。

要说仙派掌门李孜省也实在不够朋友，当年弹劾汪直的时候，他就给尚铭准备了另外一份备用本，没等过河，他已经准备拆桥了。

很快言官们就把矛头对准了尚铭，纷纷上书弹劾他的罪行，于是尚铭掌门终于也被盟主大人废了武功——去明孝陵扫地。

仙派和后派打倒了显赫一时的监派，成为了武林的主宰，当然了，这两派也不是啥好东西，江湖还是那个江湖，但就在一片黑暗之中，光明的种子开始萌芽。

说来可笑，亲自播下这种子的居然是李孜省，因为正是拜他所赐，尚铭和汪直才被赶走，从而使得另一个人登上了掌门之位，这个人就是司礼监怀恩。

怀恩敏锐地抓住了时机，安排自己的亲信陈准登上了东厂厂公的位置，全面掌握了监派的大权，小心地保护着光明的火种，等待着时机的到来。

坚持到底

我一直认为，好人和坏人是不能用职业以及读书多少来概括的，饱读诗书的大臣有很多坏人，而以文盲居多的太监里也有很多好人，郑和自不必说，而成化年间的怀恩也是其中的优秀代表。

他本来出生于官宦之家，衣食无忧，却飞来横祸，父亲罢官，家被抄，他自己被送进宫内，强行安排做了宦官，最缺德的是，皇帝陛下竟然还要他感激涕零，赐了个叫“怀恩”的名字。

在这样的境遇下成长起来的怀恩，如果尽干坏事，那实在是不稀奇的，可怪就怪在，这位仁兄却是个不折不扣的好人。

在鬼哭狼嚎、妖风阵阵的成化年间，他和商辂努力支撑着大局。但怀恩要比商辂聪明得多，他早就看出了这黑暗时局的真正始作俑者不是梁芳，不是李孜省，甚至也不是万贵妃，而是软弱的朱见深。

因为这乱七八糟的五派都是为皇帝服务的，春派给他提供化学药品，仙派为他求神拜佛，监派为他打探消息，后派照顾他的生活，混派拍他的马屁。只要朱见深还活着，这出丑剧将一直演下去。

所以当商辂心灰意冷、退休回家时，怀恩依然坚持了下来，因为此时的他已经找到了破解这片黑幕的唯一方法——朱祐樘。

他曾与后宫的人们一起保守过那个秘密，也经常去看望这个可怜的孩子，在张敏说出实情的时候，他主动站了出来，为此作证，他见证了朱祐樘的成长，并且坚信这个饱经苦难的少年一定能够成为他心目中的明君英主。

他最终没有失望。

但此时，上天似乎认为朱祐樘受的磨难还不够，于是，它为这个孩子安排了最后一次，也是最为致命的一次考验。

事情是由一次谈话开始的：

成化二十一年（1485），三月。

朱见深又一次来到后宫的内藏库查看他的私房钱。由于忙于炼丹等重要工作，他已经很久没有来过了，可当他打开库门时，眼前的景象让他大吃一惊。

他立刻下令：

“把梁芳叫来！”

梁芳来了，朱见深没有说话，只是让他自己往库门里看。

里面空空如也。

十余年之前，这里还曾堆满金银财宝，一个质朴的小姑娘在这里默默地工作。如今已经是人去楼空。

朱见深指着库房，冷冷地说道：这些都是你花的吧。

按说盟主发怒了，梁掌门就应该低头认罪了，可这位仁兄竟然回了一句：

“这些钱我可是拿去修宫殿祠堂，给皇上祈福了。”

花了钱还不认账，把皇帝当冤大头！

这下盟主大人火大了，气得满脸通红，可他憋了半天，却冒出了一句匪夷所思的话：

“我不管你，将来自然有人跟你算账！”

这句话大概类似现在小学生打架时候的常用语：你等着，我回家叫人来打你！

盟主混到这个份儿上，也真算是窝囊到了极点。

朱见深愤愤不平地走了，可是在梁芳的耳中，这句话的意思发生了变化：

“我管不了你，将来我的儿子会来对付你！”

好吧，既然这样，就先解决你的儿子。

梁芳明白，要想达到这个目的，必须得到一个人的帮助，于是他跑到后宫，找到了万贵妃。

自从十年前的那次失败之后，万贵妃已沉默了很久，但她对朱祐樘的仇恨却一点儿也没有消散，梁芳的建议又一次点燃了她复仇的火焰。更重要的是，她杀死了朱祐樘的母亲，一旦朱祐樘登基，她是不会有好下场的。

不能再等了，趁这个机会彻底打倒他吧，否则将来我们必定死无葬身之地！

这一年，她五十五岁，他三十八岁，朱祐樘十五岁。

虽然已经年过半百，万贵妃的枕头风依然风力强劲，在她的反复鼓吹下，朱见深终于下定了决心。

在作出决定的前夕，朱见深作出了一个关键的决定，他找到了怀恩，想找他商量一下执行问题。

“我想废掉太子，你看怎么做才好。”

跪在地上的怀恩听见了这句话，却没有说话，只是脱下了自己的帽子，向朱见深叩首。

朱见深等了很久，也没有回音。

“为什么不说话？”

“请陛下杀了我吧。”一个低沉的声音这样回复。

“为什么？”朱见深惊讶了。

“因为陛下的这道谕令，我不会遵从。”

“你不要命了吗？”朱见深愤怒了。

怀恩抬起头，大声说道：

“今日我若不为，陛下杀我，但我若为之，将来天下人皆要杀我！”

“是以虽万死，亦不为。”

朱见深惊呆了，这个平日恭恭敬敬的老太监竟然来了这么一手，他以更为凶狠的眼神盯着怀恩，却发现毫无效果。怀恩那平静的眼神没有丝毫的慌乱。

朱见深突然发现，虽然他是皇帝，主宰着千万人的生死，却战胜不了眼前的这个人。

一个人要是不怕死，也就没有什么可怕的了。

他万般无奈之下，只好对怀恩说：

“这里不用你了，回中都守灵吧！”

所谓中都，就是老朱的老家凤阳，当时已经比较荒凉了。怀恩丝毫不动声色，也没有求饶，只是磕了个头，谢恩之后飘然而去，只留下了无计可施的朱见深。

但是怀恩的执著并没有能够打动朱见深，在万贵妃的不断鼓吹下，他仍然决定废掉太子。

事情到了这个地步，也真算是无计可施了，朱祐樘先生唯一能做的也只能是对天大呼一句：

“天要亡我！”

没准儿他还真的喊过，因为不久之后，老天爷也看不下去了，进来掺和了一把。

成化二十一年，四月，泰山地震。

古代虽然没有地震局普及科学知识，但地震也算是司空见惯的常事了，没有啥稀奇的，可这次地震实在不一般。

要知道，这次地震的可是泰山，那是古代帝王封禅的地方，秦皇汉武才够资格上去，光武帝同志斗胆上去了一次，还被人骂了几句。朱元璋一穷二白打天下，天不怕地不怕的人，也没敢去干这项工作。用现在的话来说，这座山有着重要的政治意义。

朱见深有点儿慌，他立刻派人去算卦，看看到底哪里出了问题，结果那位算卦的鼓捣了半天，得出了一个结论：

“应在东宫。”

这意思就是，泰山之所以地震，是因为东宫不稳，老天爷发怒了。

朱见深一听这话，马上停止了他的行动，他还打算长生不老呢，老婆可以得罪，老天爷不能得罪。

就这样，朱祐樘在上天的帮助下，迈过了最后一道难关。

但此时的朝政之黑暗，已经伸手不见五指。朱见深虽不废太子，也不怎么管理朝政了，梁芳肆无忌惮地贪污受贿，李孜省肆无忌惮地安插亲信，混乱朝纲，万安则是肆无忌惮地混日子。

五大派失去了所有的管制，开始了任意妄为的疯狂，但这一切不过是黎明前的最后黑暗，因为光明即将到来。

成化二十三年（1487）春，朱见深终于遭受了他一生中的最大打击，万贵妃在后宫去世了。

这个陪伴了他三十八年的女人终于离开了，无论风吹雨打，她始终守护在这个人的旁边，看着他从两岁的孩童成长为四十岁的中年人，从未间断，也从未背叛。

“我会一直在你身边陪伴着你。”

整整三十八年，她履行了自己的诺言。

她并不是什么十恶不赦的坏人，只是嫉妒的火焰彻底地毁灭了她的理智，对她而言，朱见深已成为她生命中不可或缺的一部分，她不能容忍任何人把他抢走。

卑劣、残忍、恶毒不是她的本性，却是她必须付出的代价——为了她的爱情。

朱见深彻底崩溃了，几十年过去了，春药、仙丹早已毁坏了他的身体，万贵妃的死却更为致命地摧毁了他的精神，他登上了皇位，成了统治帝国的皇帝，但他的心灵仍然属于三十多年前的那个孤独无助的孩子，需要她的照顾。

谢幕的时候终于到了，你虽然先走一步，但你不会寂寞太久的，很快我就会来陪伴你。几十年后宫的你争我夺，其实你并不明白，即使你没有孩子，也没有任何人可以取代你在我心中的地位。皇位和权势对我而言并不重要，我也不感兴趣，我所要的只是你的陪伴，仅此而已。

结束吧，让一切都回到事情的起点。在那个时候，那个地方，只有你和我。

成化二十三年八月，朱见深病倒，十日后，不治而亡，年四十一。

朱见深是一个奇特的皇帝，在他统治下的帝国妖邪横行、昏暗无比，但他本人却并不残忍，也不昏庸，恰恰相反，他性格温和，能够明白事理，辨别忠奸，出现如此怪状，只因为他有着一个致命的缺点：软弱。

他不处罚贪污他钱财的小人，也不责骂痛斥他的大臣，因为他畏惧权力，畏惧惩罚，畏惧所有的一切，归根结底，他只是一个想安安静静过日子的人。

他应该做一个老老实实的农夫，或者是本分的小生意人，被迫选择皇帝这个职业，对他来说，实在是一个不折不扣的悲剧。

朱见深不是一个好皇帝，也不是一个好人，他是一个懦弱的人，仅此而已。

第六章　明君

明孝宗朱祐樘　宽恕

朱祐樘终于登上了最高皇位，从险被堕胎的婴孩，到安乐堂中的幼童、几乎被废的太子，还不到二十岁的朱祐樘已历尽人生艰险，他不会忘记他含冤死去的母亲、舍生取义的张敏、刚正不阿的怀恩，以及所有那些为了让他能够活到现在而付出沉重代价的人。

他虽然取得了最后的胜利，但他的母亲永远也看不到儿子的荣耀了，而那些为自己牺牲的人他也是无法回报的。

做一个好皇帝吧，就此开始，改正父亲的所有错误，让这个帝国在我手中再一次兴盛起来！要让所有逝去的人都知道，他们的付出是有价值的。

朱祐樘准备动手了，对象就是五大门派，他早已判定，这些人是不折不扣的垃圾。

第一个被解决的就是仙派掌门李孜省，这位仁兄还想装神弄鬼地混下去，朱祐樘却根本不同他废话，继位第六天就把他送去劳动改造，而对他手下那一大堆门徒，什么法王、国师、禅师、真人，朱祐樘干净利落地用一个词统统打发了——滚蛋。

仙派的弟子们全部失业回家种地了，掌门李仙人却还捞到了一份工作——充军，可是这位仁兄当年整人手段过于狠毒，仇人满天下，光荣参军没几天，就被人活活整死。至此终于飞升圆满了。

然后是春派掌门梁芳，朱祐樘十分麻利地给他安置了新的住所——牢房，这位太监最终受到了应得的惩罚。

最为紧张的人叫万喜，作为万贵妃的弟弟、后派的继任掌门，他十分清楚，朱祐樘绝对不是什么善男信女，况且万贵妃杀死了他的母亲，此仇不共戴天，不是吃顿饭认个错就可以解决的。他收拾好了东西，准备了后事，只希望皇帝陛下能够给他来一个痛快的，不要搞什么凌迟之类的把戏，割他三千多刀。

事情的发展似乎符合他的预料，不久之后，家被抄了，官被免了，人也被关进了监狱，但那最后一刀就是迟迟不到，万喜心里没底，可更让他吃惊的是，过了一段时间，他竟然被释放出狱了！

万喜想破脑袋也搞不明白，莫非这位皇帝喜欢玩猫抓老鼠的游戏？

朱祐樘十分清楚是谁杀死了自己的母亲，很多大臣也接连上书，要求对万家满门抄斩，报仇雪恨。但是朱祐樘的反应出乎所有人的意料。

他退回了要求严惩的奏折，用一句话给这件事下了定论：

“到此为止吧。”

六岁的朱祐樘还没有记清母亲的容貌，就永远地失去了她。之后他一直孤单地生活着，还时不时被万贵妃排挤陷害。对于他而言，万贵妃这个名字就意味着仇恨。

可是当他大权在握之时，面对仇恨，他选择了宽恕。

他宽恕了那些伤害过他的人，并不是软弱，而是因为他懂得很多万贵妃不明白的道理。

因为懂得，所以慈悲。

之后，他召回了还在凤阳喝风的怀恩，亲自迎候他入宫恢复原职，怀恩不敢受此大礼，吓得手摇脚颤，推辞再三，可是朱祐樘坚持这样做。

因为他知道，眼前的这个老太监曾经冒着生命危险，无畏地保护了自己。这是他应得的荣耀。

还有那位曾经养育过他的前任吴皇后，这位心高气傲的小姐只当了几个月的皇后，就被冷落在深宫许多年，此时已经是年华逝去，人老珠黄。

朱祐樘也把她请了出来，当做自己的母亲来奉养。

被遗弃二十多年的吴废后感动得老泪横流，也许她当年的动机并不是那么单纯，但对于朱祐樘而言，养育之恩是必须报答的，其他的事情并不重要。

朱祐樘就是一个这样的人，一个了不起的人，他不复仇，只报恩。他比朱棣更有自信，因为他不需要用暴力来维护自己的权威，他比朱瞻基更为明智，因为他不但清楚种田老农的痛苦，也了解自己敌人的悲哀。他比朱厚熜（不好意思，这仁兄还没出场，先客串一下）更聪明，因为他不需要权谋，只用仁厚就能征服人心。

在他的统领下，大明王朝将迎来一个辉煌繁华的盛世。

恩仇两清了，但还有一派没有解决，这就是混派，这一派十分特别，因为万安、刘吉等人虽然消极怠工，安插自己的亲信，却也没干过多少了不得的坏事，朱祐樘暂时没有解决这一帮子废物，因为就算要让他们下岗，也得找个充分的理由。

日子如果就这么过下去，估计万安等人就算不能光荣退休，至少也能体面地拿一份养老金辞职，可混派的诸位兄弟们实在不争气，虽然他们夹紧尾巴做人，却还是被朱祐樘抓住了把柄，最终一网打尽，一起完蛋。

不久之后的一天，朱祐樘在整理自己老爹遗物的时候偶然发现了一个精致的小抽屉，里面放着一本包装十分精美的手抄本，收藏得如此小心隐秘，朱祐樘还以为是啥重要指示，郑重其事地准备御览一下，可这一看差点儿没把他气得跳起来。

据记载，此书图文并茂，语言生动，且有很强的实用性。当然了，唯一的缺点在于这是一本讲述生理卫生知识的限制级图书。

朱祐樘比他爹正派得多，很反感这类玩意儿，这种书居然成了他老爹的遗物，也实在丢不起这个人，他开始追查此书的来源。

偏巧这本手抄本的作者十分高调，做了坏事也要留名，在这部大作的封底留下了自己的名字——臣安进。

这就没错了，朱祐樘立刻召怀恩晋见，把这本黄书和一大堆弹劾万安的文书交给了他，只表达了一个意思：让他快滚！

怀恩找到了万安，先把他的大作交给了他，并转达了朱祐樘的书评：“这是一个大臣应该做的事情吗！?”

万安吓得浑身发抖，跪在地上不断地说：“臣有罪！臣悔过！”然后施展出了看家绝技磕头功，声音又脆又响，响彻天穹。

怀恩原本估计这么一来，万掌门就会羞愧难当，自己提出辞职，可他等了半天，除了那两句“臣有罪，臣悔过”外，万兄压根儿就没有提过这事。

没办法了，只好出第二招，他拿出了大臣们骂万安的奏折，当着他的面一封封读给他听，这么一来，就算脸皮厚过城墙拐弯的人也顶不住了。

可是他没有想到万掌门的脸皮是橡皮制成的，具有防弹功能，让他实打实地领略了无耻的最高境界，万掌门一边听着这些奏折，一边磕头，天籁之音传遍内外，但就是不提退休回家的事情。

怀恩气得七窍冒烟，他看着地上的这个活宝，终于忍无可忍，上前一把扯掉了万安的牙牌（进宫通行证），给了他最后的忠告：快滚。

这位混派领军人物终于混不下去了，他这才收拾行李，离职滚蛋了。他这一走，混派的弟子们如尹直等人也纷纷开路，混派大势已去。

最后只剩下了一个刘吉，这位刘棉花实在名不虚传，他眼看情况不妙，立刻见风使舵，换了一副面孔，主动批评起朝政来，甚至对朱祐樘也是直言进谏，朱祐樘要封自己老婆的弟弟当官，他故意找茬儿，说应该先封太后的亲戚，不能偏私，颇有点儿正直为公的风范。

刘吉自以为这样就可以接着混下去，可他实在是小看了朱祐樘，这位皇帝自小在斗争中长大，什么没见过，他早就打探过刘吉的言行，知道这位棉花兄的本性，只是不爱搭理他，可他现在竟然主动出来惹事找抽，那就不客气了。

他派了个太监到刘吉的家里，直截了当地告诉他：你最好还是早点退休，不然就要你好看。

刘棉花再也不装了，他跑得比万掌门还要快，立刻卷起铺盖回了老家。

五大派终于全军覆没，赶走了这些垃圾，朱祐樘终于可以大展身手了，他召集了两个关键人物进京，准备开创属于自己的盛世。

这两个人一个叫王恕，另一个叫马文升。

先说这位王恕兄，在当时他可是像雷锋一样的偶像派人物，成化年间，混派官员们天天坐机关喝茶聊天，只有这位仁兄我行我素，认真干活，民间传说：两京十二部，独有一王恕。可见他的威望之高。

而且此人还有一个特长——敢骂人。不管是皇亲国戚还是达官显贵，只要干了坏事，被他盯上了一准儿跑不掉，一天连上几封奏折，骂到改正错误为止。

而且此人每次上朝都会提出很多意见，别人根本插不上话，到后来大家养成了习惯，上朝都不说话，先看着他，等他老人家说完了再开口。有几天不知道这位老兄是不是得了咽喉炎，上朝不讲话了，结果出现奇迹，整个朝堂鸦雀无声，大家都盯着王恕，提出了一个共同的疑问：

“王大人，你咋还不说话呢？”

朱见深算被烦透了，他每天都呆呆地看着这位王大人在下面滔滔不绝、唾沫横飞，搞得他不得安生。他想让王恕退休，可这位仁兄十分敬业，从成化初年（约1465）一直说到了成化十二年（1476），朱见深受不了了，把王大人打发到云南出差，后来又派到南京当兵部尚书，可就是这样，他也没消停过。

王大人时刻不忘国事，虽然离得远了点儿，也坚持每天写奏折，有时一天几封，只要看到这些奏折，那个喋喋不休的老头子的身影就会立刻浮现在朱见深的眼前。

就这样，王大人坚持写作，一直写到了成化二十二年（1486），七十大寿过了，可习惯一点儿没改，朱见深总是能够及时收到他的问候。

当年又没有强制退休制度，忍无可忍之下，朱见深竟然使出了阴招，正巧南京兵部侍郎马显上书要求退休，朱见深照例批准，却在上面加上了一句匪夷所思的话：

“王恕也老了，就让他退休吧。”

听到这句话，大家都目瞪口呆，马显退休，关王恕什么事？可朱见深也有一肚子苦水没处倒：

“我是个不愿意干活的懒人，可也实在经不起唠叨，不得已出此下策，这都是被王老头逼的啊！”

王恕啥也没说，干净利落地收拾东西回了家，这一年他七十一岁。

朱见深是个得过且过的人，他在世上最怕的只有两个字——麻烦。王恕这种人自然不对他的胃口，可是朱祐樘与他的父亲不同，他十分清楚王恕的价值。

于是在弘治元年（1488），七十三岁高龄的王恕被重新任命为六部第一重臣——吏部尚书。这位老兄估计经常参加体育锻炼，虽然年纪大了，却干劲儿十足，上班没几天就开始考核干部，搞得朝廷内外人心惶惶。可这还没完，不久之后，他向皇帝开刀了。

王恕表示，每日早朝时间过短，很多事情说不完（符合他的特点），为了能够畅所欲言，建议皇帝陛下牺牲中午的休息时间，搞一个午朝。

这事要搁到朱见深身上，那简直就是晴天霹雳，是万万不可能的事情，但朱祐樘同意了。

这就是明君的气度。

王恕做了吏部尚书，开始折腾那些偷懒的官员，与此同时，另一个实权部门兵部也迎来了他们的新上司——马文升。

说来滑稽，这位马文升大概还能算是汪直的恩人，他资格很老，成化十一年就当上了兵部侍郎，此后一直在辽东守边界，当时汪直的手下在辽东经常惹是生非，挑起国际争端，可每次闹了事就拍拍屁股走人，帮他收拾残局的就是这位马文升，到头来领功的还是汪直。

时间一长，汪直也不好意思了，曾找到马文升，表示要把自己的军功（挑衅闹事）分给他一部分，马文升却笑着摇摇头，只是拉着汪直的手，深情地说道："厂公，这就不必了，但望你下次立功前先提前告知一声，我好早作准备。"

汪直十分难堪，怀恨在心，就找了个机会整了马文升一下，降了他的官，直到汪直死后，马文升才回到辽东，依旧守他的边界。

朱祐樘是个明白人，他了解马文升的能力，便召他入京担任兵部尚书，这位新任的国防部长只比人事部长王恕小十岁，也是个老头子。可他的手段比王恕还厉害，一上任就开除了三十多个贪污的军官，一时之间兵部哭天抢地，风雨飘摇。

这下马文升算是捅了马蜂窝，要知道，兵部的这帮丘八们可都是粗人，人家不来虚的，有的下岗当天就回家抄起弓箭，埋伏在他家门口，准备等他晚上回家时射他一箭。

马文升也是个机灵人，从他的耳目那里得知了这个消息，便躲了过去，可这帮人还不甘休，竟然写了诋毁他的匿名信用箭射进了长安门，这下子连朱祐樘也发火了，他立刻下令锦衣卫限期破案，还给马文升派了保镖，事情才算了结。

这两个六七十岁的老头子虽然头发都白了，却精神头十足，他们官龄也长，想当年他们中进士的时候，有些官员还在穿开裆裤呢，论资排辈，见面都要恭恭敬敬叫他们一声前辈，而且这两人经历大风大浪，精于权谋，当年汪直都没能奈何他们，何况这些后生小辈的小把戏？

就这样，二位老前辈上台之后一阵猛搞，没过多久就把成化年间的垃圾废物一扫而空，盛世大局就此一举而定。

当老干部大展神威的时候，新的力量也在这盛世中悄悄萌芽。

弘治二年（1489），学士丘浚接受了一个特别的任务——编写《宪宗实录》，这也是老规矩了，每次等到皇帝去世，他的儿子就必须整理其父执政时期的史官记载，制作成实录，这些实录都是第一手材料，真实性强，史料价值极高，我们今天看到的明实录就是这么来的，但由于这部史书长达上千万字，且极其枯燥，所以流传不广。

这是一项十分重要但却十分烦琐的工作，恰好担任副总裁官的邱浚有个不太好的习惯——懒散。他比较自负，不想干查询资料这类基础工作，就以老前辈的身份把这份工作交给编写组里一个刚进翰林院不久的新人来干。这位新人倒也老实，十分高兴地接受了任务。

可过了一段时间，邱浚心里一琢磨，感觉不对劲儿了：这要干不好，可是个掉脑袋的事情啊。

他连忙跑去找人，一问才知道这位新科翰林丝毫不敢马虎，竟然已经完稿了，邱浚哭笑不得，拿着写好的草稿准备修改。

可是他仔细一看，不禁大吃一惊！

因为这篇文稿他竟然改不动一个字！

一向自负的邱浚对这篇完美的文稿竟也挑不出任何毛病，他惊奇地问道：

“这是你自己写的？”

在得到肯定的答案后，他仔细地看了看这位新人，叹了口气，拍着他的肩膀说道：

“小子好好干吧，将来你一定会有出息的。”

这位翰林不安地点了点头，此时的他并不明白这句话的分量。

事实证明，邱浚虽然是个懒人，眼光却相当独到，这位写草稿的青年就是后来历经三朝不倒、权倾天下、敢拿刘瑾开涮、连皇帝也不放在眼里的杨廷和。

辉煌盛世

父亲统治下的那些惊心动魄、朝不保夕的日子，朱祐樘永远也不会忘记，他不想效仿自己那软弱的父亲，也不会容许那些暗无天日的景象再次出现，为了建立属于自己的盛世，他付出了全部心力。

这位仁兄自从登上皇位那一刻起就没有休息过，是个不折不扣的劳碌命，为了实现盛世理想，他豁了出去，每天从早到晚不停地批阅奏章，还要不停地开会，早上天刚亮就起床开晨会（早朝），中午吃饭时间开午会（午朝），此外他每天都要听大臣的各种讲座（日讲），隔段时间还召集一堆人举行大型论坛（经筵）。

他的这份工作实在没啥意思，除了做事就是做事，累得半死不活还时不时被言官们骂上几句，也没有人保障他的劳动权益，天下都是你的，你不干谁干？

朱祐樘的努力没有白费，他确实创造出了属于自己的时代。

这是一个辉煌的时代，大明帝国在历史的轨道上不断散发着夺目的光彩，国力强盛，天下太平，人才鼎盛。

在王恕、马文升的支持下，有三个人相继进入内阁，他们的名字分别是刘健、李东阳、谢迁。

这是三个非同一般的人，正是他们支撑着大明的政局，最终成就了朱祐樘的理想。这三个人堪称治世之能臣，他们具有非凡的能力，并靠着这种能力在这个风云际会的年代建立了自己的功勋，有趣的是，他们三个人的能力并不相同，而这种能力上的差异也最终决定了他们迥异的结局。

刘健，河南人，弘治元年入阁，资格最老，脾气最暴，这人是个急性子，十分容易着急上火，但他却有着一项独特的能力——断。这位内阁第一号人物有着极强的判断能力，能够预知事情的走向，并提前作出应对。正是这种能力帮助他成为弘治年间的第一重臣。

李东阳，湖南人，弘治八年入阁，他是弘治三阁臣中的第二号人物，也是最厉害的一个。

他的性格和刘健刚好相反，是个慢性子，平日总是不慌不忙，天塌下来就当被子盖。他也有着自己独有的能力——谋，此人十分善于谋略，凡事总要考虑再三之后才作出决断，思虑十分严密，内阁的大多数决策都出自于他的策划。

谢迁，浙江余姚人，弘治八年入阁，三阁臣中排行最后。这位仁兄虽然资历最低，学历却最高，他是成化十一年（1475）高考第一名状元，这人不但书读得多，还能言善辩，这也使他具有了一种和内阁中另外两个人截然不同的能力——侃。

侃，俗称侃大山，又名忽悠，谢迁先生兼任内阁新闻发言人，他饱读诗书，口才也好，拉东扯西，经常把人搞得晕头转向，只要他一开口，连靠说话骂人混饭吃的言官也自愧不如，主动退避三舍。

当时朝廷内外对这个独特的三人团有一个十分贴切的评语：李公谋、刘公断、谢公尤侃侃。

此三人通力合作，发挥各自所长，他们组成的内阁极有效率，办事牢靠，其地位在明代历史上仅次于“三杨”内阁，如果不是朱祐樘即位，任用了这三位能臣，按照朱见深那个搞法，大明王朝的历史估计一百多年也就打住了。

当然了，李东阳、刘健、谢迁之所以能靠着谋、断、侃大展拳脚，安抚天下，归根结底还是因为朱老板是个好领导。而十多年后，朱老板就退休去向老祖宗朱元璋汇报工作了，在这之后不久，他们三个人将面临一次生死攸关的抉择，而这次抉择的结果最终给他们的能力下达了一张成绩单：

忽悠（侃）是不行的，拍板（断）是不够的，谋略才是真正的王道。

这也是一个文才辈出的时代，传承上千年的中华文化在这里放射出了更加璀璨夺目的光芒。

之所以说李东阳要胜过刘健和谢迁，不仅仅是因为他的谋略过人，李先生不但是政坛的领袖，也是文坛的魁首，他的书法和诗集都十分有名，据说他还活着的时候，亲笔签名字画就可以挂在文物店里卖，价钱也不低。

由于名望太大，他每次出门后面总是跟着一大群粉丝和崇拜者，搞得他经常要夺路而逃，这些追随者还仿照他的诗文风格形成了一个固定的流派，这就是文学史上名声显赫的茶陵派（李东阳是茶陵人）。

而与此同时，一个姓名与李东阳极为类似的人的文章也在京城广为流传，并出现了很多拥护者，这个人的名字叫李梦阳。

应该说明，这位李梦阳并不是类似金庸新、古龙新那样的垃圾人物，事实上，要论对后世文坛的影响和名气，李东阳还得叫他一声前辈。

李梦阳，甘肃人，时任户部郎中，用现在的话说，这人应该算是个文坛愤青。他乡试考了陕西省第一名，是八股文的高手，却极为厌恶明代的文风。他认为当时的很多文章都是垃圾、废物。

他的这种说法引起了很多人的不满：你算老几？有几把刷子，敢说别人不行！

李梦阳此时却表现出了极为反常的谦虚，他表示：诸位说得不错，其实我也不行，你们也不可能服我，但我知道有几个厉害的人，这几个人你们不服都不行。

然后他列出了这几个人的名字，还别说，真是不服都不行。

谁呢？

秦朝的李斯，汉朝的司马相如、贾谊，唐朝的李白、杜甫、白居易。

这几个人你们敢叫板吗？

图穷匕见的时候到了，李梦阳终于亮出了他的真正目的和文学主张——文必秦汉，诗必盛唐。

他的意思很明白，我对现在的文体不满，但也承认自己才疏学浅，没资格反对，但这些猛人是有资格的，大家一起向他们学习就是了。

这就是中国文学史上里程碑式的事件——复古运动，经历了唐诗的挥洒、宋词的豪迈、元曲的清新后，明代诗文又一次回到了起点。

他的主张获得了很多人的支持，其中有六个人名气极大，后人便将他们与李梦阳合称七才子，史称“前七子”。

当李东阳、李梦阳在文坛各领风骚的时候，江苏吴县的一个年轻人正在收拾行李，准备进京赶考，博取功名，虽然他并没有成功，但他的名声却胜过了同时代的所有人，他的名字最终成为了大明王朝的骄傲，并传扬千古、流芳百世。

这个人叫唐寅，字伯虎。

这个世界上存在着一种奇特的人，他们似乎不需要悬梁刺股、凿壁借光就能学富五车、纵横古今，唐寅就是一个这样的人。

唐寅是一个天才，从小时候起，周围的人就这样形容他，他确实很聪明，读书悟性很高，似乎做什么事情都不必付出太多努力，而众人的夸耀使得到后来连他自己也信以为真，便不再上学，整日饮酒作乐，连考取功名做官也不放在眼里。

在这位天才即将被荒废的关键时刻，他的朋友祝枝山前来拜访他，承认了他的天分，却也告诉他，若无十年寒窗，妄想金榜题名。

祝枝山是一个十分特别的人，虽然他自己淡泊功名，却真心期望他的朋友唐伯虎能够干出一番事业。

唐伯虎听从了他的劝告，谢绝了来客，闭门苦读，终悟学业之道。

弘治十一年（1498），南京应天府举行乡试，十八岁的唐伯虎准备参加这次考试，考试前，他聚集了平生关系最好的三个朋友一起吃饭，在这次酒宴上，成竹在胸的他放出狂言：

今科解元舍我唐寅，更有何人！

这是一句不折不扣的狂言，但他的三个朋友却没有丝毫异议，因为他们知道，眼前的这个人有说这句话的资格。

参加唐寅酒宴的这三位朋友分别是祝枝山、文徵明、徐祯卿，他们四人被合称为“吴中四才子”，也有人称他们为江南四大才子。

事实证明，唐寅没有吹牛，在这次的乡试中，唐寅考得第一名，成为应天府的解元。可能是他的文章写得实在太好，当时的主考官梁储还特意把卷子留下，给了另一个人看。但他不会想到，自己的这一举动将给后来发生的事情布下重重疑团。

看卷子的人就是程敏政，他和唐寅一样，小时候也是个神童，后来做了李贤的女婿，平步青云，他看过卷子后也十分欣赏，并在心中牢牢地记下了唐寅这个名字。

不久之后，他们将在京城相聚，因为第二年，唐寅即将面对的主考官就是程敏政。

弘治十二年（1499），唐寅准备进京赶考，当时的他已经名动天下，所有的人都认为，在前方等待着这个年轻人的将是无比壮丽的锦绣前程。

唐寅也毫不掩饰他的得意，他的目标已不再是考中一个小小的进士，他将挑战自古以来读书人的最高荣誉——连中三元！

他已经成为了解元，以他的才学，会元和状元绝不是遥不可及的，如果一切顺利，他将成为继商辂之后的又一个传奇！

信心十足的唐寅踏上了前往京城的征途，他将在那里获取属于自己的荣誉。

可是唐寅兄，命运有时候是十分残酷的。

在进京赶考的路上，唐寅遇见了一个影响他一生的人——徐经。

徐经，江阴人，是唐寅的同科举人，他在赶考途中与唐寅偶遇，此时的唐寅已经是偶像级的人物，徐经对他十分崇拜，当即表示愿意报销唐寅的所有路上费用，只求能够与偶像同行。

白吃白住谁不干？唐寅答应了。

徐经这个人并不出名，他虽不是才子，却是财子，家里有的是钱。才财不分家，这两个人就这么一路逍遥快活到了京城。

进京之后，两人开始了各自的忙碌，从他们进京到开考之间的这段时间，是一个空白，而事情正是从这里开始变得扑朔迷离。

唐寅注定到哪里都是明星人物，他在万众瞩目之下进了考场，然后带着轻松的微笑离开。和他同样信心十足地离开考场的，还有徐经。

从考完的那一天起，唐寅就开始为最后的殿试作准备，因为考卷中的一道题目让他相信，自己考上进士是板上钉钉的事情，只不过是名次前后不同罢了。

可不久之后，一个令人震惊的消息传来，唐寅落榜了！

还没等唐寅从惊诧中反应过来，手持镣铐的差役就来到了他的面前，把他当做犯人关进了大狱。

金榜题名的梦还没有做醒，却突然被一闷棍打醒成了阶下囚，他想破脑袋也不明白这是怎么一回事。

唐寅所不知道的是，这次倒霉的并不只他一个人，他的同期狱友还有徐经和程敏政。他们的入狱罪名是合谋作弊。

唐寅的人生悲剧就是从这里开始的，而罪魁祸首就是考卷中的那一道题目。

在这一年的考试中，考官出了一道让人十分费解的题目，据说当年几乎所有的考生都没能找到题目的出处，还有人只好交了白卷，只有两份卷子写出了完美的答案。

主考官程敏政当即表示，他将在这两个考生中选出今科的会元。

这两份卷子的作者一个是唐伯虎，另一个就是徐经。

其实事情到了这里，似乎并没有什么问题，答出来了说明你有本事，谁也说不了什么，可事情坏就坏在唐伯虎的那张嘴上。

这位仁兄考完之后参加宴会，估计是喝多了，又被人捧了两句，爱发狂言的老毛病又犯了，当时大家正在猜谁能够夺得会元，唐伯虎意气风发之下说出了一句话：

“诸位不要争了，我必是今科会元！”

唐寅兄，你的好运到此为止了。

所有人都听到了这句话，很多人没有在意，但更多的人却把它记在了心里。

这是一句让唐寅追悔终身的话，因为它出现在错误的时间、错误的地点。首先这里不是吴县，说话对象也不是他的朋友祝枝山、文徵明，而是他的对手和敌人。

更为重要的是，当唐寅说出这句话的时候，此次考试的成绩单还没发下来（发榜）。

这里有必要说明一下，当年的考生们对考试名次是十分关注的，由于进士录取率太低，即使是才华横溢、名满天下，也万万不敢说自己一定能够考上，更何况是考第一名？

你唐寅虽有才学，也自信得过了头吧！

所以当酒宴上的唐寅还在眉飞色舞的时候，无数沉默的人已经形成了一个共识：这个人的自信里有着不可告人的秘密。

告黑状从来都是读书人的专长，很快就有人向政府反映这一情况，主考官们不敢怠慢，立刻汇报了李东阳。李东阳到底经验丰富，当时就已估计到了这件事情的严重性，马上报告了皇帝陛下。

朱祐樘当即下令核查试卷，事实果然如传言那样，唐寅确实是今科会元的不二人选。而选定唐寅的人正是程敏政。

事态严重了，成绩单还没有发布，你唐寅怎么就能提前预知呢？当年那个时候，特异功能似乎还不能成为这一问题的答案。

此时这件事情已经传得满城风雨，整日探头探脑的言官们也不失时机地跳了出来，政治嗅觉敏锐的给事中华昶把矛头直接指向了程敏政，认为他事先出卖了考题，因此唐伯虎和徐经两人才能答出考题高中。

华昶这一状告得实在太狠，本来李东阳还想拉兄弟一把，让徐经和唐伯虎回家三年之后再考，把这件事压下去，可是这样一来，事情就搞成了政治阴谋、考场黑幕，只好公事公办，把这三位仁兄一股脑儿抓了进来。

经过审理，案件内部判决如下：

礼部右侍郎程敏政：合谋作弊查无实据，但其仆人确系出卖考题给徐经，失察行为成立。结论：勒令退休。

江阴举人徐经：购买考题查实，作弊行为成立。结论：贬为小吏，不得为官。

吴县举人唐寅：……　　结论：贬为小吏，不得为官。

当然了，这些都是内部结论，除处罚结果外，具体情况并未向社会公开。

对了，还漏了一个：

给事中华昶：胡乱告状，所言不实。结论：贬官。

事实的真相

情况大概就是这样，徐经买了考题，程敏政的仆人卖了考题，程敏政负领导责任，而本着黑锅人人有份的原则，唐寅算是连坐。

这是一起历史上非常著名的事件，案情十分复杂，各种史料都有记载，众说纷纭，难分真伪，但只要我们以客观的态度仔细分析案件细节，抽丝剥茧逐步深入，就会发现这起案件实际上——比想象中更为复杂！

事实上，这起所谓的科场舞弊案历经几百年，不但没弄明白，反而越来越糊涂，成了不折不扣的悬案。

此案到底复杂在哪里，我来演示一下：目前我们要寻找的答案共有三个：一、徐经是否买了考题作弊。二、唐寅是否参与了作弊。三、程敏政是否知情。

要找到答案，我们必须回到案件的起点，此案的起因就是那道难倒天下才子的题目，遗憾的是，我也没有看到过那道题，不过这并不重要，像我这样连三字经都背不全的废才，即使事先知道题目估计也要交白卷。

但我们从中可以知道关键的一点：这是一道超级难题，天下没有几个人能做出来。

那么徐经和唐寅能做出来吗？

只要考量一下这二位仁兄的实力，就能够得出如下结论：

唐寅是比较可能做出来的，徐经是比较不可能做出来的。

唐寅是全国知名的才子，学习成绩优秀，是公认的优等生，就好比拿到了奥林匹克竞赛金牌的高中生，要进北大、清华不过是个时间问题。而徐经虽然是个土财主，也考中了举人，在全国范围内不过是个无名小卒，指望他的脑筋开窍，智商突然爆发，那是不现实的。

所以第一个问题的答案是，徐经很有可能确实买了考题。

第二个问题，相信很多人都认为不是个问题，以唐寅的实力，还需要作弊吗？

其实我也这样认为，但分析后就会发现，具体情况并非那么简单。

一年前，南京主考官梁储把唐寅的卷子交给了程敏政，之所以前面专门提到这件事情，是因为这个看似微不足道的细节却极有可能蕴涵着一种特殊的含义——潜规则。

而这种潜规则有一个特定的称谓——约定门生。

在明代，如果要评选最令人羡慕的官职，答案并不是尚书、侍郎，而是考官。今天的考官们主要工作不过是在教室里来回巡视监考，然后拿点儿监考费走人，可在当时，这实在是个抢破头的位置。

原因很简单，所有由这位考官点中的考生都将成为他的门生。

明代的官场网络大致由两种关系组成，一种是同学（同年），另一种是师生（门生），官场风云变幻莫测，新陈代谢速度很快，今天还是正部级，鬼知道明天是不是就到阎王那儿报到了。要想长盛不衰，就得搞好关系。

如果你混得不好，那也不要紧，只要混到个考官，点中几个人才，到考试结束，你就是这几个人的座师了，这几位考中的兄弟就得到你家拜码头，先说几句废话，谈几句天气，最后亮底牌：从今以后，俺们就是您的人了，多多关照吧。

你也得客气客气，说几句话，比如什么同舟共济、同吃一碗饭、同穿一套裤子，等等，然后表明态度：今后就由老夫罩着你们，放心吧。

有一个眼下时髦的词可以形容这一场景——双赢。

新官根基不稳，先要摸清楚行情，找个靠山接着往上爬，老官也要建立自己的关系网，抓几个新人，将来就算出了事还有个指望，实在不行也能拉几个垫背的一起上路。要知道，在官场里，养儿子是不能防老的，想要安安心心地活着退休，只能靠门生。

这就是所谓的门生体制，而这一体制有时会出现一种特例——约定门生。

这是一种比较罕见的现象，因为在科举前，可能会出现某位名震全国的天才，大家都认为这个人将来一定能够飞黄腾达。在这种情况下，某些考官就会私下与这位考生联系，透露题目给他，互相约为师生，这样无论将来是谁点中了此人的卷子，都不会影响事先已经确定的关系。

这是一种风险很大的交易，所以考官们轻易不敢冒这个险，只有当真正众望所归的人出现时，这笔买卖才有可能成交。

介绍完背景，再来看看关键问题：唐寅和程敏政之间有这种关系吗？

这是一个没有答案的问题，但是其中却仍然有蛛丝马迹可寻。

首先，程敏政已经在这两份卷子里选定了会元，而唐寅则在外面发话，说自己就是会元。更为关键的一点在于，当时所有的卷子都是密封的！也就是说按照规定，即使是程敏政本人，也不会知道他选中的会元到底是谁。

所以这个疑问最终只能指向两个可能：一、唐寅做出了那道题，并且认为别人做不出来，因而口出狂言，不幸命中。二、程敏政事先与唐寅会面，并给了他考试的题目。

这是一个二选一的选择题，大家自己做主吧。

注：不要问我，题目虽然是我出的，但我没有标准答案。

不管有多复杂，这件案子总归结案了，案中的两个倒霉鬼和一个幸运儿就此各奔东西。

倒霉的是程敏政和唐寅，一个好好的考官，三品大员，被迫拿了养老金退休回家。另一个才华横溢的天才，闭着眼睛写也能中进士的人，得了个不得为官的处分。

而那个幸运儿就是徐经，这位仁兄虽然也背了个处分，却实在是个走运的人。同志们要知道，今天高考考场上作弊被抓到，最严重的结果也就是成绩作废，回家待考。可在明代，这事可就大了去了，作弊的处罚一般是充军，若情节严重，没准儿还要杀头。

事情到这里就算结了，程敏政被这个黑锅砸得七窍冒烟，回家不久就去世了。唐寅一声叹息之后，对前途心灰意冷，四处逛妓院，开始了他的浪子生涯。

而徐经功亏一篑，对科举也是恨之入骨，回家就开始烧四书五经，还告诫他的子孙，所谓“万般皆下品，唯有读书高”是一句屁话，还不如学点儿有用的好。

他的家教收到了良好效果，八十八年后，他的儿子的儿子的儿子出世，取名徐振之，此人不爱读书，只喜欢旅游，别号徐霞客。

一番折腾下来，大明王朝少了两个官僚，却多了一个浪荡才子和一个地理学家，倒也不见得是一件坏事。

说到这里，差点儿又漏了一个人，还是那位告状的给事中华昶，他也名留青史了，后来有人根据传说写了一出广为流传的戏，此戏俗名《三笑》，又称《唐伯虎点秋香》，由于这位仁兄当年多管闲事，编剧为了调侃他，便以他为原型创作了华太师这个经典角色，不但硬塞给他几个傻儿子，还安排唐伯虎拐走了他府里最漂亮的丫环，也算是给伯虎兄报了仇。

这场文坛风云最终还是平息了，可已经倒霉到家的唐伯虎不会想到，他的厄运才刚刚开始，更大的麻烦还在未来的路上等待着他。

唯一的遗漏

朱祐樘是个很实在的人。

他从小饱经忧患，好不容易才活下来，立为太子后又几经飘摇，差点儿被人废了，能熬到登基那天，实在是上天保佑，阿弥陀佛。

这个少年经历了太多的苦难，所以他憎恶黑暗和邪恶，他不顾身体夜以继日地工作，驱逐无用的僧人和道士，远离奸人，任用贤臣，为大明帝国献出了自己的一切。

可是过大的工作强度也彻底拖垮了他的身体，二十多岁脑袋就秃了一大半，面孔十分苍老，看上去活像街边扫地的大叔，连大他好几轮的王恕和马文升都不如，马文升活到了八十五岁，而王恕更是创造了纪录，这位老大爷一直活到九十三岁才死，据说死的当天还吃了好几碗饭，吃完打了几个饱嗝儿后才自然死亡。

朱祐樘没有那样的福气，三十多岁的他已经重病缠身、奄奄一息，却仍然一如既往地拼命干活，身体自然越来越差，但他全不在乎。

在这歌舞升平的太平盛世背后，他似乎预感到了即将来临的危险。为了迎接那一天的到来，必须作好充分的准备。

此时王恕已经退休回家，吏部尚书几经变更，空了出来，朱祐樘想让马文升接替，但兵部也离不开这个老头子，一个人不能分成两个用，无奈之下马文升只好就任了，他推荐一个叫刘大夏的人接替了他的位置。

马文升的眼光很准，刘大夏是一个十分称职的国防部长，在他的统领下，大明帝国的边界变得坚不可摧。

但事实证明，这位国防部长最大的贡献并不是搞好了边界的防务，而是推荐了一个十分关键的人。

弘治十五年（1502），兵部奏报，由于疏于管理，军中马匹不足，边防军骑兵战斗力锐减，急需管理。

这是个大事，朱祐樘立刻找来刘大夏，让他拿主意。刘大夏想了一下，回复了朱祐樘：

“我推举一人，若此人去管，三年之内，必可见功。”

“谁？”

“杨一清。”

朱祐樘很快就在脑海中找到了对象，因为这实在是一个很有特点的人。

都察院左副都御史杨一清，一个快到五十岁的老头，不苟言笑，整日板着严肃的面孔，而且相貌出众——比较丑。

反正是去管马，又不是派去出使，就是他了！

于是干了二十多年文官的杨一清离开了京城，来到了陕西（养马之地），他将在这里的瑟瑟寒风中接受新的锤炼，等待着考验的到来。

此时的三人内阁能谋善断，马文升坐镇吏部，刘大夏统管兵部，一切似乎已经无懈可击，弘治盛世终于到达了顶点。但朱祐樘的身体却再也无法支撑下去了。

弘治十八年（1505）五月，告别的时刻终于到了。

年仅三十六岁的朱祐镗走到了人生的尽头，在这最后的时刻，面对着跪在地上哭泣的刘健、李东阳和谢迁，他回顾了自己几乎毫无缺憾的人生，终于意识到了他此生唯一的遗漏：

“到了这个地步，我也没有什么可说的了，只是有一件事放心不下。”

“太子是很聪明的，但年纪太小，喜欢玩，希望诸位先生劝他多读书，做一个贤明的人。”

阁臣们回应了他的担忧：

“誓不辱命！”

看着这三个治世能臣，朱祐樘笑着闭上了眼，永远离开了这个世界。

他这一辈子没有享过什么福，却遭了很多罪，受过无数恶毒的伤害，却选择了无私的宽恕，他很少体验皇帝的尊荣，却承担了皇帝的全部责任。

从黑暗和邪恶中走出来的朱祐樘，是一个光明正直的人。

所以我给了他一个评价，是他的祖先和后辈都无法得到的最高评价：

朱祐樘是一个好皇帝，也是一个好人。

第七章　斗争，还是隐忍？

明武宗朱厚照

现在让我们调整一下呼吸，明代三百年中最能闹的一位兄弟终于要出场了。

据说清朝的皇子们在读书时如果不专心，师傅就会马上怒斥一句：

“你想学朱厚照吗?!”

被几百年后的人们当做反面典型的朱厚照并不冤枉，单从学习态度上讲，他实在是太过差劲儿。

朱祐樘这辈子什么都忙到了，什么都惦记到了，就是漏了他的这个宝贝儿子。朱祐樘命不好，只生了两个儿子，还病死了一个，唯一剩下来的就是朱厚照，自然当成命根子来看待，加上他老兄幼年不幸，便唯恐自己的儿子受苦，无论什么事情都依着他，很少责罚，更别提打了。

这大概是世上所有父亲的通病。

朱厚照就在这样的环境中长大，天不怕地不怕，想要什么就有什么，也没有人管他，这很自然，连他爹都不管，谁敢管？

无数的败家子就是这样炼成的。

但朱厚照并不能算是真正的败家子，据史料记载，他的智商过人，十分聪明，也懂得是非好歹，只是这位大哥有一个终身不改的爱好——玩。

玩，怎么好玩怎么玩，翻过来覆过去，天翻地覆，鬼哭神嚎，也只是为了一个字——玩。

请诸位千万记住这个前提，只有理解了这些，你才能对下面发生的事情有充分的思想准备。

朱厚照就这么昏天黑地地玩到了十五岁，突然一天宫中哭声震天，他被告知父亲就要不行了，而他朱厚照将成为下一任的皇帝。

朱厚照先生并不十分清楚这句话的含义，在他看来，这不过是加了个名誉头衔，该怎么活还怎么活，没什么变化。

可是不久之后，麻烦就来了，内阁首辅大学士刘健再也看不下去了，便上书希望朱厚照兄不要再玩下去，要好好地做皇帝，并且他还在书中列明了朱厚照的几条罪状，比如不在正殿坐着，却四处闲逛看热闹，擅自骑马划船，随便乱吃东西，等等。

这些是罪状吗?

应该说对于朱厚照而言，这些确实是罪状，刘健可是有着充足的理由的：

在家待着多好，干吗四处乱跑，万一被天上掉下的砖瓦砸到，那是很危险的，有个三长两短，大明江山怎么办?

骑马也不安全，摔下来怎么办？划船更不用说了，那年头还没有救生圈，掉进水里就不好了，为了大明江山，最好就不要随便干这些危险活动了。

东西更是不要乱吃，虽然毒大米、烂花生之类的还没有普及，万一吃坏肚子的话，大明江山……

大概就是这个意思，刘健苦口婆心地说了很长时间，可朱厚照对此只有一个想法：

全是废话！

老子当太子的时候就没人敢管，现在做了皇帝，这个老头子竟然还敢来多管闲事！

但这个老头子毕竟是老爹留下来的头号人物，是不能得罪的。

于是朱厚照搬出了一副忠厚淳朴的表情，老老实实地说道：

“我明白了，今后一定改正。”

可是天真的刘健并不知道，如果相信了朱厚照先生的话，那是连春节都要过错的。

这之后，非但没有看见朱厚照兄悬梁刺股，勤奋努力，反而连早朝都不上了，更不要说什么午朝，整天连这位老兄的影子也找不着。

这下轮到人事部长马文升和国防部长刘大夏出马了，他们早就感觉到不对劲儿了，为了能够及早限制住这位少年皇帝的行为，把他往正道上引，他们准备奋力一搏。

很快，两人先后上书劝说朱厚照，并且表示如果皇帝不采纳他们的意见，他们会继续上书直到皇帝改正为止。

朱厚照终于遇到了他人生中的第一次考验，十六岁的他毕竟没见过二位部长这种不要命的架势，他第一次产生了畏惧感。

然而，这时耳旁一个声音对他说：

陛下，你不需要听命于他们，你有命令他们的权力！

朱厚照高兴地接受了这个意见，他当即对二位部长表示，你们也不用再上书了，因为我现在就不让你们干了，你们下岗了，收拾东西回家养老吧！

马文升和刘大夏万万想不到会是这样一个结果，不但没吓唬住，还被反咬了一口。辛辛苦苦干了几十年，竟然是这样一个结果，伤心之下，他们各自离职回家。

发出那个声音的人，叫做刘瑾。

刘瑾，陕西人，出生年月日不详，这也是个正常现象，家里有识字认数记得生日的，一般不会去做太监。

这位刘先生原本姓谈，是个很坚强而且胆子很大的人，为什么这么说呢？因为他是自宫的。

当然了，他自宫的动机并不是因为捡到了葵花宝典之类的武功秘笈，之所以走上这条路，只是因为他想找个工作。为了求职就拿刀子割自己，这样的人自然很坚强。

更悬的是，自宫也不一定有工作，当时想当太监的人多了去了，没点儿门路你还进不去，万一进不了宫，割掉的又长不回来，那可就亏大了。敢搞这种风险投资的人，是很有几分胆量的。

这位预备宦官还算运气好，一个姓刘的太监看中了他，便安排他进了宫，此后他就改姓刘了。

公正地讲，刘瑾是一个很有追求的太监，他进宫之后勤奋学习，发愤用功，很快具备了初级文化水平，这在宫里已经是很难得了，于是他被选为朱厚照的侍从。

从王振到刘瑾，他们的发家之路提醒我们，无论何时何地，即使当了太监，也应该坚持学习。还是俗话说得好：知识改变命运。

当刘瑾看到不爱读书、整日到处闲逛的朱厚照时，他意识到，一个千载难逢的机会出现了。只要能够哄住这个爱玩的少年，让他随心所欲地玩乐，满足他的需求，就可以得到自己想要的一切！

当然了，刘瑾并不是唯一的聪明人，还有七个人也发现了这条飞黄腾达的捷径。他们八人也因此被授予了一个极为威风的称号——八虎。

朱厚照很快发现，与那些整日板着脸训人的老头子们相比，身边这些百依百顺的太监更让他感到舒服。于是他给予这些人充分的信任，将宫中大权交给了他们，还允许他们参与朝政，掌握国家大权。

有了皇帝的支持，刘瑾开始扩张自己的势力，这位刘先生实在是一个绝顶聪明的人，他充分吸取了前几任太监的经验教训，将自己的手伸向了一个新的领域——文官集团。

刘先生很清楚，自己虽然得宠，归根结底也只是个太监，要想长治久安，稳定发展，就必须拉拢几个大臣，刘健、李东阳这些人自然不买他的账，但他知道，要在读书人中间找几个软骨头的败类并不困难。

经过仔细观察，他找到了一个合适的人选——吏部侍郎焦芳。接触一段时间后，双方加深了了解，达成了共识，决定从今以后狼狈为奸，共同作恶。

焦芳，河南泌阳人，进士出身，还是个翰林，但你要是把他当成文弱书生，那可就大错特错了。想当年，万安在内阁管事的时候，大学士彭华推荐晋升学士人选，漏了焦芳，这位兄台听到消息，当即表示，我要是当不上学士，就拿刀在长安道上等彭华下班，不捅死他不算完。

彭华听到消息，吓得不行，把焦芳的名字加了上去，事情这才了结。

这位焦兄弟如此剽悍，在中进士之前估计也是在道上混的，被拉入伙实在是一件情理之中的事。焦芳就这样成为了刘瑾犯罪集团的骨干成员，考虑到投靠太监毕竟是一件不光彩的事情，焦芳并没有公开自己的身份，一切都在暗地里进行着。

刘瑾的行动终于引起了文官集团的警觉，马文升和刘大夏的离去也让他们彻底认识了即将到来的危险，必须动手了，先下手为强，后下手遭殃！

不同的选择

刘健是一个经验丰富的政治家，多年在官场滚打的经验告诉他，如果再不收拾局面，后果不堪设想，而想要除掉“八虎”，单靠内阁是绝对不够的。

要获得最后的胜利，必须发动文官集团的全部力量，发动一次足以致命的攻击。

基于这个认识，他找到了户部尚书韩文，布置了一个周密的计划。

第二天，进攻开始。

这一天，朱厚照收到了一份奏折，他并不在意地翻阅了一下内容，却立刻被吓得胆战心惊！

这份奏折不但像账本一样，列举了他登基以来的种种不当行为，还第一次大胆地把矛头直接对准刘瑾等人，表示再也无法容忍，必须立刻杀掉“八虎”，如果朱厚照不执行，他们绝不甘休。

此奏折的作者就是大名鼎鼎的文坛领袖李梦阳，要说他也确实名不虚传，写作水平极高，引经据典，短短的几千字就把刘瑾等人骂成了千古罪人、社会垃圾。

但是朱厚照害怕的并不是这份奏折的内容，也不是奏折的作者，类似这种东西他已经见过很多次，习以为常了，真正让他畏惧的，是这份奏折的落款——六部九卿。

六部大家都知道了，而所谓九卿，就是六部的最高长官六位尚书，加上都察院最高长官、通政司最高长官和大理寺最高长官，共计九人，合称九卿。

这一举动，通俗地说，就是政府内阁全体成员发动弹劾，威胁皇帝答应他们的条件和要求。

刘健不愧是老江湖，他一眼就看穿了刘瑾等人的虚实，根本不与他们纠缠，而是发动内阁各部，直接威逼皇帝。他早已打好了算盘，虽然这位皇帝闹腾得厉害，毕竟只是个小孩子，禁不住大人吓唬，只要摆出拼命的架势，他是会服从的。

刘健的想法是对的，他这一招把朱厚照彻底吓住了，刚上台没多久，下面的这帮人就集体闹事了，要是不答应他们的要求，万一再来个集体罢工，这场戏一个人怎么唱？

他准备屈服了。

刘瑾等人得知消息，吓得魂不附体，他们怎么也没想到，刘健竟然这么狠，一出手就要人命。八个人马上凑在一堆开会想对策，可是由于智商有限，谈了半天也没办法，只得抱头痛哭。

朱厚照的处境也好不了多少，和刘健相比，他还太年轻，面对威胁，他只好派出司礼监王岳去内阁见几位大人，以确定一个问题——“你们到底要怎样才肯罢休?”

王岳急匆匆地跑到内阁拜见三位大人，却意外地看到了两种不同的反应。

他小心翼翼地开始询问几位阁臣的意见，还没等他问完，刘健就拍案而起，说出了他的意见：

“没什么可说的，把那八个奴才抓起来杀掉就是了!”

本来就很能侃的谢迁也毫不客气，厉声说道：

“为国为民，只能杀了他们!”

然而，剩下的李东阳却保持了沉默，面对刘健和谢迁惊异的目光，他这才缓缓地表示，应该严惩违法的太监。

李东阳此时的奇怪表现并没有引起刘健和谢迁的重视，他们把所有的注意力放在了王岳的身上，等待着这位司礼监的表态。

也算刘瑾运气不好，因为王岳最讨厌的人正是他，大家要知道，太监行业的竞争是很激烈的，对这位抢饭碗的同行，王岳自然没有什么好感。

他对三位阁臣的意见表示完全接受，并立刻回到宫中向朱厚照转达了内阁的意见。

朱厚照想不到内阁竟然如此不留情面，但他并不想赶走这几个听话的宦官，便另派一人再去内阁谈判，这次他降低了自己的底线：同意赶走八人，但希望能够宽限一段时间执行。

内阁的答复很简单——不行。

同时更正了朱厚照的说法——不是赶走，是杀掉。

朱厚照真正是无计可施了，他只能继续派出司礼监前去内阁谈判。

此时“八虎”已经知道了情况的严重性，他们惊恐万分，竟然主动找到了内阁，表示他们愿意自己离开这里前往南京，永不干涉朝政。

内阁压根儿就不搭理他们。

刘瑾和其余七个人都哭了，他们是被急哭的。

这是匆忙混乱的一天，宫中的司礼监急匆匆地赶到内阁，又急匆匆地赶回宫里，朱厚照也无可奈何，“八虎”完全丧失了以往的威风，只是惶惶不可终日地等待着即将到来的命运的裁决。

出人意料的是，与此同时，内阁里却发生了一场争论。

计划的发起人刘健眼看胜利在望，便召集内阁和各部官员开会商讨下一步的对策。

刘健的急性子果然名不虚传，会议一开始，他就拍起了桌子，恨不得吃了刘瑾等人，谢迁、韩文也十分激动，一定要杀了“八虎”。此时，一直沉默不语的李东阳终于开了口，但他说出的话却着实让在座的人吃了一惊。

李东阳表示，只要皇帝能够疏远、赶走“八虎”就行了，没有必要一定把他们杀掉，否则事情可能会起变化。

他的建议引起了刘健和许多人的不满，与会的人众口一词地认为他过于软弱，对他的建议毫不理会。

李东阳没有多说什么，只是轻轻地叹了口气，在他看来，这些愤怒的人们忽略了一个重要的问题，但他已经无能为力了。

就这样，内阁商定了最后的方针：除掉“八虎”，绝不让步。

但刘健很清楚，要让这一方针得到朱厚照的批准是不容易的，为了达到目的，他决定寻求一个人的帮助——王岳。

在谈判的时候，刘健就敏锐地感觉到了王岳对刘瑾的敌意，这样的细节自然逃不过阅历丰富的刘健的眼睛。他随即派人与王岳联系，希望得到他的支持。

这一提议正中王岳下怀，他立刻发动其余的司礼监，对朱厚照展开游说。

整整一天的折腾已经让朱厚照筋疲力尽，十六岁的他完全不是这些混迹官场多年的老狐狸的对手，所以当王岳等人向他进言的时候，他已经到了崩溃的边缘。

“就这样吧，把他们抓起来，我同意。”

朱厚照终于妥协了，王岳完成了他的使命，他派人通知刘健，今天天色已晚，明天一早就动手，彻底清除“八虎”。

紧张了整整一天的刘健终于轻松了，因为明天所有的问题都将得到解决，今晚可以睡个好觉了。

小学的时候，老师曾经反复教导过我们这样一句话：今天的事情要今天做完。

刘健所不知道的是，在那次会议上，除去情绪激动的多数派和犹豫的少数派外，还有着一个别有企图、冷眼旁观的人。这个人就是焦芳。

潜伏

刘瑾的工作终于有了效果，得到消息的焦芳连夜把内阁制定的计划告诉了“八虎”。

人被逼到了绝路上，即使没有办法也会想出办法的。

明天一早就会有人来抓了，而逃跑是不可能的，普天之下，莫非王土，还能跑到哪里去？事情到了这个地步，豁出去了！

刘瑾明白，现在只有一个办法可以挽救他们。于是，他和其余七人连夜进宫，去拜会他们最后的希望——朱厚照。

一见到朱厚照，八个人立刻振作提神，气沉丹田，痛哭失声。生死关头，八个人都哭得十分认真敬业，朱厚照被他们搞得莫名其妙，只得让他们先停一停，把话说完。

刘瑾这才开口说话，他把矛头指向了王岳，说王岳与文官们勾结一气，要置他们于死地。

刘瑾实在是一个聪明人，他没有直接指责攻击他们的文官，因为他十分清楚朱厚照的心理，对于这个少年而言，文官从来都不是他的朋友，他最信任的是身边的太监，因而具有深厚根基的王岳才是他们最可怕的敌人，只要把王岳归于文官一伙，朱厚照自然就会和他们站在一起。

朱厚照被打动了，他本来就极其讨厌那些文官，只不过是迫于形势，才屈服于他们的胁迫，听了刘瑾的话，他才发现自己是如此的危险，连王岳也听从文官的指挥，将来的日子怎么过?

可我又能怎么办呢?

刘瑾看穿了他的心思，加上了关键的一句话：

“天下乃陛下所有，陛下所决，谁敢不从！”

朱厚照终于醒悟了，原来最终的解释权一直都在他的手中，做皇帝和做太子其实并没有任何不同之处，只要他愿意，就可以一直玩下去。

他即刻下令，免除王岳等人的司礼监职务，由刘瑾接任，而东厂及宫中军务则由“八虎”中的谷大用和张永统领。

事情就这样结束了，刘瑾完成了逆转，成为了最后的胜利者。

刘瑾充分领会了时间宝贵的精神，他没有等到第二天，而是连夜逮捕了王岳等人，把他们发往了南京。

然后他穿好了司礼监的衣服，静静地等待着清晨的到来。

第二天。

兴奋的刘健和谢迁兴冲冲地赶来上朝，有了皇帝的首肯和王岳的接应，他们信心百倍，准备听这几个太监的终审结果。

可他们最终听到的却是几份出人意料的人事调令，然后就看到了得意扬扬的司礼监刘大人。

强打精神回到家中的刘健再也支撑不住了，他立刻向朱厚照提出了辞职申请，与他一同提出辞呈的还有李东阳和谢迁。

很快，刘健和谢迁的辞职要求得到了批准，而李东阳却被挽留了下来。

那天晚上，焦芳将会议时的一切都告诉了刘瑾，包括刘健、谢迁的决断和李东阳的犹豫不决。

刘瑾根据这一点作出了判断，在他看来，犹豫的李东阳是站在他这一边的。

就这样，弘治年间的三人内阁终于走到了终点，“断”和“侃”离开了，“谋”留了下来。

离别的日子到了，李东阳在京城郊外为他的两个老搭档设宴送行，在这最后的宴会上，李东阳悲从心起，不禁痛哭起来。可是另两个人却没有他这样的感触。

刘健终于忍不住了，他站了起来，严肃地对李东阳说：

“你为什么哭！不要哭！如果当时你态度坚决，今天就可以和我们一起走了！”

李东阳无言以对。

谢迁也站起身，用鄙夷的目光注视着李东阳，然后和刘健一同离席而去，不再看他一眼。

沉默的李东阳看着两人的背影，举起了杯中的残酒，洒之于地。

劝君更进一杯酒，西出阳关无故人！

有时候，屈辱地活着比悲壮地死去更需要勇气。

第八章　传奇就此开始

一号人物登场

李东阳绝不是刘瑾的同情者，他之所以会犹豫，恰恰是因为他注意到了被其他大臣忽视的因素——朱厚照的性格。

焦芳的背叛只不过是个偶然因素，刘瑾之所以能够成功，归根结底还是因为朱厚照，这位玩主是不会杀掉自己的玩伴的，而“八虎”也绝对不会坐以待毙。

李东阳是一个深思熟虑的人，他思维缜密，看得比刘健和谢迁更远、也更多，他很清楚要解决刘瑾，并没有那么容易。

刘瑾是一个可怕的对手，远比想象中要可怕得多，要打倒这个强大的敌人，必须等待更好的时机。

是的，现在还不是时候。

但是其他官员们似乎不这么想，他们为刘健、谢迁的离去痛惜不已，纷纷上书挽留，第一批上书的官员包括监察院御史薄彦征、南京给事中戴铣等二十多人，刘瑾对这件事情的处理十分果断——廷杖。

二十多人全部廷杖，上书一个打一个，一个都不能少！

最惨的是南京给事中戴铣，他居然被活活打死了，而为了救戴铣，又有很多人第二批上书，刘瑾对这些人一视同仁，全部处以了廷杖。

在这一批被拉出去打屁股的人中，有一个叫王守仁的小官，与同期被打的人相比，他一点儿也不起眼。但此次廷杖对他却有着非同寻常的意义，这位三十四岁的小京官即将踏上历史舞台的中央，传奇的经历就此开始。

兵部武选司主事、六品芝麻官王守仁，他的光芒将冠绝当代，映照千古。

传奇

1905年，日本海军大将东乡平八郎回到了本土，作为日本军事史上少有的天才将领，他率领装备处于劣势的日本舰队在日俄战争中全歼俄国太平洋舰队和波罗的海舰队，成为了日本家喻户晓的人物。

由于他在战争中的优异表现，日本天皇任命他为海军军令部部长，将他召回日本，并为他举行了庆功宴会。

在这次宴会上，面对着与会众人的一片夸赞之声，东乡平八郎默不作声，只是拿出了自己的腰牌，示与众人，上面只有七个大字：

一生伏首拜阳明。

王守仁，字伯安，别号阳明。

成化八年（1472），王守仁出生在浙江余姚，大凡成大事者往往出身贫寒，小小年纪就要上山砍柴，下海捞鱼，家里还有几个生病的亲属，每日以泪洗面。这差不多也是惯例了。可惜王守仁先生的情况恰好完全相反。

王守仁家是远近闻名的大地主，十分有钱，而且他还有一位非常有名的祖先——王羲之。是否属实不知道，但以他家的条件，就算是也不奇怪。

王家的先辈们大都曾经做过官，据说先祖王纲曾经给刘伯温当过跟班的，最高混到了四品官，后世子孙虽然差点儿，但也还凑合。而到了王守仁父亲王华这里，事情发生了变化。

成化十七年（1481），十岁的王守仁离开了浙江，和全家一起搬到了北京，因为他家的坟头冒了青烟，父亲王华考中了这一年的状元。

这下王家更是了不得，王华的责任感也大大增强，毕竟老子英雄儿好汉，自己已经是状元了，儿子将来就算不能超过自己做个好汉，也不能当笨蛋。于是他请了很多老师来教王守仁读书。

十岁的王守仁开始读四书五经了，他领悟很快，能举一反三，其聪明程度让老先生们也倍感惊讶，可是不久之后，老师们就发现了不好的苗头。

据老师们向王状元反映，王守仁不是个好学生，不在私塾里坐着，却喜欢舞枪弄棍，读兵书，还喜欢问一些稀奇古怪的问题，写一些莫名其妙的东西，有诗为证：

山近月远觉月小，便道此山大于月。

若人有眼大如天，当见山高月更阔。

在先生们看来，这是一首荒谬不经的打油诗，王华看过之后却思索良久，叫来了王守仁，问了他一个问题：

“书房很闷吗？”

王守仁点了点头。

“跟我去关外转转吧。”

王华所说的关外就是居庸关，敏锐的他从这首诗中感觉到了一种难以言喻的玄妙，他第一次认识到，自己的这个儿子非同寻常，书房容不下他，王华便决定带他出关去开开眼界。

这首诗的名字是《蔽月山房》，作者王守仁，时年十二岁。这也是他第一首流传千古的诗作。

此诗看似言辞幼稚，很有打油诗的味道，但其中却奥妙无穷。山和月到底哪个更大，这个十二岁的少年用他独特的思考观察方式，给出了一个似是而非的答案。

他的这种思维模式，后世有人称之为辩证法。

王华作出了一个不寻常的承诺。当时的居庸关外早已不是朱棣时代的样子，蒙古骑兵经常出没，带着十几岁的儿子出关，是一件极其冒险的事情。但王华经过考虑，最终兑现了自己的承诺。

不久之后，他就为自己的这个决定追悔莫及。

在居庸关外，年少的王守仁第一次看到了辽阔的草原和大漠，领略了纵马奔腾的豪情快意，洪武年间的伟绩，永乐大帝的神武，那些曾经的风云岁月，深深地印入了他的心中。

一颗种子开始在他的心中萌芽。

王华原本只是想带着儿子出来转转，踩个点而已，可王守仁接下来的举动却让他大吃一惊。

不久之后的一天，王守仁一反常态，庄重地走到王华面前，严肃地对他爹说：

“我已经写好了给皇上的上书，只要给我几万人马，我愿出关为国靖难，讨平鞑靼！”

据查，发言者王守仁，此时十五岁。

王华沉默了，过了很久，才如梦初醒，终于作出了反应。

他十分激动地顺手拿起手边的书（一时找不到称手的家伙），劈头盖脸地向王守仁打去，一边打还一边说：

“让你小子狂！让你小子狂！”

王守仁先生第一次为国效力的梦想就这样破灭了，但他并没有丧气，不久之后他就有了新的人生计划，一个更为宏大的计划。

王华的肠子都悔青了，他万想不到，自己这个宝贝儿子还真是啥都敢想敢干。

也许过段时间，他就会忘记这些愚蠢的念头。王华曾经天真地这样想。

也许是他的祈祷产生了效果，过了不久，王守仁又来找他，这次是来认错的。

王守仁平静地说道：

“我上次的想法不切实际，多谢父亲教诲。”

王华十分欣慰，笑着说道：

“不要紧，有志向是好的，只要你将来努力读书，也不是不可能的。”

“不用了，出兵打仗我就不去了，现在我已有了新的志向。”

“喔，你想干什么？”

“做圣贤！”

这次王华没有再沉默，他迅速作出了回复——一个响亮的耳光。

完了，完了，一世英名就要毁在这小子手里了。

王华终于和老师们达成共识，如果再不管这小子，将来全家都要败在他的手里，经过仔细考虑，他决定给儿子谈一门亲事。他认为，只要这小子结了婚，有老婆管着，就不会再做什么出格的事情了。

王华是状元，还曾经给皇帝当过讲师，位高权重，王守仁虽然喜欢闹事，但小伙子长相还是比较帅的（我看过画像，可以作证），所以王家要结亲的消息传出后，很多人家挤破头来应征。

出于稳妥考虑，也是不想这小子继续留在京城惹事，王华挑选了江西洪都（南昌）的一个官家小姐，然后叫来了刚满十七岁的王守仁，告诉他马上收拾行李，去江西结婚，少在自己跟前晃悠。

王华给王守仁安排这么个包办婚姻，无非是想图个清净，可他没有料到，他的这一举动将给自己带来更大的麻烦。

愣头愣脑的王守仁就这么被赶出家门，跑到了江西洪都，万幸的是，他的礼仪学得还算不错，岳父大人对他也十分满意。一来二去，亲事订了下来，结婚的日期也确定了。

这位岳父大人估计不常上京城，没听过王守仁先生的事迹，不过不要紧，因为很快，他就会领略到自己女婿的厉害。

结婚的日子到了，官家结婚，新郎又是王状元的儿子，自然要热闹隆重一点儿，岳父大人家里忙碌非凡，可是等大家都忙完了，准备行礼的时候，才发现少了一个关键的人——新郎。

这可不是闹着玩的，结不成婚还在其次，把人弄丢了怎么跟王华交代？

岳父大人满头冒汗，打发手下的所有人出去寻找，可怎么找也找不到，全家人急得连寻死的心都有了。直到第二天早晨，他们才在城郊的一所道观里找到了王守仁，大家都十分激动。

可是失踪一天的王守仁却一点儿都不激动，他惊讶地看着那些满身大汗的人们，说出了他的疑问：

“找我干啥？”

原来这位兄弟结婚那天出来闲逛，看见一个道观，便进去和道士聊天，越聊越起劲儿，就开始学道士打坐，这一坐就是一天。直到来人提醒，他才想起昨天还有件事情没有做。

无论如何，王守仁还是成功地结了婚，讨了老婆成了家，他的逸事也由此传遍了洪都，大家都认为他是一个怪人。

王守仁不是一个怪人，那些嘲笑他的人并不知道，这个看似怪异的少年是一个意志坚定、说到做到的人，四书五经早已让他感到厌倦，科举做官他也不在乎，十七岁的他就这样为自己的人生定下了唯一的目标——做圣贤。

有理想是好的，可是王兄弟挑的这个理想可操作性实在不高，毕竟之前除若干疯子精神病自称实现了该理想之外，大家公认的也就那么两三个人，如孔某、孟某等。

王守仁自己也摸不着头脑，所以他出没于佛寺道院，希望从和尚道士身上寻找成为圣贤的灵感。但除了学会念经打坐之外，连圣贤的影子也没看到。他没有灰心丧气，仍然不断地追寻着圣贤之道。

终归是会找到方法的，王守仁坚信这一点。

或许是他的诚意终于打动了上天，不久之后，它就给王守仁指出了那条唯一正确的道路。

弘治二年（1489），十八岁的王守仁离开江西，带着他的新婚妻子回老家余姚，在旅途之中，他认识了一个书生，便结伴而行，闲聊解闷。

交谈中，他提出了心中的疑问：

“怎样才能成为圣贤呢？”

这位书生思虑良久，说出了四个字的答案：

“格物穷理。”

“何意？”

书生笑了：

“你回去看朱圣人的书，自然就知道了。”

王守仁欣喜若狂，他认为自己终于找到了答案。

圣贤之路

朱圣人就是朱熹，要说起这位仁兄，那可真算得上是地球人都知道，知名度无与伦比，连高祖朱元璋都想改家谱，给他当孙子。

可关于他的争论也几百年都没消停过，骂他的人说他是败类，捧他的人说他是圣贤，但无论如何，双方都承认这样一点：他是一个影响了历史的人。

朱熹到底是一个怎样的人？

支持者认为，他是宋明理学的标志性人物，是一个伟大的哲学家。

反对者认为，他是宋明理学的标志性人物，是禁锢思想的罪魁祸首。

其实朱熹先生远没有人们所说的那么复杂，在我看来，他只是一个有追求的人，不过是他的目标有些特殊罢了。

他追求的是这个世界上最为深邃的秘密。

（提示：下面的内容将叙述一些比较难以理解的哲学问题，相信按本人的讲述方式，大家是能够理解的，如果实在不行的话，就去翻书吧。）

自古以来，有这样一群僧人，他们遵守戒律，不吃肉，不喝酒，整日诵经念佛，而与其他和尚不同的是，他们往往几十年坐着不动，甚至有的鞭打折磨自己的身体，痛苦不堪却依然故我。

有这样一群习武者，经过多年磨炼，武艺已十分高强，但他们却更为努力地练习，坚持不辍。

有这样一群读书人，他们有的已经学富五车，甚至功成名就，却依然日夜苦读，不论寒暑。

他们并不是精神错乱、平白无故给自己找麻烦的白痴，如此苦心苦行，只是为了寻找一样东西。

传说这个世界上存在着一种神奇的东西，它无影无形，却又无处不在，轻若无物，却又重如泰山，如果能够获知这一样东西，就能够了解这个世界上的所有的奥秘，看透所有伪装，通晓所有知识，天下万物皆可归于掌握！

这并不是传说，而是客观存在的事实。

这样东西的名字叫做“道”。

所谓道，是天下所有规律的总和，是最根本的法则，只要能够了解道，就可以明了世间所有的一切。

这实在是一个太大的诱惑，所以几千年来，它一直吸引着无数人前仆后继地追寻。更为重要的是，事实证明，道不但是存在的，也是可以为人所掌握的。

对于不同种类的追寻者而言，道有着不同的表现方式，对于和尚们来说，道的名字叫做“悟”，对于朱熹这类读书人而言，它的名字叫“理”。

和尚们梦寐以求追寻的“悟”，并不是虚无缥缈的，事实上，它是一种极为玄妙的快感，远远胜过世间所有的欢悦和一切精神药品，到此境界者，视万物如无物，无忧无虑，无喜无悲，愉悦之情常驻于心。佛法谓之“开悟”。

最著名的“开悟”者就是“六祖”慧能，之后的德山和尚与临济和尚也闻名于世。

穷诸玄辨，若一毫置于太虚；竭世枢机，似一滴投于巨壑。

此即所谓佛者之道。

而关于武者的道，大致可以用这样一个故事来说明：

按照武术中的说法，兵器是越长越好，即所谓“一寸长，一寸强”。但据说五代年间，有一位高手用剑，却是越用越短，到后来他五六十岁了，剑法出神入化之时，居然不用剑了，每逢打架都是光膀子上阵，却从未被打败过。

当我看到这个故事时，才真正开始相信一句小说中的常用语：

“手中无剑，心中有剑。”

朱熹的道源自儒家，又叫做“理”，既不是开悟，也不是练习武术，这玩意儿是从书中读出来的，而且还是能够拿出去用的，一旦通理，便尽知天下万物万事，胸怀宽广，宠辱不惊，无惧无畏，可修身，可齐家，可治国，可平天下！

唯天下至诚，能尽其性；能尽其性，则能尽人之性；能尽人之性，则能尽物之性；能尽物之性，则可赞天下之化育；可以赞天下之化育，则可以与天地参矣！

此即儒家之道。

上面大致解释了道的意思，如果某些文言看不大懂的话，也不用去找翻译了，概括起来，只要你懂得三点就够了：

一、道是个稀罕玩意儿，是很多人一生追求的。

二、无论什么职业什么工种，悟道之后都是有很多好处的。

三、悟道是很难的，能够悟道的人是很牛的。

也就这样了，能看明白就行。

说了这么多，还有一个关键问题没有解决，既然道这么好，那怎样才能悟道呢？

还是按照职业来划分，如果你去问一个已经开悟的和尚，得到的回答会十分有趣。

对于这个问题，守初和尚的答案是：麻三斤。

丹霞禅师的答案是：把佛像烧掉取暖。

清峰和尚的答案是：火神来求火。

德山和尚的答案是：文殊和普贤是挑粪的。（罪过罪过）

他们并不是在说胡话，如果你有足够的悟性，就能从中体会到“酒肉穿肠过，佛祖心头坐”的真意。所谓目中无佛，心中有佛，正是佛法的最精髓之处。

而佛家悟道的唯一途径，也正隐藏在这些看似荒谬的语言中，简单说来就是三个字——靠自己。

他们以各种耸人听闻的话来回答问题，只是想要告诉你，悟道这件事情，不能教也是教不会的，除了你自己之外，没有人可以帮你。

可是高僧们的答案可操作性实在不强，一般人干不了，很难让我们满意，我们再来看看武者。

对于练武的人而言，这个问题的答案更加简单，丢给你一把剑，你就慢慢练吧，至于要练多久才能到手中无剑、心中有剑的最高境界，不要问师傅，也不要问你自己，鬼才知道。

毕竟一本几十万字的长篇武侠小说里，绝顶高手一般也就一两个人，如果兄弟你没有练出来，那也是很正常的，所以诸位一定要端正心态。

现在我们的期盼都寄托在儒家的朱圣人身上，希望这里有通往圣贤之路的钥匙。

朱圣人确实不负众望，用四个字给我们指出了一条金光大道：格物穷理。

好，现在我们终于回到了起点，和王守仁先生站在同一起跑线上了，那么这四个字到底有什么魔力，又是什么意思呢？

朱圣人还是很耐心的，他告诉我们，“理”虽然很难悟到，却普遍存在于世间万事万物之中，你家耕地的那头黄牛是有理的，后院的几口破箱子是有理的，你藏在床头的那几贯私房钱也是有理的。

理无处不在，而要领会它，就必须“格”。

至于到底怎么格，那就不管你了，发呆也好，动手也好，愿意怎么格就怎么格，朱圣人不收你学费就够意思了，还能帮你包打天下？

那么“格”到什么时候能够“格”出理呢？

问得好！关于这个问题，宋明理学的另一位伟大导师程颐给出了明确的答案：

“今日格一物，明日又格一物，豁然贯通，终知天理。”

看明白了吧，只要你不停地“格”，用心地“格”，聚精会神地“格”，加班加点地“格”，是会“豁然贯通”的。

那么什么时候才能“豁然贯通”呢?

不好意思，这个问题导师们没有说过，我也不知道，但兄弟你只管放心大胆地去“格”吧，请你相信，到了“豁然贯通”的时候，你就能“豁然贯通”了。

好了，我们的哲学课到此结束，课上讨论了关于佛学、禅宗、儒学、宋明理学的一些基本概念，相信这种讲述方式大家能够理解。

其实我并不愿讲这些东西，但如果不讲，诸位就很难理解王守仁后来的种种怪异行为，也无法体会他那冠绝千古的勇气与智慧。

圣贤之路是一条完全不同的道路，它有起点，却似乎永远看不到终点。它神秘、诡异，又深不可测，它比名将之路更加艰辛，在这条道路上，没有帮手，没有导师，你不知道什么时候会成功，不知道什么时候会失败，甚至不知道什么时候应该放弃。

然而，十八岁的王守仁义无反顾地踏上了这条道路，他最终成功了，在十九年后的那个地方，那个夜晚，那个载入历史的瞬间。

第九章　悟道

踌躇

在外面混了一年的王守仁终于带着老婆回了北京。刚一回来，父亲王华就用警惕的眼睛审视着他，唯恐他继续干那些奇怪的事情，但经过一段时间的观察，他发现自己的儿子变了，回家之后除了看书还是看书。

他十分满意，终于放下了心头的大石。

王华犯了一个天真的错误，因为王守仁读的只是朱熹的书，他读书的动机也一如既往——做圣贤。

不久之后，另一件怪事发生了。

王华突然发现，王守仁从书房失踪了，他怕出事，连忙派人去找，结果发现这位怪人正待在自家的花园里，看着一枝竹子发呆，一动不动。

他走上前去，奇怪地问道：

“你又想干什么?”

王守仁压根儿就没有看他，眼睛依然死盯着那根竹子，只是挥了挥手，轻声说道：

“不要吵，我在参悟圣人之道。”

王华气得不行，急匆匆地走了，一边走一边大叫：

“我不管了，我不管了！”

王守仁依然深情地注视着那根竹子，在他的世界中，只剩下了他和这根不知名的竹子。

王华不理解王守仁的行为，但是大家应该理解，有了前面的哲学课打底，我们已经知道，王守仁先生正大踏步地前进在圣贤之路上，他在“格”自己家的竹子。

“格”竹子实在是一件很艰苦的事情，王守仁坐在竹子跟前，不顾风吹雨淋，不吃不喝，呆呆地看着这个有“理”的玩意儿。

“理”就在其中，但怎么才能知道呢？

怀着成为圣贤的热诚和疑惑，王守仁在竹子面前守了几天几夜，没有得到“理”，却得了感冒。

王守仁病倒了，在病中，他第一次产生了疑问：朱圣人的话是对的吗？

这就是中国哲学史上著名的守仁格竹，但这绝不仅仅是一个故事，在故事背后，还有着一个人对未知的执著和探索。

王华受够了自己儿子的怪异行为，他下达了最后通牒，你想研究什么我都不管，但你必须考中进士，此后的事情任你去做。

王华没办法，毕竟他自己是状元，如果儿子连进士都不是，也实在丢不起这个人。

王守仁考虑了一下，认为这个条件还不错，便答应了，从此他重新捡起了四书五经，开始备考。

聪明人就是聪明人，王守仁确实继承了王华的优良遗传基因，他二十一岁第一次参加乡试，就中了举人。老爹终于露出了笑脸，打发了前来祝贺的人们之后，他高兴地拍着儿子的肩膀说道：

“好小子，明年必定金榜题名！”

可是事实证明，平时不烧香、临时抱佛脚毕竟是靠不住的，王守仁先生常年累月干那些杂七杂八的事情，临考前恶补只能糊弄省级考官，到了中央，这一招就不灵了。

之后弘治六年（1493）和弘治九年（1496），王守仁两次参加会试，却都落了榜，铩羽而归。

父亲王华十分着急，王守仁自己也很沮丧，他没有料到，自己想当圣贤，却连会试都通不过，心里十分难过。

换了一般人，此刻的举动估计是在书房堆上一大堆干粮，在房梁上吊一根绳子，再备上一把利器，然后拼命读书备考。

可惜王守仁不是普通人，他经过痛苦的思索，终于有所感悟，并作出了一个决定。

为了得到父亲的支持，他又一次去找父亲谈话。

"我确实错了。"

听到这句话，王华欣慰地笑了：

"以你的天分，将来必成大业，落榜之事无须挂怀，今后用功读书就是了，下次必定中榜。"

发完了感慨的王华高兴地看着自己的好儿子，按照通常逻辑，王守仁应该谢礼，然后去书房读书，可是意外出现了。

王守仁不但没有走，反而向父亲鞠了一躬说道：

"父亲大人误会了，我想了很久，适才明白，落榜之事本来无关紧要，而我却为之辗转反侧，忧心忡忡，为此无关紧要之事烦恼不已，实在是大错。"

王华又一次发懵了，可是王守仁却毫不理会，继续说道：

"我以为，书房苦读并无用处，学习兵法，熟习韬略才是真正的报国之道，今后我会多读兵书，将来报效国家。"

说完这几句话后，他才不慌不忙地行了一个礼，飘然而去。

面对着王守仁离去的背影，刚刚反应过来的王华发出了最后的怒吼：

"你要气死老子啊！"

王守仁没有开玩笑，在二十六岁这年，他开始学习兵法和谋略，甚至开始练习武艺，学习骑射。

当然了，最终他还是给了自己老爹几分面子，四书五经仍旧照读，也算是对父亲的些许安慰。

就在这日复一日的学习中，王守仁逐渐掌握了军事的奥秘和非凡的武艺，此时武装他头脑的，再不仅仅是四书五经、圣人之言。文武兼备的他已悄悄地超越了很多人，对于他们而言，王守仁已经变得过于强大。

就这么过了两年，半工半读的王守仁迎来了他人生的第三次会试，这一年他二十八岁。

要说这位王守仁的智商真不是白给的，他这么瞎糊弄三年，竟然还是中了榜，而且据他父亲调查，他的卷子被评为第一名，可是有人走了后门（招生黑幕），一下把他挤到了二甲。

不过这也无所谓了，王守仁总算是当了官，没给他老爹丢脸，可惜他没有混上翰林，直接被分配去了工部（建设部），但根据工作日志记载，王守仁不算是个积极的官员，他从来都不提什么合理化建议，也不当岗位能手，却认识了李梦阳，整天在一起研究文学问题。

这是一种令人羡慕的生活，但在光鲜的外表下，王守仁的痛苦却在不断地加深。

他的痛苦来源于他的追求，因为他逐渐感到，朱圣人所说的那些对他似乎并不起作用，他今天“格”一物，明天又“格”一物，“格”得自己狼狈不堪，却毫无收获。

而一个偶然的事件让他发现，在朱圣人的理论中，存在着某些重大的问题。

这里先提一下朱圣人理论中最为重要的一个观点，说起来真可谓是家喻户晓，鼎鼎大名——“存天理，去人欲”，这句话在实际生活中的运用则更为著名——“饿死事小，失节事大”。

这句话曾经被无数人无数次批倒批臭，我就不凑这个热闹了，但还是有必要解释一下这句话的真实意思，因为很多人可能并不知道，这也是一个深奥的哲学原理。

大家要知道，朱圣人的世界和我们的是不同的，这位哲学家的世界是分裂成两块的，一块叫做“理”，另一块叫做“欲”。

朱圣人认为“理”是存在于万物中的，但却有着一个大敌，那就是“欲”，所谓“理”，是宇宙万物的根本规律和准则，只要人人都遵循了“理”，幸福的生活就来了，那好处多了去了，天下安定了，世界和平了，宇宙也协调了。换在今天，这玩意儿还能降低犯罪率，稳定社会，那些翻墙入室的、飞车抢包的、调戏妇女的张三李四王二麻子，会统统地消失。最终实现和谐社会。

可是“欲”出来捣乱了，人心不古啊，人类偏偏就是有那么多的欲望，吃饱了不好好待着，就开始思考一些乱七八糟的问题，搞得社会不得安宁。

所以朱圣人的结论是，要用客观世界的“理”，去对抗主观人心的“欲”，而这才是世界的本原。

通俗地说就是，为了追求理想中的崇高道德，可以牺牲人的所有欲望，包括人性中最基本的欲望。

这是一个对后世产生了极大（或者说极坏）影响的理论，到了明代，这套理论已经成为了各级教育机构的通用教材，也是大明王朝各级官僚们的行为法则和指导思想，在那个时候，朱圣人的话就是真理，没有多少人敢于质疑这套理论。

可是王守仁开始怀疑了，这源于一件事情的发生。

弘治十四年（1501），王守仁调到了刑部（司法部），当时全国治安不好，犯罪率很高，大案要案频发，他便从此远离了办公室的坐班生活，开始到全国各地出差审案。

但是审案之余，王大人还有一个爱好，那就是四处登山逛庙找和尚道士聊天，因为他“格”来“格”去，总是“格”不出名堂，只好改读佛经道书，想找点儿灵感。

不久之后，他到了杭州，在这里的一所寺庙中，他见到了一位禅师。

据庙中的人介绍，这位禅师长期参佛，修行高深，而且已经悟透生死，看破红尘，是各方僧人争相请教的对象。

王守仁即刻拜见了禅师，他希望得到更多的启示。

可是他失望了，这位禅师似乎没有什么特别，只是与他谈论一些他早已熟知的佛经禅理，他慢慢地失去了兴趣。而禅师也渐渐无言，双方陷入了沉默。

在这漫长的沉默之中，王守仁突然有了一个念头。

他开口发问，打破了沉寂。

“有家吗?”

禅师睁开了眼睛，答：

“有。”

“家中尚有何人?”

“母亲尚在。”

“你想她吗?”

这个问题并没有得到即刻的回应，空荡荡的庙堂又恢复了寂静，只剩下了窗外凌厉的风声。

良久之后，一声感叹终于响起：

“怎能不想啊!”

然后禅师缓缓地低下了头，在他看来，自己的这个回答并不符合出家人的身份。

王守仁站了起来，看着眼前这个惭愧的人，严肃地说道：

“想念自己的母亲，没有什么好羞愧的，这是人的本性啊！”

听到这句话的禅师并没有回应，却默默地流下了眼泪。

他庄重地向王守仁行礼，告辞而去。第二天，他收拾行装，舍弃禅师的身份，还俗回家去探望自己的母亲。

寺庙的住持怎么也没有想到，这个上门求佛的人竟然把自己的禅师劝回了家，要让他再待上几天，只怕自己这里就要关门了，便连忙把王大人请出了庙门。

王守仁并不生气，因为在这里，他终于领悟了一条人世间的真理：

无论何时、何地，有何种理由，人性都是不能，也不会被泯灭的，它将永远屹立于天地之间。

转折

正是从那一天起，王守仁意识到：朱熹可能是错的。

他开始明白，将天理和人心分开是不对的，人虽然有着种种的欲望，但那是正常的，也是合乎情理的，强行用所谓的天理来压制绝不可能有任何效果。

王守仁并不知道，经过十几年的思考和求索，他已经在无意识中突破了朱圣人的体系，正向着自己那宏伟光辉的目标大踏步地前进。

可要想走到这条圣贤之路的终点，他还必须找到最后，也是最为关键的疑团的答案——“理”。

虽然他不赞成朱熹的“存天理，去人欲”，也不认可人心和天理的分离，但“理”毕竟还是存在的，只有找到这个神秘的“理”，他才能彻底击溃朱熹的体系，成就自己的圣贤之路。

可是“理”在哪里呢?

这又不是猪肉排骨，上对门王屠户那里花几文钱就能买到，奇珍异宝之类的虽然不容易搞到，但毕竟还有个盼头。可这个“理”看不见摸不着，连个奋斗方向都没有，上哪儿找去?

于是唯一的方法只剩下了“格”。王守仁只能相信程颐老师的话了，今天“格”一个，明天“格”一个，相信总有一天能“格”出个结果的。

日子就这么一天天地过去，啥都没有“格”出来，王守仁十分苦恼，他开始意识到可能是方法不对，可他也没有别的法子，只能整日冥思苦想，但无论如何，他依然坚定地相信，只要坚持下去，是能够成功的。

因为他隐约地感觉到，自己已经接近了那个最终疑团的谜底。

成功确实就要到来了，可是老天爷偏偏不做亏本买卖，在将真相透露给王守仁之前，它还要给他一次沉重的打击，考验他的承受能力，以确认他是否有足够的资格来获知这个最大的秘密。

这就是之前提到过的六部九卿上书事件，事实证明，哲学家王守仁先生不是一个只会整日空想漫谈的人，他有着强烈的正义感和勇气。南京的言官戴铣上书被廷杖，大家都上书去救，由于刘瑾过于强势，很多人的奏折上都只谈从宽处理，唯独这位仁兄，不但要救人，还在奏章中颇有新意地给了这位司礼监一个响亮的称呼——权奸。

刘瑾气坏了，在当时众多的上书者中，他特别关照了王守仁，不但打了他四十廷杖，还把他贬为贵州龙场驿的驿丞。

这个职位用现在的话说，就是贵州龙场招待所的所长。龙场就在今天的贵州省修文县（贵阳市管辖）境内，在改革开放的二十一世纪，那地方都还算不发达地区，在明代就更不用说了，压根儿就没什么人，那里的招待所别说人，连鬼都不去住。

王守仁原先大小也是个六品主事，结果一下子变成了王所长，那么龙场招待所所长是几品呢?

答案是没品。也就是说大明国的官员等级序列里根本就没这一号人物，基本算是清除出高级公务员队伍了。

于是，天资聪慧、进士出身的王哲学家就此落到了人生的最低谷，可这还没完，还有一场更为严峻的生死考验在等待着他。

刘瑾是一个办事效率很高、做事很绝的人，他罢了王守仁的官，打了他的屁股，却并不肯就此甘休，为了一解心头之恨，他特地找来了杀手，准备在王守仁离开京城赴任途中干掉他。

这一招确实出人意料，一般说来很难防备，可惜刘瑾并不真正了解王守仁。这位兄台虽然平日研究哲学，每天“格”物，看起来傻乎乎的，其实他还有着另外不为人知的一面。

王守仁从小就不是一个安分的人，他应该算是个人精，连他那考上状元的爹都被折腾得无可奈何，初中文化的刘瑾就更不是他的对手了。

他早就料到刘瑾不会放过他，便在经过杭州时玩了一个把戏，把自己的帽子和鞋子丢进了钱塘江，为了达到此地无银三百两的目的，王哲学家做戏也做了全套，还留了封遗书，大意是我因为被人整得很惨，精神压力太大，所以投江自尽了。

这一招很绝，杀手们听说这人已经自尽，就回去交差了，更搞笑的是连杭州的官员们也信以为真，还专门派人在江边给他招魂。

而与此同时，魂魄完好的王守仁已经流窜到了福建，他虽然保住了命，却面临着一个更为麻烦的问题——下一步该怎么办？

不能回京城了，更不想去贵州，想来想去也没出路，看来只能继续流窜当盲流了。

可盲目流动也得有个流动方向才行，往南走，还是往北走？

在武夷山，王守仁找到了问题的答案，因为在这里他遇到了一个老朋友。他乡遇故知，王守仁高兴之余，便向对方请教自己下一步该怎么办。

他的这位朋友思考了很久，给了他一个天才的建议：

“还是算一卦吧。”（似曾相识）

于是，一百多年前老朱同志参加革命前的那一幕又重演了，在王守仁紧张的注视下，算卦的结果出来了：利在南方。

那就去南方吧。

王守仁告别了朋友，踏上了新的征途，但他仍然不愿意去贵州，便选定了另一目的地——南京。

此时他的父亲王华正在南京做官，而且还是高级干部——吏部尚书。但王守仁此去并非是投奔父亲，而且是秘密前往的，因为他已经在中央挂了号，稍有不慎，可能会把父亲也拉下水。他之所以要去南京，只是因为还有一件事情没有了结。

王守仁十分清楚，自己的父亲是一个传统古板的读书人，他并没有什么伟大的梦想，只希望儿子能够追随自己的足迹，好好读书做人，将来混个功名，可现实是残酷的，自己从小胡思乱想就不说了，十几年来他都没消停过，好不容易考中了个进士，现在还被免了官。

事到如今前途已经没有了，要想避祸，看来也只能去深山老林隐居，但在这之前，必须给父亲一个交代。

于是他连夜启程赶往南京，见到了他的父亲。

父亲老了。

经过二十多年的岁月磨砺，当年那个一本正经板着脸训人的中年人已经变成了白发苍苍、满面风霜的老人。

见到儿子的王华十分激动，他先前以为儿子真的死了，悲痛万分，现在见到活人，高兴得老泪纵横，一句话也说不出口，只是不断地抹着眼泪。

王守仁则生平第一次用愧疚的语气向父亲致歉：

"我意气用事，把功名丢了，对不起父亲大人。"

可是他听到的却是这样一个意外的答案：

"不，这件事情你做得很对。"

王守仁诧异地抬起头，看着欣慰颔首的父亲，他这才明白，那个小时候刻板地管束自己、看似不通情理的父亲，是一个善良宽容的人。

经过与"劣子"长达十余年的不懈"斗争"，王华终于了解了儿子的本性和追求，他开始相信，这个"劣子"会成就比自己更为伟大的事业，他的未来不可限量。

父子交谈之后，王华问出了一个关键的问题：

"你今后打算怎么办？"

王守仁叹了口气：

"我在这里只会连累父亲，京城也已回不去，只能找个地方隐居。"

这看来已经是唯一的方法，但王华却摇了摇头。

"你还是去上任吧。"

上任？到哪里上任？去当所长？

"毕竟你还是朝廷的人，既然委任于你，你就有责任在身，还是去吧。"

王守仁同意了，他是一个负责任的人。

就这样，拜别了父亲，王守仁带领着随从，踏上了前往贵州龙场驿站的道路。在那里，他将经受有生以来最沉重的痛苦，并最终获知那个秘密的答案。

悟

王所长向着他的就职地前进了，由于他的父亲是高级干部，所以多少还给了他几个随从下人陪他一起上路，但这些人并不知道他们此行的目的地，只知道是跟王大人的儿子去就任官职。

这么好的差事大家积极性自然很高，一路上欢歌笑语不断，只有王守仁不动声色，因为只有他知道要去哪里，去干什么。

走着走着，随从们发现不对劲儿了，好地方都走过了，越走越偏，越走越远，老兄你到底要去哪里啊？

王守仁还是比较实诚的，他说了实话：

“我们要去贵州龙场。”

随从们的脸立马就白了，王大人你太不仗义了，那里平时可是发配犯人的地方啊！

面对着随从们的窃窃私语，王守仁十分坦然：

“如果你们不愿意去，那就回去吧。”

看着犹豫不决的随从，王守仁没有多说什么，只是默默地拾起行李，向前方走去。

夕阳之下，王守仁那孤独的身影越来越远，突然，远处传来了王守仁的大声吟诵：

客行日日万峰头，山水南来亦胜游。
布谷鸟啼村雨暗，刺桐花瞑石溪幽。
蛮烟喜过青扬瘴，乡思愁经芳杜洲。
身在夜郎家万里，五云天北是神州！

“天下之大，虽离家万里，何处不可往！何事不可为！”王守仁大笑着。

在这振聋发聩的笑声中，随从们开始收拾行装，快步上前，赶上了王守仁的脚步。

王守仁的革命浪漫主义情怀是值得钦佩的，可是真正说了算的还是革命现实主义。当他来到自己的就职地时，才真正明白了为什么这个地方叫做龙场——龙才能住的场所。

此地穷山恶水，荆棘丛生，方圆数里还是无人区，龙场龙场，是不是龙住过的场所不知道，但反正不是人待的地方。

而不久之后，王守仁就发现了一个更为严重的问题——驿站。

当他来到此地，准备接任驿站职位的时候，只看到了一个老弱不堪的老头，他十分奇怪，便开始问话：

“此地可是龙场？”

“回王大人，这里确是龙场。”

“驿丞在哪里？”

“就是我。”

“那驿卒（工作人员）呢？”

“也是我。”

“其他人呢？”

“没有其他人了，只有我而已。”

王守仁急了：

“怎么会只有你呢？按照朝廷律令规定，这里应该是有驿卒的！”

老头双手一摊：

“王大人，按规定这里应该是有的，可是这里确实没有啊。”

看着眼前这个一脸无辜的老头，王守仁无可奈何地瘫坐在地上。

想到过惨，没想到会这么惨。

要说这世上还是好人多，老头交接完走后没多久，又折转了回来：

“王大人，如果你在这里碰到了汉人，那可千万要小心！”

“为什么？”

“这里地势险恶，要不是流窜犯，或是穷凶极恶之徒，谁肯跑到这里来啊！”

“那本地的苗人呢？”

“喔，这个就不用操心了，他们除了时不时闹点儿事，烧个房子外，其余时间是不会来打扰王大人的，他们的问题基本都是内部解决。”

“为什么？”

“因为他们不懂汉话啊！”

王守仁快晕过去了，他终于明白自己面对的是一个怎样的局面。

老头走了，临走前留下了一句十分“温暖人心”的话：

“王大人多多保重，要是出了什么事，记得找个人来告诉我一声，我会想法给大人家里报信的。”

好了，王所长，这就是你现在的处境，没有下属，没有官服，没有编制，甚至连个办公场所都没有，你没有师爷，也没翻译，这里的人听不懂你说的话，能听懂你说话的人都不是什么好人。

官宦出身、前途光明的王守仁终于落到了他人生的最低谷，所有曾经的富贵与美梦都已经破灭，现在他面对着的是一个人生的关口。

坚持，还是退却？

王守仁卷起了袖子，召集了他的随从们，开始寻找木料和石料，要想长住在这里，必须修一所房子。

然后他亲自深入深山老林，找到了当地的苗人，耐心地用手语一遍又一遍地解释，得到他们的认同，让他们住在自己的周围，开设书院，教他们读书写字，告诉他们世间的道理。

当随从们苦闷不堪、思乡心切的时候，他主动去安慰他们，分担他们的工作。

王守仁用自己的行动作出了选择。

士不可以不弘毅，任重而道远！仁以为己任，不亦重乎！死而后已，不亦远乎！

面对着一切的困难和痛苦，仍然坚定前行，泰然处之的人，才有资格被人们称为圣贤。

王守仁已经具备了这种资格。

但是他还有最后一个问题没有找到答案——“理”。

必须找到，并且领悟这个“理”，才能懂得天地大道的秘密。除此之外，别无他路。

可是“理”到底在哪里呢？十余年不间断地寻找，沉思，不断地“格”，走遍五湖四海，却始终不见它的踪影！

为了冲破这最后的难关，他制造了一个特别的石椁，每天除了干活吃饭之外，就坐在里面，沉思入定，苦苦寻找“理”的下落。

格物穷理！格物穷理！可是事实让他失望了，怎么“格”，这个理就是不出来，在一次又一次的失败中，他逐渐变得急躁、愤怒，脾气越来越差，随从们看见他都要绕路走。

终于，在那个宿命的夜晚，他的不满达到了顶点。

黑暗已经笼罩了寂静的山谷，看着破烂的房舍和荒芜的崇山峻岭，还有年近中年、一事无成、整日空想的自己，一直以来支撑着他的信念终于崩溃了，他已经三十七岁，不再是当年的那个风华少年，他曾经有着辉煌的仕途、光荣的出身、众人的夸耀和羡慕。

现在这一切都已经离他而去。

最让人痛苦和绝望的折磨方法，就是先赐予，然后再一一拿走。

十几年来，唯一支撑着他的只有成为圣贤的愿望。但事实是残酷的，多年的努力看来已付之流水，除了日渐稀少的头发，他什么也没有得到。到底出了什么问题呢？

矢志不移，追寻圣贤，错了吗？

仗义执言，挺身而出，错了吗？

没有错，我相信我所做的一切都没有错。

那上天为何要夺走我的荣华，羞辱我的尊严，使我至此山穷水尽之地步？

既然你决意夺去我的一切，当时为何又给予我所有？

夺走你的一切，只因为我要给你的更多。

给你荣华富贵，锦衣玉食，只为让你知晓世间百态。

使你困窘潦倒，身处绝境，只为让你通明人生冷暖。

只有夺走你所拥有的一切，你才能摆脱人世间之一切浮躁与诱惑，经受千锤百炼，心如止水，透悟天地。

因为我即将给你的并非富甲一方的财富，也不是号令天下的权势，却是这世间最为珍贵神秘的宝物——终极的智慧。

王守仁在痛苦中挣扎着，一切都已失去，“理”却依然不见踪影。

竹子里没有，花园里没有，名山大川里没有，南京没有，北京没有，杭州没有，贵州也没有！

存天理，去人欲！

天理，人欲！

理！欲！

吃喝拉撒都是欲，“欲”在心中，“理”在何处？“理”在何处？！

王守仁陷入了极度的焦虑与狂躁，在这片荒凉的山谷中，在这个死一般宁静的夜晚，外表平静的他，内心正在地狱的烈火中煎熬。

答案就在眼前！只差一步！只差一步而已！

忽然，一声大笑破空而出，打碎了夜间山谷的宁静，声震寰宇，久久不绝。

在痛苦的道路上徘徊了十九年的王守仁，终于在他人生最为痛苦的一瞬获知了秘密的答案。

空山无人，水流花开。

万古长空，一朝风月。

此一瞬已是永恒。

我历经千辛万苦，虚度十九年光阴，寻遍天涯海角，却始终找不到那个神秘的“理”。

现在我终于明白，原来答案一直就在我的身边，如此明了、如此简单，它从未离开过我，只是静静地等待着我，等待着我的醒悟。

“理”在心中。

我竟如此的愚钝啊，天地圣贤之道并非存于万物，也无须存于万物，天人本是一体，何时可分？又何必分？

随心而动，随意而行，万法自然，便是圣贤之道！

存天理，去人欲？

天理即是人欲。

这是载入史册的一瞬，几乎所有的史书都用了相同的词语来描述这一瞬——“顿悟”，中华文明史上一门伟大的哲学“心学”就此诞生。

它在这个幽静的夜晚，诞生于僻静而不为人知的山谷，悄无声息，但它的光芒终将照耀整个世界，它的智慧将成为无数人前进的向导。

王守仁成功了，历史最终承认了他，他的名字将超越所有的帝王，与孔子、孟子、朱子并列，永垂不朽。

第十章　机会终于到来

预谋

恭喜你，王守仁先生，可是也就到此为止了，生活是很现实的，悟道让人兴奋，但你还是早点儿洗了睡吧，因为明天一早，你还要拿起锄头去耕你那两块破地，哲学是伟大的、是重要的，但你应该清楚，吃饱饭才是最大的哲学。

根据历史导演的安排，王守仁先生还要在这里待段时间，直到一件事情的发生改变他的命运，这中间还有几年，我们就不陪王圣人开荒了。因为与此同时，一场好戏正在北京开演。

王守仁在荒山耕地受累，吃尽了苦头，可李东阳比他还苦，自从谢迁和刘健走后，他一个人留了下来，但刘瑾毕竟是一个警惕性很高的人，他怀疑李东阳别有企图，便不断安排人时不时整他一下。

比如李东阳先生编了本叫《通鉴纂要》的书，这事情让刘瑾知道了，就让人去书里挑毛病，想搞点儿文字狱玩玩，可是李东阳早有防备，一篇文章写得密不透风，没有什么把柄可以抓。

刘瑾听到汇报，反而产生了更加浓厚的兴趣（这是他的性格特点），明知山有虎，偏向虎山行！一定要整一下李东阳，为此目的，他找来许多人，日夜翻查，终于找到了破绽。

什么破绽呢？原来李东阳先生在书中写了几个别字，刘瑾据此认为他的工作态度不认真（逻辑相当严密），准备借机会好好地消遣他一下。

李东阳得知了这个消息，他立刻准备了应对的措施。

正当刘瑾准备下手时，出人意料的事情发生了，焦芳竟跑来为李东阳说情，原来李东阳给他送了礼，和他称兄道弟，两人关系一直不错，碍于面子，刘瑾就放了李东阳一马，事情就算了了。

在这个回合里，初中生刘瑾兄到底还是没有玩过老谋深算的李东阳博士，可见多读书还是很有用的。

在展开艰苦斗争的同时，李东阳的地下工作也有条不紊地进行着，战果如下：

正德二年（1507），刘瑾打算整死刘健和谢迁，一了百了，李东阳出面营救。

同年，御史姚祥、主事张伟被诬陷，李东阳出面营救。

正德三年（1508），御史方奎骂了刘瑾，刘瑾准备安排他去阎王那里工作，李东阳出面营救。

类似的情况还有很多，可是李东阳万万没有想到，他的这些行为却换来了一个十分尴尬的结局。

有一天，李东阳上朝途中，正好遇见了自己的门生罗玘，李东阳很是高兴，连忙上去打招呼，可是罗玘竟然不理他，扭头就走，唯恐和他多说一句话。李东阳十分奇怪，想找个机会问个究竟。

可还没等到他去拉拢感情，晚上就收到了罗玘的一封信，李东阳看完之后，眼珠子差点儿没掉出来。

这封信的大致意思是：人家（ 刘健、谢迁）都走了，你留下来有什么意思呢，拜托你还是早点儿退休吧，不要在这里丢人了，今后我也不再是你的门生，就当咱俩没认识过，也不要和我打招呼了，实在没空搭理你。

李东阳气得吐了血。

可是李东阳先生，吐完之后擦擦嘴你还得接着干啊，要知道，忍辱负重、卧薪尝胆从来就不是个轻松的工作。

在这样的环境下，李东阳仍然坚持着自己的信念，他坚信胜利终会到来。

刘瑾是一个狡猾的人，他有皇帝的支持，还有一个消息灵通的焦芳，而自己这边，除了几个只会空谈气节的白痴外，并没有智勇双全、决胜千里的人物。

忍耐吧，忍耐吧，在适当的人选出现之前，必须忍耐。

相比而言，刘瑾可就风光得多了，自从重新改组内阁之后，他的派头是一天大过一天，当时的大臣送奏章都要准备两份，一份给皇帝，一份给刘瑾。

当然了，给皇帝的那份是没有回音的，这是相当明智的，你要指望朱厚照先生按时上班批奏章，那就是白日做梦。大家只能指望刘瑾努力干活，毕竟有人管总比没人管要好。

换句话说，在那几年里，大明王朝的皇帝基本姓刘，朱厚照本人都没意见，谁还愿意管闲事？

可问题在于刘瑾先生读书不多，水平不高，处理不好国家大事，时不时还搞点儿贪污受贿，搞得朝政乌烟瘴气。

但这些都是小儿科，之前的很多太监先辈都干过，刘瑾先生之所以恶名远扬，其实是因为他的记性好。

所谓记性好，就是但凡骂过他的，就算过几年他也记得一清二楚，比如骂过他的刘健、谢迁，已经回家养老了，他还打算把他们抓回来游游街。尚书韩文曾经弹劾过他，被免职后刘瑾还不放过他，明知他家里穷，还要罚款，一直罚到他倾家荡产方肯罢休。

同时他还是一个在整人方面很有创意的人，明代有一种刑罚叫枷刑，和什么扒人皮、杀千刀之类的比起来，这玩意儿也就算是个口头警告，最多就是戴着枷站在城门口或是去街上游两圈，虽然挺丢人的，但总算皮肉不吃亏。所以这一刑罚十分受大臣们的欢迎。

但如果你得罪了刘瑾，听到枷刑判决后就先别高兴了，还是马上让家里赶着买一口棺材吧，因为当行刑的时候，你会惊奇地发现，给你配发的那个枷具相当特别。

特别在哪里呢？

根据史料记载，刘瑾兄为了达到用小刑、办大事的目的，灵机一动，把枷具改造成了重达一百多斤的大家伙，这就好比在你身上挂了一个超大的哑铃，让你举着这么个宝贝四处练举重，不压死你不算完。

此外，刘公公还是一个疑心很重的人，他连自己手下的特务也信不过，别出心裁，设置了一个内行厂，这个厂连老牌特务组织东厂也不放过，经常跑到东厂上演特务抓特务的好戏。

更让人啼笑皆非的是，刘瑾还实行了一条潜规则，所有大小官员，只要你进出北京城，外省到中央汇报的也好，中央去下面扶贫的也好，甭管办什么事，走了多远，都得去给他送礼。

要是没钱送礼，那你就麻烦了，后果可是很严重的。比如一个叫周钥的言官，有一天出差办事，也没走多远，回来的时候按规矩要送礼，可他家里穷，没钱。

没钱？没钱就把命留下吧。

这位穷官迫于无奈，最后竟然被逼自杀。

刘瑾就这么无法无天地搞了几年，越来越嚣张，皇帝老大，他老二，可是老大不管事，所以基本上是他说了算，投靠他的大臣越来越多，势力也越来越大，而反对他的则是杀头的杀头，充军的充军，几乎都被他干净利落地解决掉了，李东阳也只能苟且偷生。

天下之大，刘太监当家！

但请注意，上面我说反对刘瑾的大臣是“几乎”被解决了，并不是“全部”，这是由于有两个人例外。

事实上，这两个人刘瑾不是不想解决，而是不能解决，因为这两个人，一个他搞不定，另一个他整不死。

社会是残酷的，竞争是激烈的，既然刘瑾先生搞不定、整不死，他最后的结果也只能是被这两位仁兄搞定、整死。

先说说这个搞不定，这位“搞不定”兄的真名叫做杨廷和。

我们之前提到过他，现在也该轮到这位猛人上场了，他已经在后台站了很久。

我们经常把很小就会读书写字、聪明机灵的小孩称为神童，要是按照这个标准，杨廷和就是一个超级神童。

杨廷和，四川新都人，生于官宦之家，如果你翻开他的履历表，就会发现杨廷和先生保持着一项惊人的纪录——考试纪录。

杨廷和小时候实在太过聪明，八岁就通读四书五经，吟诗作对，搞得人尽皆知，当地的教育局长认为让他去当童生、读县学实在是多此一举，浪费国家纸张资源，于是大笔一挥直接让他去考举人。

中国考试史上的一个奇迹就此诞生。

成化七年（1471），杨廷和第一次参加四川省乡试，就中了举人，这年他十二岁。要是范进先生知道了这件事情，只怕是要去撞墙自尽的。

第二年，十三岁的杨廷和牵着他爹的手，到北京参加了会试，同期考试的人看到这一景象，倒也不怎么奇怪，只是聊天的时候经常会问他爹：

“你考试怎么把儿子也带来了？”

事实证明，中国到底是藏龙卧虎、浪大水深，在四川省出了名的杨廷和到了全国就吃不开了，这次考试名落孙山。可这位杨兄实在很有性格，他不信邪，居然就不走了，就地进了国子监读书，放话说，不考上就不回去。

杨廷和就这样待在北京，成为了一名北漂，但他漂得很有成就，六年后他中了进士，读书期间还顺便勾走了他的老师、国子监监丞黄明的女儿。

六年时间不但解决了工作问题，连老婆都手到擒来，真是不服都不行啊。

之后杨廷和的经历更是让人瞠目结舌，他二十岁被选为翰林，二十一岁翰林院毕业，三十二岁开始给皇帝讲课（经筵讲官），四十三岁就成为了大学士。他升官的速度用今天的话说，简直就是坐上了直升机。

到了正德二年（1507），刘健和谢迁被赶走后，他正式进入了内阁，帮整天玩得不见人影的皇帝代写文书，当时的圣旨大都出自于他的手笔。

杨廷和不但脑筋灵活，人品也还不错，他很看不惯刘瑾那帮人，但又不方便明讲，有一次给皇帝讲课时，他突然冒出来这样一句话：

“皇上应该学习先帝，远离小人，亲近贤臣，国家才能兴盛。”

朱厚照哪有心思听课，嗯嗯两句就过去了。

这句话从朱厚照的左耳朵进去，从右耳朵飞走了，却掉进了刘瑾的心里。

小人不就是我，贤臣不就是你吗？

这就是刘瑾先生的对号入座逻辑。

他勃然大怒，连夜写好调令，把杨廷和调到南京当户部侍郎，南京户部哪有什么事情做，只是整天坐着喝茶，这种调动其实就是一种发配、打击报复。

可是杨廷和的反应却大大出乎刘瑾的意料。

这位仁兄接到调令后，一点儿也不生气，乐呵呵地收拾东西就去了南京。这下子刘瑾纳闷儿了：这杨廷和贬了官还高兴，到底盘算啥呢？

肯定有阴谋！

刘瑾又用上了当年对付王守仁那一招，派人暗中跟着杨廷和，看他到底玩什么花样！

可是接下来发生的事情更加让人摸不着头脑，跟踪的人发现，杨廷和一路去南京，不但没干啥事，连一句怨言都没有。刘瑾听到汇报，也觉得有点儿不好意思，就没有再找杨廷和的麻烦。

刘瑾同志，你的道行还是太浅了点儿啊。

答案终于揭晓了，不久之后的一天，朱厚照先生退朝时，突然问了刘瑾一句话：

“杨学士人呢？”

刘瑾懵了，连忙回答：

“在南京！”

朱厚照一听就火了：

“他不是入阁了吗?！怎么又跑去南京了，赶紧把他给我叫回来！”

于是没过几天，杨廷和又回到了北京，继续当他的内阁大臣，还是和以往一样，啥也没说，也就当是公费旅游了一趟。

杨廷和得意了，刘瑾却丈二和尚摸不着头脑，这是怎么一回事呢？

刘先生应该调查过杨廷和，可他看档案不仔细啊，这位仁兄哪里知道，杨廷和曾经当过一个重要的官——詹事府的詹事。

大家要知道，詹事府可不是一般的地方，它的主要工作是辅导皇子读书，当年朱厚照做太子的时候，对杨廷和的称呼是“杨师傅”。

人家“杨师傅”根基牢固，还有皇帝撑腰，刘公公连河有多深都不知道，就敢往里蹚浑水。失策，失策！

此后刘瑾对这位“杨师傅”敬而远之，再也没敢难为他。而经历了这件事情后，杨廷和与刘瑾彻底撕破了脸，他转向了李东阳一边，开始筹备计划，解决刘瑾。

这个“搞不定”的杨廷和已经让刘瑾丢了面子，可下一个“整不死”却更为生猛，也更加厉害，刘瑾的这条老命就断送在他的手上。

这位“整不死”兄也在后台等了很久了（没办法，演员太多），他就是之前被派去陕西养马的杨一清。

说来让人难以理解，养马的杨一清怎么会和刘瑾闹矛盾呢，他俩前世无冤，杨一清也没跟刘瑾借过高利贷，怎么就闹得不可开交呢？

这事，要怪就只能怪刘瑾，因为他太有理想和追求了。

大家知道，养马在一般人看来不是个好工作，就连在天上这也是个下贱活，学名"弼马温"，连不读书的孙猴子都不愿意干。

但在明代，这却是一个重要的职位，道理很简单，没有马，难道你想骑驴去跟蒙古兵打仗？

千万不要小看杨一清，这位兄弟的级别是很高的，他当年可是带着都察院副都御史（三品）的头衔来养马的，这位副部级干部没准儿之前还干过畜牧业，他在这里干得很好，不久之后，朝廷决定提升他为右都御史（正二品）。

更重要的是，朝廷还给了他个前所未有的职务——三边总制。

请各位注意，这个官实在不同寻常，可以说是超级大官，他管理的并非一个省份，而是甘肃、宁夏、延绥三个地方，连当地巡抚都要乖乖听话，可谓位高权重。

虽然杨一清十分厉害，但毕竟他还是守边界的，和刘瑾应该搭不上线，问题在于刘瑾这个人与以往的太监不同，他除了贪污受贿、残害人命外，倒也想干点儿事情。

可他自己又没文化，所以为了吸引人才，他也会用一些手段去拉拢人心，比如写奏折骂他的那个李梦阳，刘瑾恨得咬牙切齿，但是此人名气太大，为了博一个爱才的名声，人都关进牢里了，硬是忍着没动手，最后还请他吃了顿饭，光荣释放。

因为他老底太滥，这招没能骗到多少人，却也吸引了一个十分厉害的人前来投奔，这个人后来成为了刘瑾的军师，也是李东阳、杨一清等人的强力敌手，他的名字叫做张彩。

在刘瑾犯罪集团中，焦芳虽然地位很高，但能力一般，最多也就算个大混混，但张彩却不同凡响，此人工于心计，城府很深，而且饱读诗书，学问很好，连当年雄霸一时的马文升、刘大夏也对他推崇备至，有了他的帮助，刘瑾真正有了一个靠得住的谋士，他的犯罪集团也不断壮大发展。

但刘瑾并不知足，他很快把目标对准了杨一清。

刘瑾希望能够把杨一清拉过来，当自己的人，可杨一清哪里瞧得起这个太监，严辞拒绝了他，刘瑾十分恼火，想要整他一下，不久之后，机会到了。

当时杨一清一边养马，一边干着一项重要的工程——修长城，这并不是开玩笑，今天宁夏一带的长城就是当年他老人家修的，杨一清担任包工头，兼任监工。

杨一清是个靠得住的包工头，从不偷工减料，但意想不到的是，当时天气突变，天降大雪，几个带头的建筑工商量好了准备闹事逃跑。杨一清当机立断，平定了这件事，刘瑾却抓住机会，狠狠告了他一状。

这下子杨一清倒霉了，只能自动提出辞职。可是刘瑾没有想到的是，准备走人的杨一清却提出了一个匪夷所思的要求：

"请让张彩接替我的职位吧。"

刘瑾郁闷了，他想破了脑袋也没有弄明白，杨一清葫芦里面到底卖的什么药，是出于公心？还是他和张彩关系非同寻常？

刘瑾对张彩产生了怀疑。

但无论如何，他还是没有放过杨一清，一年后（正德三年），刘瑾借口杨一清贪污军饷，把他关进了监狱，这一次，他决心把杨一清彻底整死。

可是刘瑾并不清楚，看似单纯的杨一清和杨廷和一样，绝不是个简单的人物，他也有着深厚的背景。

四十年前，十五岁的杨一清被地方推荐，来到京城做了著名学者黎淳的学生，在这里他遇到了一位才华横溢的师兄，两人惺惺相惜，相约共同发奋努力，为国尽忠。在后来的几十年中，他们一直私下保持着紧密的联系。

他的这位师兄就是李东阳。

所以当杨一清被关进监狱后，李东阳立刻找到了刘瑾和焦芳，希望能够通融一下，罚点儿款了事，刘瑾开始还不肯，但禁不住李东阳多次恳求，加上杨一清是带过兵的，手下有很多亡命之徒，没准儿哪天上班路上自己就不明不白地被人给黑了，思前想后，刘瑾决定释放这个人。

走出牢狱的杨一清深深地吸了一口气，看着前来接他的李东阳，会意地点了点头。

"你有什么打算？"

"先在京城待着，看看再说吧。"

"不，"李东阳突然严肃起来，"你必须马上离开这里，不要回家，找个地方隐居起来。”

然后他停了下来，意味深长地看着杨一清：

“等到需要你的时候，我自然会去找你的。”

杨一清笑了，几十年过去了，当年那两个意气风发的少年早已不见踪影，但这位深谋远虑的师兄却似乎从未变过。

“好吧，我去镇江隐居，时候到了，你就来找我吧。”

即使全天下的人都误解了你，我也理解你的言行，明了你的用心，我知道，你一直在屈辱中等待着。

变数

刘瑾打算做几件好事。

这倒也不稀奇，因为他坏事做得太多，自然就想干点儿好事了，一个人干一件坏事不难，但要一辈子只干坏事，真的很难很难。

更重要的是，他逐渐发现自己的名声越来越臭，而张彩和他的一次谈话也坚定了他的决心。

“刘公公，你不要再收常例了。”

所谓常例，是刘瑾的一个特殊规定，每一个进京的省级官员，汇报工作完毕后必须向他缴纳上万两银子，如果有没交的，等他回家时，没准儿撤职文书已经先到了。

进京汇报工作的各位高官们虽然很有钱，但几万两银子一时之间到哪里去弄呢？可是刘公公是不能得罪的，无奈之下，很多人只有向京城的人借高利贷，回去再用国库的钱来还。

可是张彩直截了当地告诉刘瑾，这是一个极其愚蠢的捞钱方法。

刘瑾又懵了，用此方法，每次都可以收很多钱，而且简单快捷，怎么能说愚蠢呢？

看着这个不开窍的家伙，张彩气不打一处来，他明确地指出，你收每个官员几万两，似乎很多，可你要知道，这些家伙都是贪污老手，他们不会自己出这笔钱，却可以借机在自己的省里收几倍的钱，当然了，都是打着你的名号，说是给你进贡，这样刘公公你的恶劣名声很快就会传遍全国。

刘瑾这才恍然大悟。

“这帮浑蛋，打着我的名号四处捞钱，真是岂有此理！”

刘公公的愤怒是有道理的，小贪官们借用了他这个大贪官的名誉权，却不交使用费和专利费，应该愤怒，确实应该好好地愤怒一下。

愤怒之余的刘公公立刻下令，取消常例，并且追查地方贪污官员。

这算是刘公公干的第一件“好事”。

不久之后，刘公公决定搞点儿创新，他分析了一下国家经济状况，意外地找到了一个漏洞，他灵机一动，决定再干一件“好事”。

也许是对这件事情太有把握，他决定直接上奏皇帝，不再如往常那样，先听听张彩的意见。

于是他最终死在了这件事上。

第二天，他独自上朝，在文武百官面前向朱厚照提出了这件事情：

“陛下，应该整理军屯了。”

一切就此开始。

所谓军屯，是明代的一种特殊政策，通俗点儿说就是当兵的自己养活自己，打仗的时候当兵，没事干的时候当农民，自己种菜种粮，还时不时养几头猪改善伙食，剩余的粮食还能交给国家。

这个制度是当年老朱费尽心思想出来的，可到了如今，已经很难维持下去了。

因为要想让军屯开展下去，必须保证有土地，虽说地主恶霸不敢占军队的地，但军队的高级腐败干部是不会客气的，一百多年下来，土地越来越少，粮食也越来越少，很多士兵都填不饱肚子。

刘瑾发现了这个问题，便公开表示，要清查土地，重新划分，增加国家粮食收入，改善士兵生活。

刘瑾这么干，自然不是为士兵着想，无非是要搞点儿政绩工程而已，大臣们心知肚明，鸦雀无声。

朱厚照却听得连连点头，手一挥，发了话：

“好主意，你就去办吧！”

然而，站在一边的杨廷和准备出来讲话了，经验丰富的他已经发现了这个所谓计划的致命漏洞。

可就在他准备站出来的时候，一只手从背后紧紧拉住了他的衣襟。

杨廷和回过头，看到了沉默的李东阳。

他又站了回去。

散朝了，刘瑾急匆匆地赶回了家，他准备开始实施自己的计划。

杨廷和却留了下来，他还拉住了想开路的李东阳，因为他的心中有一个疑问：

“你刚才为什么要拉住我？”

李东阳看着他，露出了神秘的笑容：

“你刚才为什么要说话？”

原来如此，我明白了。

第十一章　必杀刘瑾

祸福由命

回到家中的刘瑾见到了满脸怒气的张彩，听到了他的责问：

“这件事为什么不先商量一下?”

“这是一举两得的好事，办成了足可百世流芳！还商量什么?”

然而，张彩皱起了眉头：

“我总觉得这件事情有点儿问题。”

可是有什么问题，他一时也说不出来，于是他向刘瑾提出了另一个警告：

“杨一清这个人不简单，你要小心。”

“我已经教训过他了，不用担心。”

张彩看着自信的刘瑾，轻蔑地笑了：

“我与他同朝为官十余年，深知此人权谋老到，工于心计，且为人刚正，绝不可能加入我们，你教训他又有何用?”

刘瑾愤怒了，他最不能忍受的，就是这种蔑视的态度。

“我已经把他削职为民，即使有心作乱，又能如何?!”

可他等来的，却是张彩更为激烈的反应：

“杨一清此人，要么丝毫不动，要么就把他整死，其胸怀大志，若放任不管，必成大患！”

刘瑾终于爆发，他拍着桌子吼道：

“为何当年他要推举你为三边总制?！我还没问你呢！你好自为之吧！”

张彩愣住了，他坐回了椅子，呆呆地看着刘瑾离去的背影，再也说不出一句话。

祸福各由天命，就这么着吧！

微光

正德五年（1510）四月，宁夏。

“真的下定决心了吗?”

“周东如此胡来，我们已经没有活路了，绝不能束手待毙，就这样吧！”

“那就好，何指挥，现在动手吧！”

正德五年五月，镇江。

土财主杨一清正坐在大堂看书，屋外斜阳夕照，微风习习，这种清闲的日子他已经过了一年，但所有的平静都将在今天被打破。

屋外突然传来了急促的脚步声，杨一清立刻抬起头，紧张地向外望去。

他看见了一个急匆匆走进来的人，而此人身上穿着的飞鱼服也已告知了他的身份——锦衣卫。

在那年头，锦衣卫上门，基本都没有什么好事，杨一清立刻站了起来，脑海中紧张地思考着应对的方法。

可这位锦衣卫看来是见过世面的，他没有给杨一清思考的时间，也不废话，直接走到杨一清的面前，严厉地高喊一声：

“上谕，杨一清听旨！”

杨一清慌忙跪倒，等待着判决的到来。

“钦命！杨一清，起复三边总制！”

魂都走了一半的杨一清定下了神，脑袋是保住了，还成了二品大员。

而宣旨的锦衣卫此刻已经变了一副嘴脸，满面春风地向杨一清鞠躬：

“杨大人，恭喜官复原职，如有不敬，请多包涵。”

要知道，干特务工作、专横跋扈的锦衣卫有时也是很讲礼貌的，至少在高级别的领导面前总是如此。

杨一清拍拍身上的尘土，他已经意识到了这一任命隐含的意义。

李东阳，我们约定的时刻终于来到了。

他转进内室，准备收拾行装。

可是笑脸相迎的锦衣卫却突然站了出来，拦住了他的去路。

“杨大人，就不用收拾行李了，即刻出发吧，军情十分紧急!”

杨一清呆住了：

“军情!?”

“是的，杨大人，安化王叛乱了。”

安化王朱寘鐇，外系藩王，世代镇守宁夏，这个人其实并不起眼，因为他祖宗的运气不好，当年只摊到了这么一片地方，要钱没钱，要物没物，连水都少得可怜。

树挪死，人挪活，待在这鬼地方，天天吃沙子，他早就想换块地方，可谁也不肯跟他换，他也想到北京去，但朱厚照先生虽然爱玩，却还不傻，亏本的买卖是不做的。

急于改变命运的朱寘鐇不能选择读书，只能选择造反，可他的实力太差，造反就是自寻死路。关键时刻一个人帮了他的忙，给他送来了生力军，这个人就是刘瑾。

刘瑾又犯了老毛病，由于文化水平低，他总是把问题想得太简单，整理军屯虽然看上去简单，实际上却根本实行不了。要知道，那些占据土地的可不是一般土财主，他们都是手上有兵有枪的军事地主。

这种人我们现在称之为军阀，接到指令的地方官只有几个打板子的衙役，又没有武松那样的厉害都头，除非是喝多了神志不清，否则谁也不敢去摸这个老虎屁股。

地是收不回来了，但是按照规定整顿土地后，应该多收上来的粮食却是一颗也不能少。百般无奈之下，官员们只好拣软柿子捏。

军阀欺负我们，我们就欺负小兵。就这样，那莫名其妙多出来的公粮压在了苦大兵的身上。

而大理寺的周东就是欺负士兵的官员中最为狠毒的一个，他不但责骂士兵，还打士兵们的老婆。

这就太过分了，宁夏都指挥使何锦义愤填膺，准备反抗，正好朱寘鐇也有此意，两人一拍即合，发动了叛乱。

由于这件事情是刘瑾挑起来的，加上刘瑾本身名声也不好，他们便顺水推舟，充分使用资源，定下了自己的造反理由——杀死刘瑾，为民除害（这个口号倒没错）。

事情出来后，刘瑾急得不行，毕竟事情是他闹出来的，责任很大，人家还指明要他的脑袋，他立刻派人封锁消息，并找来李东阳、杨廷和商量。

李东阳和杨廷和先对事情的发生表示了同情和震惊，然后明确告诉刘瑾，要想平定宁夏叛乱，只要一个人出马就可以了。

不用说，这个人只能是杨一清。

"那就是他了，快派人去叫他即刻上任!"关键时刻，啥恩怨也顾不上了。

杨一清就此结束了闭关修炼，重新出山。

按照明代规定，但凡军队出征必须有一个监军，而这次担任监军的人叫做张永。

张永成为了杨一清的监军，对此，我一直有个疑问——这个天才的主意到底是谁提出来的？为此我还专门在史料中找过，可惜一直未能如愿。

刘瑾将在这对黄金搭档的帮助下一步步走向黄泉之路。

张永，保定人，原先是"八虎"之一，此人脾气暴躁，而且专横跋扈，有时候比刘瑾还要嚣张。

但张永还是比较有良心的，他觉得刘瑾干的事情太过分了，经常会提出反对意见。

对于这种非我族类，刘瑾自然是不会放过的，他决定安排张永去南京养老。可惜这事干得不利落，被张永知道了，

下面发生的事情就很能体现他的性格了，张永先生二话不说，做了会儿热身运动就进了宫，直接找到朱厚照，表达了他的观点：刘瑾这个人不地道，想要坑我，大哥你看着办吧。

朱厚照一听这话，便拿出了黑社会老大的气势，叫刘瑾马上进宫和张永谈判，刘瑾得到消息，连忙赶到，也不管旁边的张永，开始为自己辩解。

刘瑾说得唾沫横飞，朱厚照听得聚精会神，但他们都没发现，张永兄正在卷袖子。

当刘瑾刚说到情绪激动的时候，突然一记拳头落在了他的脸上，耳边

还传来几句真人配音——“打不死你!”

要知道，张永兄没有读过多少书，自然也不喜欢读书人的解决方法，他索性拿出了当混混时的处世哲学——打。

他脾气不好，也不管朱厚照在不在场，抡起拳头来就打，打起来就不停，可要说刘瑾也不愧是在道上混过的，反应十分快，挨了一下后，连忙护住了要害部位，开始反击。

朱厚照虽然喜欢玩，可看见这两位兄台竟然在自己的地盘开打，也实在是不给面子，立马大喝一声：住手!

老大的话还是要听的，两位怒发冲冠的小弟停了手，却握紧了拳头，怒视着对方。

朱厚照看到两个手下矛盾太深，便叫来了“八虎”中的谷大用，摆了一桌酒席，让两个人同时参加，算是往事一笔勾销（这一幕在黑社会电影中经常出现）。

两人迫于无奈，吃了一顿不得已的饭，说了一些不得已的话，什么你好我好大家好，叫几声哥哥，流几滴眼泪，然后紧握拳头告别，明枪暗箭，涛声依旧。

没办法，感情破裂了。

怀着刻骨的仇恨，张永踏上了前往宁夏的道路。在那里，他将找到一个同路人，一个为自己报仇雪恨的帮手。

试探

杨一清并不喜欢张永。

他知道这个人也是“八虎”之一，是刘瑾的同党。所以他先期出发，日夜兼程，只是不想和这位仁兄打交道。

可是当他赶到宁夏的时候，却惊奇地发现，叛乱竟然已经被平定了!

原来他的老部下仇钺听到消息，第一时间带兵打了过去，朱寘鐇也真是太差，完全不是对手，一下子就全军覆没了。

杨一清没事做了，他找了个地方安顿下来，等待着张永的到来，他知道自己迟早要面对这个人的。

不久之后，张永的先锋军进了城，但张永还在路上，杨一清实在闲得无聊，只好上街散步，然而就在他闲逛的时候，却发现了一件十分奇怪的事情。

他看见张永的部队分成数股，正在城内四处贴告示，而告示的内容竟然是颁布军令，严禁抢劫。很明显，士兵们也确实遵守了这个规定。

这件事情十分的有趣。

这是杨一清的第一个感觉，这个臭名昭著的太监为什么要发安民告示，严肃军纪呢？他开始对张永产生了好奇。

应该见一见这个太监。

很快，他就如愿见到了张永，出人意料的是，张永完全没有架子，对他也十分客气，杨一清很是吃惊，随即有了这样一个念头：此人是可以争取的。

但接下来发生的事情却让他收回了这个念头。

很快，他们谈到了这次叛乱，此时，张永突然拍案而起，声色俱厉地大声说道：

“这都是刘瑾这个浑蛋搞出来的，国家就坏在他的手里！”

然后他转过了头，目不转睛地看着杨一清。

话说到这份儿上，老兄你也表个态吧。

然而，杨一清没有表态，他只是不慌不忙地拿起了茶杯，低头不语，独自喝起茶来。

初次会面，就发此狂言，此人不可轻信。

张永没有等到回应，失望地走了，但临走时仍向杨一清行礼告别。

看着张永消失在门外，杨一清立刻收起了微笑的送别面孔，皱紧了眉头，他意识到，眼前似乎已经出现了一个机会，或是陷阱。

正当杨一清迟疑不定的时候，他的随从告诉了他一条看似不起眼的新闻。

原来张永进城时，给他的左右随从发了一百两银子，这笔钱每人都可以拿，只是有一个条件——不允许以任何名义再拿老百姓一分钱。

这件被随从们引为笑谈的事情，却真正触动了杨一清，他开始认识到，张永可能确实是一个可以信任的好人。

而不久之后发生的事情，让他更加坚定了自己的想法。

张永又来拜访杨一清了，这次他不是空手来的，手里还拿着几张告示。

他一点儿也不客气，怒气冲冲地把告示往桌上狠狠地一甩，径自坐了下来。

"你看看吧!"

从张永进来到坐下,杨一清一直端坐着纹丝不动,几十年的阅历让他变得深沉稳重。

他瞥了一眼告示,便放下了:

"这是朱寘镭的反叛文书,我早已经看过了。"

然而,杨一清的平淡口气激起了张永的不满:

"他之所以反叛,只是因为刘瑾,上面列举的刘瑾罪状,句句是实!你也十分清楚,刘瑾此人,实在是罪恶滔天!"

杨一清终于站了起来,他慢慢地踱到张永的面前,突然冷笑一声:

"那么张公公,你又能如何呢?"

张永愣住了,他转念一想,有了主意:

"朱寘镭的告示就是证据,只要拿回去向皇上告状,说明他造反的原因,刘瑾罪责必定难逃!"

杨一清又笑了,他语重心长地说道:

"张公公,你还是想清楚的好。"

"杨先生,难道你以为我会怕他吗?"

杨一清看着愤怒的张永,顿住了笑容,他把手指向地图上京城的方向,做了一个动作。

他画出了一条直线,在宁夏和北京之间。

张永明白了,他在宁夏,刘瑾在北京,他离皇帝很远,刘瑾离皇帝很近,他是告不倒刘瑾的。

他抬头看着杨一清,会意地点点头。

这是一次不成功的会谈,张永又一次失意而去。

但是张永不知道,自己的举动已经在杨一清的心中播下了火种,他已下定了决心。

杀机

杨一清已经连续几晚睡不好觉了。

他一直在苦苦思考着对策,现在的局势十分明了,张永确实对刘瑾不满,而朱寘镭的告示无疑也是一个极好的契机,但问题在于,张永不一定会听自己的话,去和刘瑾玩命,更重要的是,即使张永答应了,又怎样才能说服皇帝,除掉刘瑾呢?

事到如今,只有用最后一招了。

正德五年（1510）七月，宁夏。

杨一清将所有的犯人交给了张永，并亲自押送出境，他将在省界为张永饯行，并就此分手，返回驻地。

最后的宴会将在晚上举行，最后的机会也将在此时出现。

杨一清发出了邀请，张永欣然赴宴，经过两个多月的接触，他们已经成为了朋友。

双方按照常例，喝酒聊天，一直闹到很晚，此时，杨一清突然做了个手势，让其他人都退了出去。

张永看见了这个手势，却装做不知道，他已经预感到，杨一清要和他说一些极为重要的话。看似若无其事的外表下，他的手已经紧紧地握住了衣襟。

杨一清十分紧张，经过两个多月的试探和交往，事情到了这一步，虽然很多事还没有计划完备，但机不可失，今晚已是最后的机会。

摊牌的时候到了，亮牌吧！

“张公公，我有话要跟你说。”

慢慢来，暂时不要急。

“这次多亏了您的帮助，叛乱才能平定，如今外部藩王作乱已经平息，可是朝廷的内贼才是社稷江山的大患啊。”

张永浑身一震，他很清楚这个“大患”是谁，只是他没有想到，眼前这个沉默了两个月的人，竟然会在这个时候提出此事，看来还是知识分子厉害，不出手则已，一出手就要人命。

看来是要动真格的了，但还不能大意，要干，也要让他说出口！

“杨先生，你说的是谁？”

好样的，不愧是“八虎”中人，真是精明到了极点，但事到如今，已经没办法回头了，小心，千万小心，不能让他抓住把柄。

杨一清用手指蘸了酒水，摊开自己的手掌，一笔一画地写下了一个字——“瑾”。

既然已经图穷匕见了，索性就摊开讲吧！

“杨先生，这个人可是皇上身边的红人，他的同党遍布朝野，不容易对付吧。”

看着疑惑的张永，杨一清自信地笑了：

"这件事天下人都做不成，但张公公可以做，您是皇帝身边的红人，此次出征立下大功，皇上必定召见，到时将朱寘鐇造反的缘由告知皇上，刘瑾必死无疑!"

但张永仍然犹豫不决。

已经动心了，再加上一句就成了，这个诱惑他绝对无法拒绝!

"刘瑾一死，宫中大权必然全归您所有，斩杀此奸恶之徒，除旧布新，铲除奸党，公公必能名留千古!"

至此，张永终于把账算明白了，这笔生意有风险，但做成了就前途无量。他决定冒这个险，但行动之前，他还有最后一个疑惑。

"如果皇上不信我的话，那该怎么办?"

没错，这就是最关键、最重要的问题所在——怎样说服皇帝?但没有关系，对于这个难题，我已经找到了答案。

"别人的话，皇上是不会相信的，但张公公你是唯一例外的人，皇上一定会信你。万一到时情况紧急，皇上不信，请张公公一定记住，决不可后退，必须以死相争!"

"公公切记，皇上一旦同意，则立刻派兵行动，绝对不可迟疑，如按此行事，大事必成!"

杨一清终于说完了，他静静地等待着张永的回答。

在一阵令人难以忍受的寂静后，枯坐沉思的张永突然站了起来，发出了一声怒吼：

"豁出去了!我干!这条命老子不要了!"

此时，京城的刘瑾正扬扬自得，他没有想到，叛乱竟然如此快就被平定，当然了，在报功的奏折上，只有他的名字。而为了纪念这次胜利，他打算顺便走个后门，给自己的哥哥封个官，就给他个都督同知吧。

可惜的是，他哥哥没福气当官，干了两天就死了。

刘瑾十分悲痛，他决定为哥哥办一个规模宏大的葬礼，安排文武百官都来参加，为自己的哥哥送葬。

这一举动用俗话来讲，就是死了还要再威风一把!

为了保证葬礼顺利进行，刘瑾反复考虑了举行仪式的日期，终于选定了一个他理想中的黄道吉日：正德五年八月十五日。

这确实是一个黄道吉日，但并不适合出丧，而是除奸!

这之后的日子，刘瑾和他的部下日夜劳碌，为葬礼的顺利举行作好了准备，只等待着约定日子的到来。

八月十五日，晴。

天气是如此的适宜，刘瑾正感叹着上天的眷顾，一群骑马的人却已来到了德胜门。

张永到了，他从宁夏出发，日夜兼程，终于赶到京城，在这个关键的日子。

此时的他已经没有了疑虑和顾忌，因为就在密谋后的那个清晨，临走时，杨一清向他交出了所有的底牌。

“杨先生，我此去即使能够说服皇上，你有把握一定能致刘瑾于死地吗？”

这意思很明白，我豁出命去干，但你也要把你的后台说清楚，万一你是皮包公司，个体经营，兄弟我就算牺牲了也是无济于事的。

杨一清笑了：

“张公公尽管放心，刘瑾一旦失势，到时自然有人找你，十日内必杀刘瑾！”

张永松了口气，拍马准备走人，杨一清却拦住了他。

“张公公准备如何向皇上告状？”

“ 朱寘镭的反叛告示足够了。”

杨一清却摇了摇头，从自己的衣袖里拿出一份文书：

“那个是不行的，用我这个吧。”

张永好奇地打开了文书，一看之下不禁目瞪口呆。这份文书上不但列明了刘瑾的所有罪状，还有各种证据列举，细细一数，竟然有十七条！而且文笔流畅，逻辑清晰，语言生动，实在是一篇难得的好文章。

他倒抽一口凉气，看着泰然自若的杨一清，不再多言，收好了文书，掉转马头就此上路。

娘的，读书人真是惹不起啊！

夜宴（晚饭）

张永准备进城，闻讯赶来的一帮人却拦住了他，原来刘瑾得知此事，十分慌张，对危险即将到来的预感帮助了他，他立刻下令，张永改日入城，今天的葬礼如期举行。

可他太小看张永了，对这些阻拦者，张永的答复非常简单明了——马鞭。

“刘瑾老子都不放在眼里，你们算是什么东西，竟敢挡路!?”

张公公一边打一边骂，就这么堂而皇之地进了城。没人再敢上前阻拦。

刘瑾听说之后，对此也无可奈何，只好垂头丧气地告诉手下人，葬礼延期举行，改在第二天，也就是八月十六日。

其实刘瑾大可不必铺张浪费，他也就只能混到八月十五了，为节约起见，他的丧事可以和他哥哥一起办。

张永将捷报上奏给了皇帝，朱厚照十分高兴，立刻吩咐手下准备酒宴，晚上他要请张永吃饭，当然了，刘瑾也要在一旁作陪。

张永得知了这个消息，他没有去找朱老大闲聊，却回到了自己的住处，静静地坐在床上，闭目养神，等待着夜晚的来临。

今晚，就是今晚，最后的时刻即将到来。

一股不祥的预感缠绕着刘瑾，他虽然文化不高，却也是个聪明人，张永早不来迟不来，偏偏今天来，一定有问题。

但他能干什么呢?

向皇帝告状？还是派人暗算?

刘瑾想了很久，对这两个可能出现的情况，作出了自己的准备，他相信这样就可以万无一失。

然后他自信十足地去参加了晚宴。

较量正式拉开序幕。

晚宴开始，由朱厚照宣读嘉奖令，他表扬了张永无私为国的精神，夸奖了他的显赫战功，当然，他也不忘夸奖刘瑾先生的后勤工作做得好。

两边夸完，话也说完了，开始干正事——吃饭。

朱厚照只管喝酒，刘瑾心神不宁地看着张永，张永却不看他，只顾着低头大吃。

不久更为奇怪的一幕出现了，众人歌舞升平，你来我往，很快就有人不省人事，张永似乎情绪很高，也喝了很多酒，而刘瑾却滴酒不沾，他似乎对宴会没有任何兴趣，只是死死盯着张永。

宴会进行到深夜，朱厚照还没有尽兴，这位仁兄还要接着喝酒作乐，张永似乎也很高兴，陪着朱厚照喝，刘瑾不喝酒，却也不走。

这正是他的策略，只要看住张永，不给他说话的机会，就能暂时控制局势。

但很快刘瑾就发现，自己不能不走了。

我明天还要去送葬啊！

看这样子，一时半会儿是散不了了，总不能一直待在这里，陪着这二位兄弟玩通宵吧。

于是他终于起身告辞，征得朱厚照的同意后，刘瑾看着喝得烂醉的张永，放心地离开了这里。

但在走之前，他吩咐手下办了一件事情：加派兵力，全城宵禁，严禁任何部队调动！

这就是刘瑾的万全之策，堵住张永的嘴，看住张永的兵，过两天，就收拾张永本人。

可是刘瑾失算了，他不知道，其实在这场混乱的酒宴上，张永也一直暗中注视着他。因为在这个夜晚，有一场真正的好戏，从他离开宴会的那一刻起，才刚刚开演。

张永等待了很久，当他发现刘瑾不吃不喝，只是呆呆地看着自己时，就已经明白了这位老兄的打算——今天跟你耗上了。

那就耗吧，看看到底谁怕谁！

在酒宴上行为失态的他，终于麻痹了刘瑾的神经，当他看见刘瑾走出大门后，那醉眼惺忪的神态立刻荡然无存，所有的智慧和勇气一瞬间都回到了他的身上。

动手的机会到了！

"陛下，我有机密奏报！"

拼死一搏！

喝得七荤八素的朱厚照被这声大喊吓了一跳，他好奇地看着跪倒在地的张永，打开了那封杨一清起草的文书。

文书上的罪名大致包括企图谋反、私养武士、私藏兵器、激起兵变等，反正是哪条死得快往哪条上靠。

看见朱厚照认真地看着文书，跪在下面的张永顿时感到一阵狂喜，如此罪名，还怕整不倒你！

可他等了很久，却一直没有任何回音。

张永纳闷儿地抬起头，发现那封文书已经被放在一旁，朱厚照的手中又端起了酒杯。

朱厚照发现张永看着自己，便笑了笑，说了几句话，也算给了张永一个答复。

这是一个载入史书的答复，也是一个让张永不敢相信自己耳朵的答复。

“这些事情不去管它了，改天再说，接着喝酒吧！”

事前，张永已经对朱厚照的反应预想了很久，但他做梦也没有想到，等到的竟然是这样一个答复！

张永怀疑自己听错了，可当他看见自斟自饮的朱厚照时，才确知自己面对的是一个怎样的处境！

话已经说出口了，宫中到处都是刘瑾的耳目，明天一早，这番话就会传到刘瑾的耳朵里，到时必定死无葬身之所！

怎么办?！怎么办?！

张永终于慌乱了，他浑身都开始颤抖，然而就在这关键时刻，他想起了半个月前密谋时听到的那句话。

“绝不可后退！以死相争！”

都到这份儿上了，拼了吧！

他突然脱掉帽子，用力向朱厚照磕头，大声说道：

“今日一别，臣再也见不到皇上，望陛下保重！”

朱厚照终于收起了玩闹的面容，他知道这句话的分量。

“你到底想说什么?”

“刘瑾有罪！”

“有何罪?”

“夺取大明天下！”

好了，话已经说到头了，这就够了。

然而，张永又一次吃惊了，因为他听到了这样一句回答：

“天下任他去夺！”

这下彻底完了，这世上竟然有如此没有心肝的人啊！

张永绝望了，一切看来已经不可挽回，一个连江山社稷都不放在心上的人，还有什么是不可割舍的呢?

不！还有一样东西！

霎时，浑身所有的血液都冲进了张永的大脑，有一个回答，可以挽救所有的一切！

“天下归了刘瑾，陛下准备去哪里?!”

朱厚照的笑容僵在了脸上，他这才意识到了一样自己决不能不要的东西——性命。

刘瑾夺了天下，自己要去哪里？能去哪里?!

玩了五年、整日都没有正经的朱厚照终于现出了原形，他的脸上第一次浮现出杀气：

“去抓他，现在就去！”

其实那天晚上，刘瑾并没有回家，他就近睡在了内值房，为的也是能够随时对可能出现的情况作出应对。

应该说，他的这一举措还是收到了一定的效果——起码方便了抓他的人。

正当他睡得安稳之时，忽然听见外面喧嚣一片，他立刻起身，大声责问道：

“谁在吵闹?”

刘公公确实威风，外面顿时安静下来，只听见一个声音回答道：

“有旨意！刘瑾速接！”

刘瑾这才穿好衣服，不慌不忙地打开了门。

然后他看见了面带笑容的张永。

第二天，权倾天下的刘瑾被抄家，共计抄出白银五百多万两，奇珍异宝文人书画不计其数，连朱厚照也闻讯特意赶来，一开眼界。

但朱厚照并未因为刘瑾贪污的事实而愤怒，恰恰相反，过了一个晚上，他倒是有点儿同情刘瑾了，毕竟这个人伺候了他这么久，又没有谋反的行动，就这么关进牢里，实在有点儿不够意思。

于是他特意下令，给在牢中的刘瑾送几件衣服。

这是一个危险的信号，张永开始忐忑不安起来，万一刘瑾咸鱼翻身，自己就完了。

可是只过了一天，他就彻底地放心了，因为有一个人如约前来拜会了他——李东阳。

张永总算知道了杨一清的厉害，他不但说动了自己，料定了皇帝的犹豫与对策，还安排了最后的杀招。

李东阳办事很有效率，他告诉张永，其实要解决刘瑾，方法十分简单。

第二天，六部六科（吏、兵、礼、工、刑、户）、十三道御史（全国十三布政司）同时上书，众口一辞弹劾刘瑾，罪名共计十九条，内容包括贪污受贿、教育司法腐败、控制言论等，瞬息之间，朱厚照的办公桌被铺天盖地的纸张淹没。

更为致命的是，有关部门本着认真负责的态度，重新审查了刘瑾的家，他们极其意外地发现了上千副盔甲武器（上次是疏忽了），同时还发现，原来在刘瑾经常使用的一把扇子的背后，有暗藏的兵器（上次也疏忽了），这么看来刘瑾应该是一个绝世武林高手，随时准备亲自刺杀皇帝陛下，过一把荆轲的瘾。

看着满桌的文书和罪状，还有那把扇子，朱厚照断绝了所有的慈念：

“狗奴才，你真的要造反啊！”

可是刘瑾就是刘瑾，即使是到如此地步，他还是作出了令人惊讶的行动。

刑部按照朱厚照的指示，召集众官会审，刘瑾上堂之后，不但不行礼，反而看着周围的官员们冷笑，突然大喝一声：

“你们这些人，都是我推举的，现在竟然敢审我?!”

这句话一出口，周围的官员们顿时鸦雀无声，连坐在堂上的刑部尚书（司法部部长）都不敢出声。

刘瑾这下子来劲儿了，他轻蔑地看着周围的官员，又发出了一句狂言：

“满朝文武，何人敢审我?!”

刘瑾兄，以后说话前还是先想想的好。

话音刚落，一个人就走了上去，站在刘瑾面前大吼一声：

“我敢！”

还没等刘瑾反应过来，他又一挥手，叫来两个手下：

“扇他耳光！”

刘瑾就这么结结实实地挨了两下，被打得眼冒金星，本来火冒三丈的他睁眼一看，立刻没有了言语。

因为这个人确实敢打他，此人名叫蔡震，官虽然不大，却有一个特殊的身份——驸马。

而且这位驸马等级实在太高，他的老婆是明英宗朱祁镇的女儿，朱祁镇是朱厚照的曾祖父，朱厚照该怎么称呼老先生，这个辈分大家自己去算。

这就没啥说的了，刘瑾收起了嚣张的势头，老老实实地被蔡震审了一回。

经过会审（其实也就他一个人审），最后得出结论：

刘瑾，欲行不轨，谋反罪名成立。

朱厚照批示处理意见：凌迟。

刘瑾先生的生命终于走到了尽头，以前有很多人骂他杀千刀的，现在终于实现了，据说还不止，因为凌迟的标准刀数是三千多刀，刘兄弟不但还了本，还付了利息。

我一直认为凌迟是中国历史上最不人道、最黑暗的刑罚，但用在曾害得无数人家破人亡的刘瑾身上，我认为并不为过。

因为正义最终得到了伸张。

此后，刘瑾的同党也一一得到清算，足智多谋的张彩先生也很不幸，陪着刘瑾先生去了阴曹地府，继续去当他的谋士。朝堂上下的刘党一扫而空。

一个月后，杨一清被调入中央，担任户部尚书，之后不久又接任吏部尚书，成为朝中的重量级人物。焦芳等人被赶出内阁，刘忠、梁储成为新的内阁大臣。

经过殊死拼争，正直的力量终于占据了上风，大明王朝再次回到了正常的轨道上。

李东阳终于解脱了，他挨了太多的骂，受了太多的委屈，吃了太多的苦，等了太久太久。在那些艰苦的岁月里，所有人都指责他的动摇，没有人理会他的苦衷。

知我者谓我心忧，不知我者谓我何求！

李东阳完成了他的事业，实现了他的心愿，用一种合适的方式。与刘健和谢迁相比，他付出了更多，他的一切行为都对得起自己，对得起天地良心。

李东阳，难为你了，真是难为你了。

正德七年（1512），李东阳申请退休，获得批准，他的位置由杨廷和接替。

四年后，他于家乡安然去世，年七十。

第十二章　皇帝的幸福生活

玩是最重要的

其实对于朱厚照而言，刘瑾先生是死是活倒也不怎么重要，只不过是换了一个玩伴而已，找谁玩不是玩啊？

之后不久，他就挑上了一个叫钱宁的人，关于这个人，就不说什么了，他身世不详，是一路拍马屁拍上来的，大家只要记住他是个坏人就行了。

刘瑾是个老头子，除了百依百顺之外，也没有什么长处，钱宁可就不同了，他那时年纪还不老，能够紧跟时代潮流，什么新鲜就玩什么。

在他的帮助下，朱厚照玩得是相当的厉害，野史上对这位仁兄的记载很多，也有很多骇人听闻的事情，这里就不多说了，毕竟此文是以正史为主体的，不敢随便误人子弟，而对于朱厚照兄这么一位有性格的兄弟，还是很有必要把他的传奇事迹传扬一下的。

以下事件大都为朱厚照先生的真人真事，请诸位批判吸收，慎勿模仿，出了事本人负不起责任。

首先说说那个闻名中外的“豹房”，一般人听到这个名字就会产生类似儿童不宜之类的感觉，事实上，这个豹房，也确实是有点儿童不宜。

先说明，豹房，并不是包房，而是朱厚照修的一座宫殿，就在西华门附近，这位老兄每天就泡在这里，所谓三千佳丽云集的后宫也不去，那么豹房里到底有什么东西能够吸引这位老兄呢？

因为这座豹房里不但养了很多朱厚照从全国各地找来的美女和乐工，还是他的野生动物园，里面养了各种各样的动物，最多的是豹子。

为什么养豹子呢，要知道这可是朱厚照先生经过千挑万选，反复试验才决定的，他经常把野兽养在地牢里，然后把肉吊在竹竿上，让野兽来咬，久而久之，许多野兽也被他玩残了。通过仔细观察和科学实践，他发现只有豹子的积极性最高，扑咬动作最凶狠，所以他最喜欢养豹子。

有这么个好地方，可以玩音乐、玩人、玩动物，朱厚照自然不愿离开了。

再说说这个女人问题，他在这方面，名声是很不好的（或者说是很好）。经多方史料反映，朱厚照先生确有可能是逛过妓院的。当然，他是换掉那套上班的黄色制服才去的，而且他也确实比较守规矩，据说从来没有赖过账。

而对于“家花不如野花香”这个法则，朱厚照也是颇有心得，他有他的皇后，也有数不清的妃嫔宫女，可奇怪的是，朱厚照对这些似乎并不满意。对此，我也比较纳闷儿，可能是那几年入宫的妃嫔素质不好，或者说是朱厚照厌倦了这种按部就班的生活。

于是他做出了一些让理学家们瞠目、老头子们叹气，甚至是他的祖辈们想都不敢想的事情。

他不喜欢年方二八、刚选入宫的少女，却喜欢结过婚的女人，汉族的看厌了，就挑少数民族的。总之，跟别人不一样就是了。

比如当时的延绥总兵马昂，他因为在任时候出了点儿事，官被免了，这位仁兄是个比较无耻的人，他灵机一动，把自己的妹妹送进了宫，这本来没有什么奇怪的，可是问题在于他的这个妹妹是结过婚的，而且丈夫还健在！

朱厚照非但不感到有什么问题，反而照单全收，十分高兴。

没过多久，他又找来了马昂：

“听说你的小老婆很漂亮？”

马昂大喜（确实无耻）：

“皇上喜欢就好。”

于是马昂的小老婆进了宫，这件事情被杨廷和知道了，据说气得差点儿用头去撞墙。

看来杨先生的心理素质还是太差，因为下面发生的事情才真可谓是前无古人，后无来者。

不久之后，杨廷和听到了一个传闻：有一个孕妇被朱厚照召进了宫。

他定了定神，然后告诉自己这不是真的，一定是谣传，一定是谣传！

可当他来到朱厚照的面前，看见这位小祖宗漫不经心地点头时，他彻底崩溃了。

这算是哪门子事儿啊！孕妇进宫，要是真生下个孩子来，那可怎么办？算谁的？想想这位大爷一向干事情没谱，他自己又不喜欢后宫那些有名分的女人，现在也没有孩子，万一心血来潮，把这个孩子收归己有，没准儿到时候大明王朝就会由这个来历不明的孩子来继承！这可怎么得了！

杨廷和越想越怕，只得吩咐手下人日夜盯紧这位小祖宗，生怕他干出更加过分的事情。

还好，在女人方面，这位大爷也就到此为止了，但杨廷和没高兴多久，因为精力充沛的朱厚照真的干出了一件惊世骇俗的事情。

根据《水浒传》的记载，在古代，要想一举成名，有条最快的捷径——上山打老虎。成功人士如武松、李逵等都是光荣的好榜样，而朱厚照先生虽然已很有名，倒也想过一把打老虎的瘾。

有一天，他专门叫人弄来了一只老虎，本想自己制服它，想了想又没胆子干，于是他朝钱宁挥了挥手，让他代劳一下。

钱宁快疯了。

他虽然一直带着朱厚照玩，可也没想到他真的玩得那么过分，连老虎都玩！

要知道，老弟我混碗饭吃也不容易，拍马屁陪着玩，那也是为了讨生活，现在竟然要豁出性命去逗老虎！不干！打死也不干！

他摇了摇头。

朱厚照看见了，他又向钱宁挥手，钱宁接着摇头。

钱宁不够意思，老虎却很够意思，它对朱厚照的挥手作出了友好的反应——猛扑过来。

朱厚照也立刻作出了反应——逃跑，但他自然是跑不过老虎的，在这关键时刻，一个武官站了出来，挡住了老虎，众人这才上前，控制住了老虎。

这要放在一般人身上，估计吓得不轻，可站在一边的朱厚照却毫不慌张，笑着说了这样一句话：

“我自己就够了，不用你们。”

这次杨廷和没有作出过激的反应，因为他再也承受不住更多的刺激。

这就是朱厚照先生的私生活，从以上种种表现来看，我们似乎可以给他戴上一顶荒淫无耻的帽子，但我们不得不说，这种结论未必是正确的。

如果仔细分析这位先生的举动，就能发现，在他的种种反常行为背后似乎隐藏着一种独特的动机。

这种动机的名字叫反叛。

朱厚照不是一个适合做皇帝的人，因为皇帝这份工作，是个苦差事，要想干好，必须夜以继日地干活，必须学会对付大臣、太监和自己身边的亲人，要守太多的规矩，有太多的事情不能做。

朱厚照做不到，因为他只是一个任性的孩子。

他就如同现在所谓的反叛一代，你越让他干什么，他越不干，他不残暴、不杀戮，做出种种怪异的行为，其实只是想表达一个愿望——做自己想做的事情。

可是一个合格的皇帝是不能做自己想做的事情的。

所以朱厚照不是一个合格的皇帝，他也不可能成为一个好皇帝。

这才是那种种历史怪状背后的真相，朱厚照，不过是一个投错了胎、找错了工作的可怜人。

朱厚照穷尽自己的一生去争，想要的无非是四个字——自由自在。

他一直在努力。

夜奔

正德十二年（1517），八月甲辰，夜。

朱厚照努力控制住自己颤抖的双手，他很少这么紧张，因为很快，他将要做一件极为冒险刺激的事情，人们都将被他蒙在鼓里，包括那些不开窍的老头子。

一个武官来到他的身边，提醒他准备出发，这个陪同者的名字叫做江彬，他就是当年那个为朱厚照挡住老虎的人。今晚的这件事情，正是他提议的。

在夜幕中，朱厚照纵马飞奔，冲出德胜门。

一场伟大的冒险即将开始，再也无人能够阻拦我！

朱厚照对老头子们的忍耐已经到了极限，这些古板的人总是阻拦他的行动，也不让他自由活动，然而他也明白，治理国家不能离开这些人，所以他一直在妥协与反叛之间摇摆。

他之所以下定决心，要私自跑出来，却与一个人的离去有着莫大的关系。这个人就是杨廷和。

正德九年（1514），杨廷和的父亲去世了，他是个孝子，所以请求回家守孝。但出人意料的是，朱厚照竟然不放他走。

朱厚照和杨廷和一直以来都保持着奇特的关系，他很反感杨廷和，因为他经常会管着自己，但他更尊重杨廷和，两人有着深厚的感情，因为杨廷和不但是他的老师，还是一个得力的助手，每当他不知道如何办理国家大事的时候，都会哀叹：

“如果杨先生在就没有问题了。”

但杨廷和实在是一个孝子，他坚持一定要回家守孝三年，朱厚照不得已同意了。

杨廷和的离去让朱厚照失去了最后一个束缚，之后的日子他经常换上老百姓的衣服，到京城附近闲逛，随着活动范围的扩大，他的胆子也越来越大。

终于，在这个夜晚，他决定去一个极其危险的地方，以证明他的勇气。

他选择的目的地是关外。

第二天一早，内阁大臣梁储、蒋冕准备进宫见朱厚照，被告知皇帝今日不办公，但很快他们就得到了宫中的可靠消息：皇帝昨天晚上已经跑了！

跑了?!

梁储的脑筋彻底乱了，他呆呆地看着蒋冕，一句话也说不出来。皇帝也会跑？跑到哪里去？去干什么？

片刻，他终于反应过来，猛拍了同样呆住的蒋冕一巴掌，大喊一声：

“愣着干什么！快吩咐备马，我们马上去追！”

祖宗！你可千万别出事，有啥意外，剐了我也承担不起啊！

这两个老头子急得眼泪都快掉下来了，叫上几个随从，快马加鞭去追朱厚照。

那边急得要死，这边朱厚照却是心情愉快，一路高歌，他终于感受到了真正的自由。很快，他们到达了北京郊区的昌平，在这里，朱厚照停了下来，发布了一道命令。

他的这道命令是发给居庸关巡守御史张钦的，意思只有一个：开关放我出去。

这位张钦实在不是个普通人，他接到命令后，不予回复，却找到了守关大将孙玺，问他对这道命令的看法。

孙玺同样无可奈何

"既然皇上发话，那就开门让他出去吧。"

张钦听后沉默不语，孙玺松了口气，正准备去照办时，却听到了一声响亮的呵斥：

"绝对不行！"

此时的张钦突然换了一副凶狠的面孔，抓住了孙玺的衣襟：

"老兄你还不明白吗，我俩的性命就快保不住了！如果不开关，就是抗命，要杀头，开了关，万一碰上蒙古兵，再搞出个土木之变，我和你要被千刀万剐！"

孙玺的汗立马就下来了。

"那你说该怎么办啊？"

张钦坚定地答复道：

"绝不开关！死就死，死而不朽！"

事到如今，就照你说的办吧。

在昌平的朱厚照等到花儿也谢了，也没有等到开关的答复，他派人去找孙玺，孙玺装糊涂，回复说御史（张钦）在这里，我不敢走开。他无可奈何，去找张钦，张钦就当不知道，什么答复也不给他。

朱厚照没办法了，只能叫镇守太监刘嵩，刘嵩倒是很听话，趁人不备就抽了个空子想偷偷去接，他顺利到了关口无人阻拦，正暗自庆幸，却看见门口坐着个人，手里还拿着一把亮闪闪的剑。

"张钦兄，你还没休息啊？"

张钦笑了，他扬了扬手里的剑，只说了一句话：

“回去！出关者格杀勿论！”

朱厚照百般无奈，又派出了一个使者，以他的名义向张钦传达旨意：皇帝下令，立即开关放行！

张钦也很直接，他拔出了剑，指着使者大吼：

“这是假的（此诈也）！”

听到使者的哭诉，朱厚照也只有苦笑着叹气了，他不过是喜欢玩，不要人管，可守门的这位仁兄却真是不要命。

正在此时，上气不接下气的梁储和蒋冕终于赶到了，上下打量一下朱厚照，看看这位仁兄身上没有少啥部件，这才放了心。于是又是下跪，又是磕头，说我们两个老家伙再也折腾不起了，大哥您就跟我们回去吧。

前有围堵，后有追兵，朱厚照感觉不好玩了，他闷闷不乐地答应了。

所有的人都彻底解脱了，守关的回去守关，办公的回去办公，玩的回去接着玩。

再奔

梁储和蒋冕都是由李东阳推荐的，也算是历经宦海，阅历丰富了，一般的主他们都能伺候得了，但这回他们就只有自认倒霉了，因为要论捣乱闹事，朱厚照先生实在可以说是五百年难得一遇的混世魔王。

这二位兄弟毕竟年纪大，经验多，他们估计到朱厚照不会就这么善罢甘休，派人紧盯着他，可几天过去了，这位顽童倒也没什么行动。他们这才稍微放松了点儿。

其实朱厚照这几天不闹事，只是因为他在等待着一个消息。

很快，江彬带来了他想要的信息——张钦出关巡视了。

就在那个夜晚，他又一次骑马冲出了德胜门。

第二天，蒋冕进宫，正准备去见皇帝，却看见一个人影朝自己飞奔过来，他定睛一看，才发现原来是梁储。

这老头也顾不上他，只是一边跑一边气喘吁吁地喊：

“又跑了，又跑了！”

真是倒了血霉，怎么就摊上了这么个主。啥也别说了，兄弟一起去追吧。

抱着上辈子欠过朱厚照的钱的觉悟，梁储和蒋冕再次发动了追击。可是这一次，他们没有追上。

朱厚照吃一堑长一智，到了居庸关，并没有贸然行动，却躲在民房里，确定张钦不在关卡里，这才一举冲了出去，为防止有人追来，他还特意安排贴身太监谷大用守住关口，不允许任何人追来。

张钦和大臣们事后赶来，却只能望关兴叹。

至此，朱厚照斗智斗勇，历经千难万险，终于成功越狱。

这是一次历史上有名的出奔，其闻名程度足可与当年伍子胥出奔相比，在很多人看来，这充分反映了朱厚照的昏庸无能、不务正业、吃饱了没事干等，总之一句话，他是个不可救药的昏君。

但是很多人都忽略了这样一个细节：他躲避了张钦。

怎样才能出关？答案很简单，杀掉张钦就能出关。

其实以他的权力，杀掉一个御史十分简单，而曾驱逐大臣、杀掉太监的他也早已意识到了自己手中的权力，但他却没有这样做，而是选择了躲避。

为什么？

因为他是明白事理的，他知道张钦没有错，追他的梁储、蒋冕也没有错，错的只是他自己而已。

他懂得做皇帝的规则，并且也基本接受这个规则，但他实在无法按照这个规则去做，他只想自由自在地玩。

于是他选择了钻空子，和大臣们捉迷藏。

关外

一望无垠的平原，萧瑟肃杀的天空，耳边不断传来呼啸的风声，陌生的环境和景物提醒着他，这里已经是居庸关外，是蒙古士兵经常出没的地方，是一个极其危险的地方。

然而，朱厚照兴奋了，因为这正是他所要的，一个埋藏在他心底多年的愿望将在这里实现。

事实上，朱厚照之所以如此执著、锲而不舍地坚持出居庸关，很大程度上是为了做一件事，见一个人。

这个人在《明史》中的称谓叫小王子。

第十三章　无人知晓的胜利

小王子

下面我们介绍一下这位小王子兄弟的丰功伟绩，不用报户口，列一下他干过的事就行了：

正德六年（1511）三月，小王子率部五万入侵河套，击败边军而去。

十月，小王子率部六万入侵陕西，抢夺人口牲畜万余。

十二月，小王子率部五万进攻宣府，杀守备赵瑛、都指挥王继。

正德七年（1512）五月，小王子率部进攻大同，攻陷白羊口，守军难以抵挡，抢劫财物离去。

正德九年（1514）九月，小王子率部五万进攻宣府，攻破怀安、蔚州、纵横百里，肆意抢掠，无人可挡。

郑重声明，这只是随便摘出来的，在历史中，很多人的名字都只是出现个一两次，可这位兄弟的出镜率实在不是一般的高，每年他都要露好几次脸，不是抢人就是抢东西，再不就是杀某某指挥、某某守将，实在是威风得紧。

这位小王子是从哪个石头缝里蹦出来的呢？那还要从也先说起。

也先自从在土木堡占了便宜，在北京吃了亏后，势力大不如前，最终被手下杀死，他死后，瓦剌的实力消退，而另一个部落鞑靼却不断壮大。

小王子就是鞑靼部落最为卓越的人才，一位优异的军事指挥官。在他的指挥下，蒙古军队不断入侵明朝边境，把当时的明朝名将打了个遍（王守仁还没出来），从未逢敌手。

后来情况越来越严重，正德十年（1515）八月，小王子竟然发动十万大军，大举进攻边境，他兴致还不错，竟敢在明军地盘上连营过夜，长度达到七十多里！他一路走，一路抢，一路杀，未遇抵抗，而明军只能坚壁清野，龟缩不出。

如果仔细查阅史料，就会发现，明军倒也不是没打过胜仗，不过这胜仗有点儿问题。

比如正德七年八月，平定安化王叛乱的名将仇钺曾经打过一个祝捷报告，大意是，小王子近日带大军攻击沙河边境，我带着军队进行了顽强反击，一举击溃敌军。

如此胜利，实在值得庆贺，接下来我们看看战果——斩首三级。

最后报损失——死亡二十余人，伤者不计其数，被抢走马匹一百四十四。

接到报告后，朝中的一个大臣立刻作出了真实的现场还原：一小群蒙古兵来抢马，成功地抢走了马，还杀了很多人，仇钺避过风头，解决了几个落单没跑掉的人。

从此，这个小王子就成为了大臣最为头疼的人物，说起这位大哥没人不摇头叹气，只有一个人例外。

朱厚照和他的父亲朱祐樘不同，朱祐樘是一个和平主义者，不喜欢惹事，而朱厚照则恰恰相反，他最喜欢的就是无事生非，无风起浪，还爱舞枪弄棍，热衷于军事。听说有这么个劲敌，他十分高兴，一直就想出去和这位仁兄较量一下。

可大臣们一想到土木堡这三个字，就断然、坚决以及决然地否定了他的提议。

但他血液中那难以言喻的兴奋是不可抑制的，天王老子，也要去斗上一斗！

于是，在手下的帮助下，他终于迈出了第一步——出居庸关。

劲敌

朱厚照知道敌人就在身边，但他并不害怕，却还有着期待，期待着敌人的出现，特别是那个让人谈虎色变的小王子。

在这种情绪的鼓舞下，他一路快马赶到了边防重镇宣府，可他在宣府闹了几天后才发现，这里竟然十分太平，蒙古人也不见踪影。

于是他决定再一次前进，前进到真正的军事前线——阳和。

阳和就这样成为了他的新驻地，他就此成为了边境的临时最高指挥官。

不久之后，大同总兵王勋收到了一封奇怪的书信，信中让他好好守卫城池，安心练兵，落款很长——“总督军务威武大将军总兵官”。

王勋纳闷儿了，他虽然读书不多，官员级别多少还是知道的，什么时候多了这么个玩意儿？他连忙去看最近的朝廷公文，可找来找去也没弄清楚这官是咋回事。

他又翻来覆去地看这封信，口气很大，也不像是开玩笑，后经多方打听，才知道这封号就是皇帝大人自己的。

原来朱厚照先生还是十分认真负责的，他认为作为一个军事主帅，没有一个称号毕竟是不行的，所以他就给自己封了这么一个官，还规定了工资和福利，反正是自己发给自己，也不费事儿。

边境的将领们被他这么一搞，都晕头转向，不知所措，希望他早点儿走人，可朱厚照却打定了主意，住下就不动了。

一定要等到那个人，一定。

他最终没有失望。

正德十二年十月，大同总兵王勋接到边关急报，蒙古鞑靼小王子率军进攻，人数五万。

毫无疑问，这是一次大规模的进攻，他连忙急报皇帝大人，希望他早点儿走人，自己死了也无所谓，万一皇帝出了什么问题，自己全家都要遭殃了。

然而，朱厚照告诉他，自己不走。

不但不走，他还指示王勋，必须立刻集结部队北上主动迎击鞑靼军。

王勋接到命令，只是苦笑，他认为，这位不懂军事也没有上过战场的皇帝是在瞎指挥，自己这么点儿兵力，能守住就不错了，还主动进攻？

他叹了口气，还是率部出发了，皇帝的命令你能不听吗？据说临走时还预订了棺材，安置了子女问题。在他看来，这次是凶多吉少。

阳和的朱厚照却正处于极度的兴奋之中，他盼望已久的时机终于到来了。

他听到小王子来到的消息后，当即命令王勋迎击，江彬提出反对，虽然这位仁兄着实不是个好人，却具备很强的军事能力。他认为，以王勋的兵力是无法进攻的。

朱厚照没有理会他，而是继续着他的命令：

“辽东参将萧滓、宣府游击时春，率军驻守聚落堡、天城。”

“延绥参将杭雄、副总兵朱峦、游击周政，率军驻守阳和、平虏、威武。”

“以上部队务必于十日内集结完毕，随时听候调遣，此令！”

江彬目瞪口呆，此刻，那个嬉戏玩闹的少年不见了，取而代之的，是一个久经沙场，沉稳镇定的指挥官。

朱厚照没有理会旁边的江彬，发布命令后，他挥了挥手，赶走了所有的人。

在遇到那个人之前，必须充分休息，养精蓄锐。

百里之外，率军入侵的小王子似乎也感到了什么，他一反常态，舍弃了以往的进军路线，改行向南，向王勋的驻扎地前进，在那里，他将面对一场前所未有的挑战。

朱厚照敏锐地感觉到了对手的变化，他立即调整了部署：

“辽东参将萧滓、宣府游击时春，离开驻地，火速前往增援王勋。”

“副总兵朱峦、游击周政即日启程，尾随鞑靼军，不得擅自进攻。”

“宣府总兵朱振、参将左钦即刻动兵，驻守阳和，不得作战。”

然后他闭上了眼睛，开始了漫长的沉默。

江彬在一边站着，丝毫不敢吱声，但在退下之前，他还是忍不住咕噜了一句：这样的兵力还是不够的。

看似已经睡着的朱厚照突然睁开眼睛，他笑了：

“不要着急，现在才刚刚开始。”

王勋感觉自己快要完蛋了，他刚刚得知，小王子的大队人马已经朝自己开了过来，就自己手下这么点儿兵，不被人砍死也被人踩死了。谁让自己干了这么一份工作呢？看来只能是为国捐躯了。

然而就在此时，他突然得知辽东参将萧滓、宣府游击时春已经率军前来增援自己，大喜过望之下，他下令全军动员，务必英勇抗敌，与鞑靼军决一死战，坚持到援军到来。

正德十二年十月，甲辰。

战争在山西应州打响，应州之战正式开始。

小王子率军长途跋涉，终于找到了明军的主力（至少他认为如此），十分高兴，毕竟带五万人出来不容易，不捞够本钱也实在不好意思回去。二话不说就发动了进攻。

王勋十分勇猛，他知道自己兵力不多，为了不让对方看出破绽，一出手就竭尽全力去打，发动全军冲锋，这种不要命的打法也确实迷惑了小王子，他作出了错误的判断，没有敢于立刻发动总攻，给了王勋活命的时间。

双方在应州城外五里寨激战，打了整整一天，到了黄昏，小王子发现自己上当了。

对方转来转去就那么些人，自己居然被忽悠了这么久，他十分愤怒，但已经快到夜晚，为了防止意外情况出现，他命令部队包围明军，等到第二天，再把王勋大卸八块。

然而，情况总是不断变化的。

第二天，大雾。

王勋乐坏了，他借着这个机会，坚持好汉不吃眼前亏的真理，溜进了应州城，让人啼笑皆非的是，等到大雾散开，他才发现，负责跟踪任务的副总兵朱峦，竟然超越了蒙古军，也跑到了自己这边。

小王子气得不行，明军非但没有被打垮，反而越打越多起来，他失去了耐心，开始集结部队，准备攻城。可还没等他准备好，麻烦又来了。

城内的守军似乎比他们还不耐烦，竟然主动出城发动攻击，小王子急忙迎敌，而他很快就发现，城内军队的自信是有原因的。

辽东参将萧滓、宣府游击时春终于率部赶到了，来得正是时候，王勋得知后立刻下令前后夹击鞑靼军，到了现在，他终于看到了一丝胜利的曙光。

不过很可惜，只不过是曙光而已，因为他的敌人是五万精锐蒙古骑兵，而统帅是卓越的军事将领小王子。

小王子的名声不是白得的，他没有被这种气势吓倒，在极短的时间内，他已经作出了准确的判断：敌军兵力仍然不足。

他冷静地发布命令，将军队分成两部，分别应敌，并保持相当距离，防止敌军再次合流。

他的这几招获得了奇效，一贯投机取巧的王勋再也没能忽悠过去，反复冲击之后，他们再次被分割包围。

王勋终于无计可施了，想来想去再也没啥指望了。

也就在此时，朱厚照叫来了江彬。

“立刻集合军队，出征作战！”

江彬疑惑地看着他，没有说话，但他的问题是很明显的：

哪里还有军队呢？

朱厚照知道他的疑问，直接说出了答案：

“我之前已暗中命令张永、魏彬、张忠率军前来会战，他们已经按时到达。”

江彬终于明白了，在那些日子里，朱厚照到底在等待些什么。

朱厚照站了起来，他一改往日的调笑，满面杀气，大声对还在发呆的江彬说道：

“该轮到我了，出兵吧！”

谜团

综合看来，朱厚照的策略是这样的，首先派出少量部队吸引敌军前来会战，之后采用添油战术不断增加兵力，拖住敌军，并集结大股部队，进行最后的决战。

事实证明，他的计划成功了。

丁未，朱厚照亲率大军，自阳和出发，向应州挺进。他已经迫不及待了。

包围圈内的王勋也算是久经战阵了，可他这次也被折腾得够呛，从绝望到希望再到失望，一日三变，不厌其烦。事到如今，援军也到了，接应也到了，仍然无济于事，他扳着指头数，也没有发现还有哪支部队能来救他。

当然了，他是不敢指望朱厚照的，因为这位皇帝陛下是个不靠谱的人。

天亮了，蒙古兵发动了总攻，王勋率部拼死抵抗，但仍然难以退敌，就在他即将支持不住的时候，却惊奇地发现蒙古兵突然开始溃退！

朱厚照终于赶到了，他实在很够意思，命令部队日夜不停地向应州发动奔袭，正好看到王勋被人围着打，当机立断命令部队发起冲锋，蒙古军没有防备，又一次被打散，三路大军就此会合。

朱厚照见好就收，没有发动追击，而是命令全军就地扎营，现在他手上已经有了五六万人马，足以和对手好好较量一番，他相信，那个敌人是不会就此退走的。

小王子算是被彻底打蒙了，先打王勋，没打下来，还多打出了两支部队，现在又冒出了这么个大家伙，派头不小，也不知是什么来头。

无论如何，不能就这么算数，就看看这个新来的有什么本事！

从当时的史料分析，小王子确有可能并不知道与他对阵者的身份，但无论如何，他仍然集结了自己的所有兵力，准备与这位神秘的对手决一雌雄。

第二天，仍然是大雾笼罩，小王子抓紧时间，布好阵形，准备发动最后的冲击。不久之后，雾渐渐散去，他这才惊奇地发现，明军列着整齐的队形，就在前方不远的地方等待着他。

朱厚照十分紧张，虽然自小他就曾向往过金戈铁马的生活，也听过那些伟大祖先的传奇故事，但当剽悍的蒙古骑兵真正出现在他的面前，叫嚣声不绝于耳，闪亮的刀锋映成一片反光，晃花了他的眼睛时，他这才清晰地意识到，打仗实在不是一件好玩的事情。

可事情已经到了这一步了，难道要缩着头退回去？

这不就是我一直等待的时刻吗？他用力握紧了手。横扫天下，纵横无敌！先祖曾经做到的事情，我为什么不可以？

尚武的精神在他的身体里复苏，勇气又回到了他的身上，在所有士兵的注视下，他拔出了佩剑，发出了声嘶力竭的呐喊：

“冲锋！”

战斗就此开始。

看见明军出人意料地发动了进攻，小王子也拼了老命，他发起了总攻，总计十万余人在应州城外反复厮杀，你来我往，据史料记载，双方来回交战百余回合，相持不下。

事实证明，朱厚照是一个优秀的指挥官，在战乱之中，他保持了镇定，还在阵中来回纵马狂奔，鼓舞士气。他这一无畏的举动大大鼓舞了明军的士气，士兵们英勇奋战，向蒙古军发动了无数次潮水般的攻击。

战争就这样进行了一天，双方也不讲什么策略诡计了，就是拿刀互砍，谁更能玩命谁就能赢！就这么折腾到了下午，看着无数如狼似虎、浑似打了兴奋剂的明军，蒙古军队顶不住了，小王子也撑不住了，他本来只是想来抢点儿东西就算数，却碰上了这么个冤家，结果赔了大本钱，无奈之下，只能发出那道丢人的命令：

"退兵！退兵！"

朱厚照不读书，也不讲什么战争礼仪，看到蒙古兵退却，他便下令全军追击，可惜天公不作美，一路赶到了朔州，突然又起了雾，只能打道回府。

这是一场没有详写的战争，并非我偷懒，实在是史料记载太少，因为朱厚照兄是偷偷出来的，身边没有史官，文人也很少，他自己是半文盲，江彬、张永、王勋都是比他还粗的粗人，总不能指望他们吧。

值得一提的是此战的战果，史书记载明军死亡五十二人，蒙古军死亡十六人，然后还有朱厚照先生的口述历史——"我亲手杀了一个！"仅此而已。

我之前曾多次对史书上的记载提出过质疑，但这次我却可以肯定地说，这个记载的的确确是有问题的。因为这是一个违背了常识的结论。

大家可以想象一下，十万人是个什么概念，换在今天，那就是十个师，别说打仗，就是搞个军事演习，也经常死那么十来个人，即使双方拿的都是板砖，互拍几下也不止这个数。

事实上，双方是真刀真枪地互砍，而且是足足砍了一天，参战的双方既不是慈悲为怀的和尚，也不是练过气功的义和团，而金钟罩铁布衫之类的高级货，至少蒙古人那里肯定是没有普及的。

再谈谈朱厚照讲的那句话——"我亲手杀了一个！"这句话经常被后人拿来嘲笑他吹牛，其实仔细分析一下就会发现，他说的很有可能是实话。

要知道，朱厚照先生在战场上是很显眼的，很多人无时无刻不在盯着他，众目睽睽之下，他又是贵为皇帝，当众扯谎是很掉价的，而且要吹牛也不用说只杀了一个，随口说说十几个，几十个不也就出来了吗？

然而，朱厚照坚持了他的说法："我亲手杀了一个！"

只有一个。

所以我相信，他说的是真话，而据记载，这场应州之战蒙古军总共才死了十六个人，这样看来，朱厚照运气很好，因为他手下的五万人一共才杀了十五个人。按照这个几率，他买彩票是肯定能够抽到一等奖的。

所以结论是：朱厚照被抹黑了，应州之战也被人为抹黑了。

抹黑他的人我们不好猜测，却也不难猜测。

可笑的是，抹黑的证据竟然是如此的确凿，甚至连史书的记载者也留下了破绽——“是后岁犯边，然不敢深入。”

原来只是死了十六个人，赫赫有名的小王子就“不敢深入”，这样看来，他真是名不符实，虚有其表。

在明代的所有战役中，被故意忽视的应州之战本就不显眼，但这场被忽视的战役，却是朱厚照勇猛无畏的唯一证明。

谁曾忆，万军丛中，纵横驰奔，所向披靡！

只记下，豹房后宫，昏庸无道，荒淫无耻！

残阳如血，大风卷起了黄色的帅旗，注视着敌人仓皇退走的方向，得意地调转马头，班师回朝。

那一刻无上的光辉和荣耀，你知道，也只有你知道。

激化

仗也打完了，瘾也过完了，朱厚照却还不打算回去，他还没有玩够，足足在外边晃荡了几个月才回去，到了正德十三年正月，他又准备出去了，可这次出了点儿问题，他的祖母去世了，不得已回家待了几天。

可没过多久，他就强忍悲痛，擦干眼泪（如果有的话），再次出去旅游，就这样，从正德十三年（1518）二月，到正德十四年（1519）二月，一年之中，他出巡四次，行程上千里，最后回到京城。

这中途，他还突发奇想，正式任命自己为“总督军务威武大将军总兵官”，本着娱乐到底的精神，他还给自己取了个名字——朱寿。

当然了，这个名字刚出来的时候是引起过混乱的，慢慢地大家也习惯了，认定了朱寿就是朱厚照，反正名字就是个符号，你叫朱头三我们大家也认了，只要别再继续改来改去就行。

大臣和皇帝之间的这场斗争就这么不断地维持着，双方你进我退，尽量不撕破脸，保持着一种微妙的平衡。

可是到了这年二月二十五日，平衡被打破了。

这一天，朱厚照突然下诏书，表示自己北方玩腻了，想去南方玩，可他没有想到，这道诏书竟然成了导火线。

大臣们已经忍无可忍了，杨廷和率先发难，主动上书，要求他休息两天，不要再出去了。

可是朱厚照的心已经玩野了，北方这片地方他不愿意待了，想去江南一带转转，因此对此置之不理。

大臣们忍耐已久的愤怒开始井喷了，很快，北京六科言官、十三道御史，南京六科言官、十三道御史、六部高级官员，甚至地方驻京官吏也纷纷上书，要求不要出行。一天到晚，朱厚照的耳边不断响起的只有相同的两个字：

"不行！不行！"

还有很多官员也趁机攻击他的其他行为，比如出外旅游、擅自出战等，话说得十分难听，甚至连亡国灭种之类的话都说出了口。

朱厚照真的生气了。

竟然如此嚣张，你们要造反吗！？

他的耐心到头了。

三月二十日，雷霆之怒终于爆发。

这一天，午门外密密麻麻地跪了一百零七个人，这些人都是上书劝诫的大臣，朱厚照特意把他们挑了出来，给了他们一个光荣的任务——罚跪。

具体实行方法是，这一百多人白天起来不用上班，就跪在这里，跪满六个时辰（十二个小时）下班。起止日期：自即日起五天内有效。

附注：成功跪完可领取惊喜纪念品——廷杖三十。

这是一次十分严重的政治事件，上书的大臣们被狠狠地打了一顿，后经统计被打死者有十余人，但他们却成为了最后的胜利者。

因为当朱厚照看到那些受伤的大臣后，他犹豫了，他明白这些人是为了他好，于是他当众表示，不再去南方游玩了。

这次旅游风波就此停息，大臣们被打了屁股，受了皮肉之苦，却获得了精神上的胜利，朱厚照出了气，却留下了恶名。

所以这一次争斗，没有真正的获益者。

出现这样悲惨的一幕，要怪就只能怪朱厚照先生早生了几百年，要知道，他如果晚点儿投胎，那可就风光了去了，可以大大方方地去旅游，也没有那么多的文官来管他，历史上还能留个好名声。

到那个时候，也不用叫什么南游了，这名字太土，应该叫微服私访，叫下江南，也不用偷偷摸摸地一个人去，可以带上太监、宫女、侍卫、大臣，如果有雅兴，还可以带和尚，沿路探访民情，惩治贪官，或者是带个上千人，一路吃过去，反正不用自己出钱，也没什么人反对。

根据一般剧情规律，通常走到半路上还能遇见几个美女，你来我往，你情我愿，留下一段风流天子的佳话。就此传扬千古，万人羡慕。

唉，谁让你生的不是时候呢？朱厚照先生，你认命吧。

就这么闹来闹去，到了六月，大家却都不闹了，因为一个惊人的消息传到了京城：宁王叛乱了。

第十四章　东山再起

仇恨

一百一十九年前，宁王朱权遇到了前来拜会他的燕王朱棣，由于一时大意，这位所有皇子中最为善战的仁兄上了哥哥的当，被绑票到了北京，帮着打天下靖难。

为了让宁王卖命，朱棣还许诺，一旦成功取得天下，就来个中分，大家一人一半。

当然了，事后他很自然地把这件事情忘得干干净净了，宁王没有计较，只是要求去杭州，过几天舒服日子，他不许。宁王还是不计较，希望能去武昌，他不许。

最后他下令宁王去南昌。宁王没有反抗，没有非议，收拾东西乖乖地去了。

宁王不是没有脾气的，只是他十分清楚，发脾气或是抗议没有任何用处，因为他没有讲条件的实力。

但他的愤怒是无法平息的，他嘱咐子子孙孙，不要忘记自己曾经受过的耻辱。

仇恨的种子代代相传，终于在这个时刻开花结果，而将其化为果实的那个人，叫做朱宸濠。

朱宸濠是一个很有抱负的人，作为宁王的子孙，他继承了祖先的仇恨和好勇斗狠的性格，同时也看透了朱厚照不是一个安心做皇帝的人，经过长时间的观察和考量，他决定采取行动。

可是很快，他就发现了一个很大的问题——没兵。

因为燕王朱棣本人是造反起家，特别防备藩王们起兵造反，所以他当皇帝的时候实行了大裁军，当然了，裁的都是藩王的护卫。

到了朱宸濠这里，几乎就是个光杆司令，一批下人亲军，还有一堆破枪烂刀，这就是他的全部家当，抓个小偷都还够呛，想要造反？那也真是太逗了。

请示招兵也不可能，那相当于是在额头上写明“造反”两个字，无奈之下，他想起了中华文化中一条古老的智慧法则——走后门。

他的第一个后门就是刘瑾，送了一大堆钱后，请求恢复护卫，刘公公大笔一挥，给他批了。朱宸濠高兴得不行。

可惜过了没多久，刘公公就被剐了，接任的人没收过好处不买账，大笔一挥，又把他的护卫给裁了。

朱宸濠连眼泪都哭不出来，这钱算是白送了，他一边咒骂那些收钱不办事的恶人，一边继续筹钱送礼。这次他的目标是钱宁。

钱宁和清廉这两个字简直就是不共戴天，他二话不说就收下了，还明白地表示，如果有什么困难，兄弟你只管开口。

在他的帮助下，宁王的护卫再次建立，他又有了招兵的指标。可他发现，光凭这些兵还不够，思前虑后，他居然产生了一个天才的构想——招聘。

他招聘的范围主要包括：强盗、小偷、水贼、流氓地痞、社会闲散人员等，反正一句话——影响社会和谐的不安定因素。而且学历不限，性别不限、年龄不限，能闹事就行。

这些被招聘来的各犯罪团伙头目的名字也很有特点，比如什么凌十一、吴十三，和当年的贫农朱八八，走私犯张九四一对比，就知道这都是些什么货色。

这种兵匪一体的模式也决定了他手下部队的作战方式——边打边抢，这也是没办法的事情，由于长期从事特殊职业，他们早已养成了良好的工作习惯。

甭管怎么七拼八凑，反正人是凑得差不多了，就这么着吧。

除了兵力外，朱宸濠遇到的另一个难题是关系，要想好好地成功地造反，必须有一个良好的关系网，于是他利用当时的江西驻京衙门（相当于江西省驻京办事处）结交了很多大臣，并且广拉关系，四处请人吃吃喝喝，声势很大。

朝中大臣对他的这一举动都有所察觉，也有人上书报警，但奇怪的是，当时的内阁首辅杨廷和却对此不闻不问。

原因很简单，杨廷和收了朱宸濠的钱。

请诸位不要吃惊，这在史料上是有记载的，朱宸濠先生花钱拉关系，对这位第一把手当然不会放过，好吃好住，搞好娱乐，杨廷和先生也就睁一只眼闭一只眼了。

当然了，杨廷和并不支持、也不知道朱宸濠决心造反，他认为这个人不过想拉拉关系而已。当时的物价已经涨了，可是工资没有涨，所以杨廷和兄似乎认为收点儿黑钱也不是啥新鲜事。

生活是艰难的，工资是不够的，当时另一位重臣忠臣杨一清也干过额外创收的事情，不过他主要是帮人写字和墓志铭，再收人家的润笔费，也算是按劳取酬，生财有道。

无论如何，朱宸濠靠着钱财铺路，打开了关系网，为自己即将开创的事业奠定了基础。从当时的时局看，朱厚照本人不太愿意做皇帝，奸臣小人如钱宁、江彬等人也十分猖獗，文官集团似乎也对朱厚照失望了。

而自己不但占据了地利，还有人在朝中接应，胜利应该很有把握。

于是他终于下定决心，决心打破和平的环境，决心用无数无辜百姓和士兵的性命去实现他的野心，从后来的事情发展看，他确实有可能成功，只是要实现这个“成功”，还要加上一个假设条件：

如果没有王守仁。

东山再起

悟道之后的王守仁老老实实地在山区耕了两年地，在耕地期间，他发展了自己的哲学，成为了远近闻名的山区哲学家，当时贵州教育局的官员们经常请他去讲课，还有人专门从湖南跑来听他的课。

可这些并未改变他的环境，直到刘瑾的死亡。

王守仁终于等到了出头的一天，正德五年（1510），他被任命为庐陵知县，即将上路赴任。

整整三年，这是王守仁一生中最为重要的三年，在这里，他获知了秘密的答案，也拥有了无尽的力量和智慧。

他向这个给他一生最重要启示的地方投下了最后一瞥，然后跨过重重山隘，走出了关口，重见天日。

再起之时，天下已无人可与匹敌。

王所长变成了王县令，终于可以大张旗鼓地干活了，可刚过了七个月，他就奉命去南京报到，成为了刑部主事。刑部的椅子没有坐热，他又被调到了北京，这次是吏部主事，然后是南京太仆寺少卿，南京鸿胪寺卿。

而到了正德十一年（1516），他竟然当上都察院高级长官左佥都御史，奉命巡抚江西南部。

翻身了，这回彻底翻身了，短短六年，他从没有品的编外人员一晃成为了三品大员，实在是官场上的奇迹。

可是官场上是不存在奇迹的，他能够在仕途上如此顺利，是因为有两个人在暗中支持他。

这两人一个是杨一清，另一个是兵部尚书王琼。

杨一清曾经见过王守仁，多年江湖滚打的经验告诉他，这个人是难得的奇才，是可以挑大梁的，所以他对此人一直十分关注，刻意提拔。

而另一个王琼就更有意思了，这个人名声很差，擅长拍马屁，拉关系，他和钱宁、江彬的关系都很好（钱宁和江彬是死对头），常常为正人君子所不齿。

然而，他却是一个不折不扣的好人，也是一个有能力的人。

坏人拍马屁是为了做坏事，好人拍马屁是为了干实事。所以在王琼那里，马屁只是一种技术手段，和人品问题没有关系。

王琼掌管了兵部，利用手中掌握的大权，颁布了很多有利于国家的政策，并废除了许多不合理的制度，而他每次提出建议，总是能够获得批准。

因为管事的钱宁和江彬都是他的哥们，兄弟的奏折自然是第一时间签字盖章的。

而他第一次看到王守仁的时候，就用一句话表达了自己的感想：

“若用此人，可保天下太平！”

他充分运用了权力，破天荒地连续破格提拔王守仁，不理会别人的嘲讽和猜测，因为他知道，自己这样做是正确的。

正德十二年（1517）正月，王守仁正式到达江西，开始履行巡抚的职责。可到了这里他才发现，情况和想象的有很大不同。

原来王琼任命他的时候，私下说是安排下基层锻炼，转转就行了，然而王守仁到地方一看，才发现他的辖区当时正盛产一种特产——土匪。

王守仁终于醒悟了，临走时王琼那老奸巨猾的面孔和奇怪的笑容立刻浮现在他的眼前。

尚书大人，你真不够意思啊。

但是哲学家王守仁是不怕困难的，当年在贵州种田扶贫都不怕，还怕打土匪么？

可慢慢他才发觉，这帮土匪绝不是那么简单的。

他们不但人多势众，而且作战勇猛，消息灵通，更为可怕的是，在他们的背后，似乎有一股强大势力在暗中支持。

王守仁看出了这一点，他没有仓促出兵，而是仔细研究了以往剿匪的战例，终于发现了一个十分奇怪的巧合：那就是每次官兵出击，不是扑空就是中埋伏。很少能够展开作战。

土匪怎么可能知道官兵的行动？答案只有一个——卧底，在官府中有土匪的卧底。

王守仁决定解决这些人。

不久之后，他突然发布命令，表示最近要集中兵力剿灭土匪，来一次突然行动，要各军营作好准备。

然而，大家忐忑不安地等待了很久，却没有得到开战的命令，与此同时，身边的一些同事突然失踪，之后又被放了回来，而且个个神色慌张，怎么问也不开口。

这是王守仁的诡计，他先放出消息，然后派人盯住衙门里的各级官吏，发现去通风报信的就记下，回来后全部秘密逮捕。但他最高明的地方在于，这些人他一个也不杀，而是先进行爱国主义教育，再问清楚他们家庭住址和家庭成员，聊几句诸如“希望你的母亲、子女保重身体，我们会经常去探望”之类的威胁性话语。

软硬兼施之下，这些人乖乖答应当官府的卧底，成为了双面间谍。这下子土匪们就抓瞎了，很多头目就此被一网打尽。

王巡抚却意犹未尽，他决心把这场“江西剿匪记”演到底，拿出了绝招——十家牌法。

所谓“十家牌法”，通俗点儿说就是保甲连坐，十家为一个单位，每天轮流巡逻，如果出了什么事情，大家就一起完蛋。这一招实在太狠了，搞得本地土匪连过年都不敢回家，只能躲在深山里一边啃树皮一边痛骂王守仁。

土匪也是有尊严的，他们再也无法忍受了，软的不行就来硬的！与其被王大人玩死，还不如起来拼一拼。

可惜王大人实在是一个软硬不吃的人。

可怜的土匪们不会知道，王守仁先生通常被后世人称为“四家”：伟大的哲学家、军事家、政治家、文学家。这四个称谓他都当之无愧。

所谓军事天才，就是不用上军校，拿一本盗版《孙子兵法》也能打仗的人，王守仁就属于这一类型，他不但会打仗，还打出了花样。

他的用兵方法可以用两个字形容——诡异。

别人打仗无非是敌进我退，敌退我追，兵多就打，兵少就跑。王哲学家却大大不同，他从来不与敌人正面交锋，从来都是声东击西，你往南走，他偏往北，经常搞得敌人晕头转向。

不按常理出牌也就罢了，有意思的是，这位仁兄还有个不合常理的习惯，即使兵力再少，他也敢出战，士兵不够他就玩阴的，什么挖坑打埋伏，那是家常便饭，更为奇怪的是，即使他占据绝对优势，把对手围得如铁桶一般，也从不轻易发动进攻，如果时间允许，总要饿他们个半死不活，诱使对方突围，钻入伏击圈，才开始发动总攻。

基本上这几招一路下来，神仙也会被他整死的。

公正地讲，在日常生活中，王巡抚确实是一个正直忠厚的老实人，可到了战场上，他就会立马变得比最奸的奸商还奸，比最恶的恶霸还恶。

江西的土匪们很快就要面对这位王大人了，真是一群苦命的人啊。

土匪们很快结成了同盟，集合兵力准备和王大人拼命，王守仁的手下有些担心，劝他早作准备，王守仁却满不在乎：

“一起来就一起收拾好了，也省得我去找他们，有啥可准备的？”

土匪们也听说了这句话，他们虽感觉自己的人格尊严没得到承认，比较生气，但这也同时说明王守仁轻视他们，暂时不会动手。对他们而言，这是一个很好的准备时机。

其实土匪朋友们应该记住一个真理，在战争时期，王守仁先生说的话，是要反过来理解的，否则你被他卖了还要帮着数钱。

就在他们躲在深山中休养生息的时候，王守仁突然调集军队主力大举进攻，土匪们措手不及，被堵在了赣南山区，全部都被包了饺子。

王守仁包围了他们之后，却突然不动弹了，一直置之不理，仿佛这事就不是他干的，土匪们急得不行，粮食也不够吃了，是打是抓您表个态啊！

没办法了，被逼上绝路的土匪们准备突围了。

可他们刚向包围圈发起冲锋，后路却突然出现大批人马，退路随即被切断，他们又一次掉进了王守仁设置已久的陷阱，很快被打得溃不成军。大部投降，小部逃窜。

经过这一仗，王守仁真出了大名了，那些逃回去的人又大肆宣传，说王巡抚长了八个脑袋，九条胳膊，厉害得没了边，于是剩下的土匪们一合计，这个阎王是惹不起了，不如先服个软，暂时招安，反正你老王总是要走的，到时候再闹也不迟。

就这样，土匪头们手牵手、肩并肩地到了巡抚衙门，表示愿意服从政府管理，改当良民。

其实这一招倒也不坏，可到王大人那里，实在是过不了关的。

因为王大人有一个好习惯——查档案。在剿匪之前，这些人的老底他早摸得一清二楚，真心假意他心里有数。

土匪们看到王大人以礼相待，都十分高兴，以为糊弄过去了，可是没过两天，王大人突然发难，杀掉了其中几个人，而这几个人都是曾经受过朝廷招安的，对这种老痞子，王守仁是不感兴趣的。（这一条如果推广使用，张献忠早就没命了）

杀鸡给猴看，这一招用出来，就没什么人敢动了，于是假投降就变成了真投降。

就这样，烦了朝廷十几年，屡招不安，屡打不平的江西土匪被彻底扫平了，王守仁先生在几个月的时间里，连打带拉，连蒙带骗，终于解决了问题。

江西剿匪记在明代历史上并不起眼，但对于王守仁而言，却有着非同一般的意义。

要知道大凡历史上干哲学这行的，一般都满足两个条件：第一，智商要过剩，弱智白痴是禁止入内的（大智若愚者除外）；第二，必须是吃饱了没事干（饭都吃不饱还搞啥哲学）。

哲学有这么高的门槛，是因为它是世间一切科学的基础，如果你够厉害，理论上是什么学科都可以搞得定的。

别人我不敢说，至少王守仁先生是符合这两个条件的，他已经成为了一个哲学家，而这帮赣南土匪们正好为他提供了另一个机会——突破的机会。

因为随着时间的流逝，王守仁终于发现光懂得哲学是不够的，整天谈论“心学”并没有什么效果，“心学”并不能打跑土匪，他隐约地感觉到，要想理论联系实际，成功立业处世，还需要另一样神秘的工具。

经历了穷山野岭的荒凉、无人问津的落寞、曾经悟道的喜悦后，王守仁又一次来到了关口，在江西的两年，由于遍地都是土匪，他只能四处出差专职剿匪，没有时间去研究他的哲学。

上天没有亏待王守仁，正是在这金戈铁马、烽火连天的两年中，王守仁逐渐找到了这一样工具，并且熟练地掌握了它。

有了这件工具，他才能超越众多的前辈，成为理学的圣贤。

有了这件工具，他才能成就辉煌武功，为后人敬仰。

有了这件工具，他的哲学方为万人信服，远流海外，千古不朽。

而后世的名臣徐阶、张居正也正是借助了这件工具，建立不世功勋，名留千古。

这件工具的名字叫做“知行合一”。

关于知和行的关系，是一个中国哲学史上的根本问题，这个麻烦从诸子百家开始，一直到后来的孙中山，历时几千年，骂了无数次，吵了无数次，始终无法解决。

我也不能解决，但我可以解释。

其实这个问题说穿了，就是一个理论和实践的问题，有人认为知易行难，懂得理论是容易的，实践是很难的，有人认为知难行易，领悟道理很难，实践很容易。

比如朱圣人(朱熹)就主张知难行易，这也好理解，按照他那个“格”法，悟道是很难的，但执行似乎是很容易的。

大家可能很难想象，但就是这么个玩意儿，折腾了上千年，直到今天，都没停过。

此刻王守仁站了出来，他大声喊道：

懂得道理是重要的，但实际运用也是重要的！

这句话的真正意思是：要想实现崇高伟大的志向，必须有符合实际、脚踏实地的方法。

这绝不仅仅是一句话，而是一种高深的处事和生活智慧，足以使人受用终身，所以它看起来很容易明白，实际上很不容易明白。

二十多年后，有两个人先后读了他的书，却都看到了“知行合一”这句话，一个人看懂了，另一个人没有看懂。

看懂的那个人叫张居正，没有看懂的那个人叫海瑞。

四百年后，有一个年轻人看到了这句话，佩服得五体投地，以此作为自己的终身行为准则，并据此改名——陶行知。

不祥的预兆

领悟了“知行合一”的王守仁不再空谈理论和哲学，因为残酷的现实让他明白，光凭说教和四书五经是解决不了问题的，要让土匪放下手中的刀，最好的方法是用火枪。

怀揣着这种理念，王守仁即将迎来自己人生中最为艰难的考验。

对这些土匪，他一直十分纳闷儿，既不经看，也不经打，如此的一群废物，怎么就敢如此嚣张搞规模经营呢？而在讯问土匪时，他终于找到了这个问题的答案——宁王朱宸濠。

毫无疑问，这些土匪的背后或多或少地有着朱宸濠的影子，身为一个藩王，却去和强盗打成一片，总不能理解为深入群众吧。

知县拉关系是想升知府，侍郎拉关系是想当尚书，藩王拉关系是想……

于是王守仁很快找到了答案，唯一的可能的答案。

问题严重了，他立刻跑去找孙燧。

孙燧，时任江西巡抚，浙江余姚人，不但是王守仁的老乡，也是他同朝为官最好的朋友。

当时的王守仁只是江西南部（赣南）巡抚，且主要任务就是剿匪，这么大的事情，他没法拍板当家，只能找孙燧。

然而，当他跑到巡抚衙门，找到孙燧上气不接下气地说完这件事情后，却只换来了一个奇怪的反应。

孙燧是苦笑着听他说完的，然后他叹了一口气，只说了一句话：

“兄台你现在才知道？”

这下轮到王守仁傻眼了。

正德十年（1515）十月，河南布政使孙燧接到了一份命令，中央决定提升他为都察院右副都御史，这本是一件好事，但孙燧却高兴不起来。

因为后面还有一个任命——派江西巡抚。

江西，对当时的朝中官员来说，是一个死亡之地。

就在几年前，江西巡抚王哲光荣上任，可没多久，他竟突然离奇死亡了，朝廷派董杰接替他的位置，才过了八个月，董杰兄也死了，死得不明不白，后任的两位巡抚还没干到一年，就自动收拾包裹回来了，宁可不做官，也不在那里住。

其中奥妙朝廷的高级官员都心知肚明，却不吱声。

收了人家的钱，自然不好吱声。

可是江西不能没有人去，也不知是哪位仁兄和孙燧有仇，竟然推荐了他。孙燧就这样被推到了悬崖边上。

然而孙燧回答：“我去！”

他叫来了自己的妻子，跟他交代自己的后事，妻子吓得不行，问他是怎么回事。孙燧只是叹气说道：

“这次我要死在那里了。”

“既然如此，那咱不当这个官，不去还不行吗？”

“国家有难，自应挺身而出，以死报国，怎能推辞！”孙燧义正辞严地这样回答。

他遣散了所有的下人，安置好家人，告别妻子，带着两个书童，就此踏上不归路。

到江西后，他却十分意外地受到了宁王的热烈欢迎，送钱送物不说，还时常上门探访，可谓热情之至。

但孙燧拒绝了，他还了礼物，谢绝探访。这是因为他很明白，拿了人家的东西，就要给人家办事。而宁王要办的事情叫做谋反，现在收了东西，将来是要拿脑袋去还的。

然而之后不久，他就发现身边的人都在监视着自己，无论他干什么事情，宁王总是会预先知道，有时还会故意将他在某些秘密场合说过的话透露出来。甚至他的住处也时常有可疑人员出没。

面对这一切，孙燧并没有屈服，他依然毫无畏惧地留在了这里。

因为留在这里，是他的职责。

看着这么个软硬不吃的家伙，宁王十分头疼，无奈之下只能出暗招，他派人给孙燧送去了四件东西——枣、梨、姜、芥。

看到这些东西的孙燧笑了，他知道了宁王的意思——早离疆界。

之后的事情就出乎宁王的意料了，孙燧十分大方地吃掉了这些特殊的“礼品”，却一点儿也不动窝。

在如此险恶的环境中，孙燧独自坚持了四年，而现在，他终于有了一个战友——王守仁。

可这二位一合计，才发现他们根本没有胜算，说起来两人都是巡抚，却都是空架子，王守仁手上也没有兵，因为明代规定，巡抚并无兵权，需经过中央审批，方可动用，王大人平日手下只有几个民兵组织，抓扒手维持治安也还凑合，哪里能去打仗？

千辛万苦，终于找到了组织，可组织也没办法，二位同乡又陷入了无言的彷徨中。

孙燧和王守仁不知所措的时候，宁王却正干得起劲儿。

天才的悲剧

从宁王朱宸濠的行动来看，他始终遵循着这样一条人生格言：谋反大业，人才为本。

从史料分析，这位仁兄虽有野心，但智商并不很高，很多事情都解决不了，为了弥补自己的弱点，他挂出高薪招聘的牌子，在社会上广泛招募人才。

因此上门的人不少，可是经过面试，朱宸濠发现混吃混喝的居多，有才能的几乎没有，只有一个叫刘养正的还勉强凑合，便就此拍板，任命他为造反行动总助理。

之后又有一个叫李士实的，先前做过侍郎，后来辞官回家，朱宸濠感觉他也不错，就一起招了回来，安排他再就业。

但这两个人并不能让朱宸濠满意，他十分纳闷儿，人才都去了哪里？

这个问题我来回答：都去考试做官了。

朱宸濠同志生不逢时啊，要知道，人才这种稀缺资源，只有在朱元璋那天下大乱的年头，才会四处乱跑去混饭吃。太平盛世，谁肯提着脑袋跟你造反？还不如好好读书，混个功名，这才是真正的正道。

再看看他手下这两个人才，一个刘养正，举人出身，进士考不上，仗着读了几本兵书就敢说自己熟读兵法，运筹帷幄，除了能侃啥用都没有。

还有那个李士实，朝廷混不下去了，回家到宁王这里吃闲饭，据说除了点头举手同意，就没有干过什么事情。

就是这么两个货，居然被他当做卧龙、凤雏养着，也算别有眼光。

其实朱宸濠知道自己缺人才，但他也没有办法，正当他为此愁眉苦脸的时候，有人告诉他，已经在苏州找到一个真正的人才，若此人加入，大业必成。

朱宸濠大喜，准备亲自派人去请这个人。

说来惭愧，此人已经被我们丢到后台整整二十年了，现在是时候请出来了。

伯虎兄，上场吧！

二十年前，唐伯虎上京赶考，落得一个悲惨的下场，好歹出了狱，他本想振作精神，回家过点儿平静的日子，可当他返乡后，才发现一切都超出了他的预料。

原先笑脸相迎的乡亲已经换了面孔，除了藐视还是藐视，他的书童下人也不再崇敬他，有时竟然还敢反客为主，大声训斥他。他的老婆非但不体谅他，还时常恶语相向。

更让他痛苦的是，连在家门口看门的旺财看见他也是汪汪大叫，追着他来咬。

这并非玩笑，以上描述出自唐伯虎给朋友的书信，每一个字都是残酷的事实。

在残酷的事实面前，唐伯虎彻底绝望了，他不再相信圣贤之言，也不再寒窗苦读，他已经失去了做官的资格，读书还有什么意义！

从千尺高台跌落下来，遭受无尽的歧视和侮辱，从此他没有梦想，没有追求，他只需要一样东西——醉生梦死的快乐。

从此他开始在全国多个地方的著名妓院流窜，由于他文采出众，迷倒了很多风尘女子，甚至许多人主动来找他，还愿意倒贴，也算是个奇迹。

所谓风流才子的称号也正是从此刻开始传扬的，毕竟风流倜傥、纵意花丛是许多人所梦想的，但他们不知道，在唐伯虎那纵情的笑容背后，是无尽的酸楚。

就在唐伯虎人生最低谷的时候，朱宸濠来到了他的身边，伸出了手——将他推向了更低谷。

接到朱宸濠的邀请，唐伯虎一度十分高兴，就算当不了官，给王爷当个师爷倒也不错，而朱宸濠对他的礼遇也让他感到自己终于找到了明主。

然而很快，他就发现朱宸濠这个领导不太地道，他总是和一些不三不四的土匪流氓接触，而且囤积了很多粮草、兵器，还经常看着全国地图唉声叹气，作义愤填膺握紧拳头状。

怕不是要造反吧？

逛妓院虽然名声不好，也就是玩玩而已，这可是个掉脑袋的事情啊，还是快点儿溜号吧。

有饭吃、有妓院逛的唐伯虎没有朱重八那样的革命觉悟和革命需求，他不过是想混碗饭吃。

问题是，你想走，就能走吗？

让你看了那么多的机密，知道了内情，不把脑袋留下，怎么舍得让你走呢？

四十九岁的唐伯虎面对着生命威胁，又一次迸发了智慧的火花，他决定学习前辈的经验——装疯。

只有装疯，才能让朱宸濠相信，他什么也没有看见，即使看见了也不会说话，即使说话也不会有人信。

唐伯虎到底是才子，装疯也装得很有风格，比当年吃狗屎的袁凯厉害得多，因为他想出了一个绝招——裸奔。

真是舍得下本钱啊。

从此，伯虎兄摒弃了传统观念，坚决一脱到底，光着身子四处走，看见大姑娘就上去傻笑，还经常高呼口号：“我是宁王的贵客！”

他这一搞，整个南昌城都不得安宁，许多人纷纷出来看热闹，朱宸濠的面子算是给丢光了，他气急败坏，连忙下令赶紧把这位大爷送回苏州，别在这里丢人现眼。

终于虎口脱险的唐伯虎松了一口气，但在庆祝劫后余生的同时，他对人生也已经彻底绝望。

他此后的生活可以用四个字来形容——彻底堕落。

夜以继日的饮酒作乐、纵情声色，摧垮了他的身体，却也成就了他的艺术，他的诗词书画都不拘泥于规则，特别是他的人物画，被认为三百年中无人可望其项背。

但也就到此为止了，四年后（嘉靖二年，1523），这位中国文化史上的天才结束了自己坎坷的一生，永远归于沉寂。

有时，我也会看电视上那些以唐伯虎为原型的电视剧，看着他如何智斗奸臣，看着他如何娶得美人归，这些情节大都十分搞笑，但无论如何，每次我都笑不出来。

因为在我的脑海里，始终浮现着的，是那个真实的唐伯虎，是那个意气风发的年轻人、那个怀才不遇的中年人、那个心灰意冷的老人，是那个在无奈中痛苦挣扎、无比绝望的灵魂。

只有那首桃花歌仍旧在诉说着他的心声，萦绕千载，从未散去。

别人笑我太疯癫，我笑他人看不穿。

不见五陵豪杰墓，无花无酒锄作田。

第十五章　孤军

诀别

送走了唐伯虎的朱宸濠却没有丝毫的忧伤愁绪，他正鼓足精神，准备着自己的造反事业。

王守仁与孙燧的暧昧关系没有逃过他的眼睛，对这两个人，他一直十分头疼，孙燧就不说了，王守仁他也是久闻大名，将来一旦动手，此二人将是最强大的敌手。

但目前是造反的最关键阶段，毕竟是两个巡抚，如果私下派人黑了他们，恐怕要出乱子，可要是放任不管，又似乎不太妥当。

此时，刘养正却提出了一个疑虑，打断了朱宸濠的思索。

“如果他们把这里的情况上奏朝廷怎么办？”

朱宸濠看着担忧的刘养正，突然笑了：

“这个问题你不用担心。”

说话之间，他突然想出了一个主意：

“你去找人通知孙燧和王守仁，我要和他们见一面。”

孙燧和王守仁也正在商量着对策，在对目前的态势进行仔细分析后，王守仁得出了一个我方前景的科学预测——死路一条。

孙燧十分同意这个观点。

皇帝是不能指望了，朱厚照兄也没工夫搭理这些事情，能给皇帝递话的那几个宠臣，如果没有钱是打不通关系的。而根据最新消息，拥有兵权的江西镇守太监也已经被朱宸濠收买。

现在是彻底的“三没有”状态，没有兵，没有将，也没有人管。四周都是朱宸濠的人，天罗地网，无所遁形。

这种情形在兵法里有一个特定的称呼——“绝地”。

“那就向朝廷内阁直接上书吧。”王守仁提出了似乎唯一可行的建议。

然而，孙燧摇了摇头，反问了一句：

“有用吗？”

自从朱宸濠招兵买马以来，从言官、御史到各级地方官员，告他的人数不胜数，可没一个人能够告倒他。

为什么？

除了有宠臣钱宁保他之外，内阁中的那个人和他也有着扯不清道不明的关系。

对于那个人，王守仁并不陌生，他明白孙燧的意思。

唯一的一条路似乎也不通了，王守仁又陷入了冥思苦想之中。

忽然他眼睛一亮，有了一个想法：

“还是写封书信送到朝廷去吧。”

孙燧有点儿不耐烦了：

“不是告诉过你没用吗？”

“你误会了，不是给内阁，而是送给另一个人的。”

王守仁的脸上露出了狡黠的笑容。

“我只是要一样东西而已。”

朱宸濠的使者到了，他通知两人，朱宸濠邀请他们吃饭，务必赏光。

王守仁和孙燧对视一眼，立刻答应了。

这次宴会的日期大致在正德十四年（1519）的四五月间，距离最后日期的到来已经很近了，双方将在这场宴会上展开撕破脸前的最后一场交锋。

出人意料的是，宴会是在和睦的气氛中开始的，朱宸濠似乎也不想谈其他问题，只是关心地问王守仁是否习惯这里的生活，是否缺少生活用品等，王守仁作了得体的答复，但他并没有放松警惕，因为他知道，这场宴会绝不会如此简单。

果然，不久之后，朱宸濠还是发难了。

他愁眉苦脸地叹了口气，说道：

“皇上总是出巡，国事也不怎么理，如此下去怎么得了啊。”

王守仁愣住了，这是一句很犯忌讳的话，朱宸濠竟然公开说出来，莫非是想摊牌？

可还没等到他反应过来，旁边一个人突然站起来，厉声说道：

“世上难道没有汤武吗？”

这句话实在太要命了，王守仁立刻转身，寻找发言人，然后他发现了满面怒气的退休侍郎李士实。

话说到这个份儿上，不能不还击了。

王守仁纹丝不动地坐着，平静地接了一句：

“汤武再世也需要伊吕。”

幕后人物终于出场了，朱宸濠接着回答：

“汤武再世，必定有伊吕！”

王守仁还是那副平静的表情：

“有伊吕，还怕没有伯夷、叔齐吗？”

听到这句话，朱宸濠涨红了脖子，半天说不出话来。

这是一段不太容易理解的对话，我来解释一下，他们谈论的汤武等人都是商代的著名人物，这里就不一一介绍了。这段话用我的语言来翻译，大概是这个样子。

“世上没有敢造反的人吗？！”

“有造反的人也需要一个得力的帮手。”——此处意思是你李士实没有什么能力。

“有人敢造反，就一定会有得力的帮手！”

“即使你有得力的帮手，但国家一定会有忠臣！”

大意翻译完毕，换到今天，这样说话的人应该被拉出去修理一顿。

宴会的气氛突然变得紧张起来，双方都不发一言，以沉默互相对抗。

此时，孙燧突然站了起来，对朱宸濠的热情款待道谢。

大家都如释重负，王守仁趁机提出道别，这场剑拔弩张的宴会就此结束。

朱宸濠本想借着这次宴会摸摸王守仁的底，他基本达到了目的。

而王守仁和孙燧却在宴会上感受到了浓厚的杀意，他们已经感到，反叛的刀锋正向他们不断迫近。

之后环境变得更为恶劣，来历不明的人开始在街头成群结队地出现，拿着刀剑招摇过市，地方官员都睁一只眼闭一只眼，谁也不去管。王守仁和孙燧则成为了重点保护对象，他们的住所周围整天都有朱宸濠的人严密监视。

就在这日渐恐怖的环境中，王守仁终于等到了他要的东西。

不久之前的那封神秘的信，朝廷内的接收人并不是内阁，而是兵部尚书王琼。

在信中，王守仁向自己的老上级只要了一样东西——旗牌。

旗牌是明代的一种制度规定，这里就不多说了，我们只介绍一下它的作用——调兵。

王守仁之前征讨土匪时曾经拿过旗牌，之后又还了回去，也算是有借有还，但这不是王守仁的品德好，其实他老兄不想还，可是又不得不还。

因为明代的朝廷绝不允许地方拥有军事力量，所有的军队都要统一听从国家中央指挥。

但眼下这个环境，宁王造反只是个时间问题罢了，一旦事发，没有准备，大家只能一起完蛋。

所以王琼破例给了王守仁使用旗牌的权力，宁王实在太可怕了，宠臣中有人，内阁中也有人，朝中大臣很多都收过他的钱。而王守仁和孙燧什么都没有。

这是我唯一能提供的帮助，剩下的一切只能靠你自己。

得到许可、拿了旗牌的王守仁十分高兴，他兴奋地跑去找孙燧。

可当他来到巡抚衙门，告诉孙燧这个消息时，他的这位同乡不但没有丝毫喜悦，反而端正地整理了身上的官服，说出了一句王守仁做梦也想不到的话：

“你还是离开这里吧。”

王守仁呆住了，他正想说点儿什么，孙燧却摆了摆手，说出了他必须离去的缘由。

“那样东西（旗牌）现在还没用。”

王守仁恍然大悟。

他们不过是两个小小的巡抚，对方却是藩王，总不能自己先动手吧，所以现在这玩意儿还不能用。

现在不能用，那什么时候能用呢？

很简单，宁王谋反的时候就能用了。

谋反不是搭台唱戏，到了那个时候，不肯屈服的孙燧必定是第一个被害者。

王守仁彻底明白了，孙燧的意思是，他将在这里留守，直到宁王杀掉他为止。

而在他死去的那一天，才是可以使用旗牌的时候，逃出生天的王守仁将拿起这件工具，起兵反抗，平定叛乱。

孙燧抱着必死的信念，把生的希望留给了王守仁，因为他相信王守仁一定能够完成平叛的重任。

他所要做的只是从容赴死。

“那你和我一起走吧。”这似乎是一个两全其美的方法。

“我是国家委派的江西巡抚，这里就是我的职责所在，死也要死在这里！”

王守仁没有多说什么，他理解，也尊重孙燧的这种选择。

他整好衣冠，郑重地向孙燧作揖行礼，然后大步离去。

对着王守仁那渐行渐远的身影，孙燧大声说出了他此生最后的祝愿：

“伯安（王守仁字伯安），珍重！”

王守仁听到了这句话，却没有回头，因为他知道，要报答这个勇敢无畏的人，他还有很多事情要做。

惊变

孙燧的判断是正确的，因为几乎就在同一时刻，朝中发生了一件事情，而这件事最终让朱宸濠的阴谋败露了。

宁王朱宸濠一度很自信，因为他已经买通了钱宁、杨廷和等朝中位高权重的人，自认为后台够硬，可他没有想到，他的这番动作却得罪了一个更为强势的人。

这个人就是江彬。

江彬是武将出身，陪同朱厚照出巡北方，还参加了多次战斗，很受朱厚照的信任，红得发紫，这下子钱宁就不高兴了，因为他的特长只是拍马屁，而江彬则比他多了一门技术，不但能拍马屁，还能陪着皇帝打仗。

一来二去，两个人就成了冤家，互相寻找对方的破绽。江彬先下手为强，决定在宁王的身上做文章。

这个消息不胫而走，经过路边社的报道，越传越广，很多对钱宁不满的人也准备借这个机会下一剂猛药。

恰好此时，一贯善于随机应变的杨廷和也感觉到不对了。照这么个搞法，宁王那边要出大问题，到时自己也跑不掉。他决定解决这个难题。

于是在众人合力之下，朱厚照决定派人去警告一下宁王，让他老实一点。

事实证明，杨廷和先生受人钱财，替人消灾，还是很够意思的，他特意跟使者交代，只要把意思传达到就行了，没有必要把事情搞大。

为解决这件事情，杨廷和费尽了心机，用尽了脑筋，四处周旋，本以为能天衣无缝地做到功德圆满，可惜，他还是疏忽了致命的一点：

朱宸濠先生的心理素质不过关啊！

当皇帝使者前来的消息传到南昌的时候，朱宸濠正在举办他的生日宴会，听到这件事情，他十分吃惊，当即停止宴会，找来了刘养正商量对策。

面对着朱宸濠期待的目光，刘养正十分镇定，不慌不忙地对这件事情作出了客观科学的分析：朝廷中的关系都已经打通，而且一直无人通报此事，现在却突然派出使者前来，一定是有了大的变故。必须立刻行动，否则可能性命不保。

“事情紧急，刻不容缓，应该动手了！”

刘养正是个让人哭笑不得的家伙，读书没心得，进士也考不中，却整天目空一切，杨廷和先生神童出身，考试成绩优秀，在官场混了二三十年，好不容易想了个辙，准备大事化小，却被这位仁兄插了一杠子，非要捅破天不可。

这么看来，科举还真算是个好制度。

朱宸濠紧张了，他相信了刘养正的说法，这是很正常的，以他的资质也就能和刘养正这一类人混了。

他决心造反了。

但在此之前，必须先解决孙燧这个令人头疼的人物。

所以他特地选定了谋反的日期——明天。

明天是正德十四年（1519）六月十四日，这一天孙燧和巡抚衙门的官员将要到王府祝贺他的寿辰。而那时，将是动手的最好时机。

第二天。

孙燧带着他的巡抚班子来到了宁王府，然而一进府内，他就大吃一惊。

因为在祝寿的会场，除了来宾外，竟然还有另一群不该出现的人——几百个身穿闪亮盔甲、手持利刃的士兵。

扑面而来的杀气让孙燧打了个寒战，他意识到，今天可能要出事。

很快，宴会的主角宁王出场了，他的脸上没有过生日的喜悦，却似乎有着无尽的悲痛。

他哭丧着脸，向在座的人开始诉说他痛苦的原因：

“告诉大家，孝宗皇帝（朱祐樘）抱错了儿子啊！”

大家都傻了，这种八卦猛料您是怎么知道的？

宁王兄看见大家都被镇住了，越发得意：

“好在太后发现了，现在她已经下诏，让我起兵讨伐朱厚照，就是这么回事，大家知道了就行了。”

忽悠，您就接着忽悠吧。

孙燧最先反应了过来，事到如今，他也不讲什么礼数了，两步跑到宁王面前，伸出了手：

“太后的诏书呢？！”

朱宸濠把眼一横，风度也不要了：

“你少废话！我现在要去南京，你识相的就跟我一起走！”

孙燧终于发火了：

“你嫌命长啊！还想让我和你一起造反？！白日做梦！”

孙巡抚的反应很快，说完后立刻朝门外奔去，可又被侍卫拦了回来。

朱宸濠被孙燧激怒了，但片刻之间他已恢复了平静，慢慢地走到孙燧面前，冷笑地表达了他的愤怒：

“好吧，我成全你。”

此刻，面对这一切，随同的官员们的反应却着实让人难以置信，除了按察副使许逵挺身而出，大骂朱宸濠外，其余的人都保持了惊人一致的态度——沉默。

朱宸濠不以为然地挥了挥手，发布了命令：

“把他们两个带到城门外，斩首示众！”

然后他轻蔑地看着那些剩下的官员，亲切地询问：

“还有谁?”

等待他的仍然是一片死一般的沉默。

在暴力和死亡威胁面前，沉默的永远是大多数。

孙燧和许逵就这样被拉了出去，而孙燧实在是一条硬汉，即使被绳子捆住，依然骂不绝口，残忍的叛军打断了他的左手，也没有让他屈服。

他们就此被带到了惠民门外，这里是行刑的地点。

孙燧没有丝毫的慌乱，只是平静对许逵说道：

“事已至此，真是连累你了。”

许逵肃然回答：

“为国尽忠，是我的本分，何出此言?”

孙燧欣慰地笑了，他面对着几天前那个背影消失的方向，低首说出了最后的话：

“全靠你了。”

杀掉了孙燧和许逵，朱宸濠开始处理善后事宜，他的手下立刻趁机占领了巡抚衙门，接管了南昌城内的所有防务，一切都有条不紊地进行着。

然后他充分发扬了民主精神，派人到那些巡抚衙门的官员处一一登记，搞民意调查，内容只有一项：是否跟我一起造反。

回答是的人立刻封赏，回答否的人关进牢房。

最后结果是四六开，大部分人拒绝跟着他干，当然了，并非因为他们有多么的爱国，只是觉得跟着这位仁兄造反没什么前途而已。

事情大致解决了，刘养正找到朱宸濠，向他报告人员的招募情况。

朱宸濠看完了人员名单，却皱起了眉头。

刘养正刚准备请示下一步的行动计划，朱宸濠挥手制止了他：

“还缺了一个人。”

“他应该还没走远，现在马上派人去追，追上之后，格杀勿论！”

孤军

王守仁确实还没有走远，他跟两个随从刚刚沿水路走到了丰城，就获知了一个惊人的消息：宁王叛乱了。

随从们十分慌乱，王守仁却并不吃惊，他早就知道这一天必定会来临。

但当这一天真的到来时，还是显得那么突然。

孙燧，想必你已经以身殉国了吧。

王守仁仰望着天空，他知道自己再也见不到这位同乡好友了。

但还没等悲痛发泄完，他就意识到了一个更为严重的问题。

“马上停船靠岸。”王守仁下达了命令。

随从以为他要去办事，便紧跟着他上了岸。

可是他们跟着这位仁兄转了好几个弯子，也没见他去衙门，却又绕回了江边，另外找到了一艘小船，继续由水路前进。

这是演的哪一出？

“宁王是不会放过我的，他必已派人沿江而下追过来了，陆路太危险，是不能走的，刚才我们上岸，不久后我们走陆路的消息就会传开，足以引开追兵，而我们的船是官船，目标太大，换乘小船自然安全得多。”

随从们呆若木鸡地看着平静的王守仁。

真是个老狐狸啊！

玩了一招调虎离山计的王守仁并没能高兴多久，因为他面临的，是真正的绝境。

宁王叛乱了，孙燧等人应该已经遇害，南昌也已落入叛军之手，而且这位王爷想造反也不是一天两天了，整个江西都安置了他的势力，许多地方随同反叛，情况已完全失去控制。

虽然有巡抚头衔，旗牌在手，但就目前这个状况，坐着小船在江里面四处晃悠，连个落脚点都没有，外面治安又乱，一上岸没准儿就被哪个劫道的给黑了，还不如留在南昌挨一刀，算是“英勇就义”，好歹还能追认个“忠烈”之类的头衔。

那还有谁可以指望呢？

兵部？王琼是老上级，应该会来的，不过等到地方上报兵部，兵部上报内阁，内阁上报皇帝（希望能找得到），估计等到出兵，宁王已经在南京登基了。

内阁也不能指望，且不说那个和宁王有猫腻的人会有何反应，自己好歹也在机关混了这么多年了，按照他们那个效率，赶来时也就能帮自己收个尸。

朱厚照？

打住，就此打住，这个玩笑开得太大了，算了吧。

没有指望、没有援兵、没有希望。

满怀悲愤的王守仁终于发现，除了脚下的这条破船外，他已经一无所有。

黑夜降临了，整个江面慢慢地被黑暗完全笼罩，除了船上的那一点儿灯火外，四周已经是一片漆黑。

王守仁仍然站立在船头，直视着这一片阴森的黑暗。

他第一次发现自己是如此的软弱无力，孙燧已经死了，宁王已经反了，那又如何？又能怎样！

心学再高深，韬略再精通，没有兵，没有武器，我什么都做不了。

事情就这样了吗？找个地方躲起来，等风头过去再说？

那孙燧呢，就这样白死了吗？

王守仁并不喜欢朱厚照，也不喜欢那群死板的文官，但他更不喜欢那个以此为名、造反作乱的宁王。

他痛恨践踏人命的暴力，因为在他的哲学体系里，人性是最为根本的一切，是这个世界的本原，而这位打着正义旗号的宁王起兵谋反，牺牲无数人的生命，让无数百姓流离失所，不过是为了他的野心，为了那高高在上的皇位。

打倒当权者的宁王，将是另一个当权者，唯一的牺牲品，只是那些无辜的老百姓，因为无论何时、何地、何人当政，他们都将是永远的受害者。

好吧，就这样决定了。

“去拿纸墨来。”王守仁大声说道。

随从们从行李中拿出了笔墨，递到了他的面前。

那一夜，王守仁没有睡觉，他伏在书案前，彻夜奋笔疾书，他要写尽他的悲痛和愤怒。

第二天一早，随从们发现了散落满地的纸张，出乎他们意料的是，所有的纸上都只写下了四个醒目大字：

誓死报国。

一夜未眠的王守仁依然站在船头，对他的随从们下达了最后的指令：

"等到船只靠岸时，你们就各自离去吧，先找个地方躲起来就是了。"

随从们对视了一眼：

"那王大人你呢？"

"我要去临江府。"

临江府，位于洪都下游，依江而建，距离洪都仅有二百余里，时刻可能被宁王攻陷，是极为凶险的地方。

"王大人，临江很危险，你还是和我们一起走吧。"

王守仁笑了：

"不用了，你们走吧，我还有一件必须要做的事情。"

随从们不是白痴，他们都知道王守仁要做的那件事情叫做平叛。

于是他们发出了最后的忠告：

"王大人，你只有自己一个人而已！"

王守仁收起了笑容，严肃地看着他们：

"我一个人就够了。"

预备

船很快到了临江，王守仁立刻下船，赶往临江知府衙门。

虽然他早有思想准备，可是路上的景象还是让他大吃一惊，无数的百姓听说战乱即将开始，纷纷携家带口，准备逃离，痛哭声、哀嚎声交织一片，搞得混乱不堪。

王守仁眼疾手快，顺手从逃难的人中拉出了一个身穿公服的衙役：

"戴德孺在哪里？"

临江知府戴德孺正准备收拾包裹，他已经得知了宁王叛乱的消息，虽然他并不想就此一走了之，却也还舍不得死，合计一下之后，他还是决定先当一回好汉——好汉不吃眼前亏。

他这一走，衙门里的人纷纷都准备跑路，公堂之上也是乱成一片。

关键时刻，有人进来通报：赣南巡抚王守仁到了。

从级别上说，王守仁是他的上司，放在平时，是要搞个仪式，摆个酒席隆重接待的，可在这要人命的时候，他来这里做甚？

很快，王守仁就用响亮的声音回答了他的疑问：

“都不要走了，留在这里随我平叛！”

要说戴德孺也真不是孬种，听到这句话，他十分兴奋，当即作出了表示：

“既然有王大人做主，我等愿意一同为朝廷效力，平定叛乱。”

当然了，实际问题还是要问的。

“不知道王大人带了多少人马？”

然后他才得知，这位巡抚大人也是刚逃出来，无一兵一卒，是个彻底的光杆。

可就是这位光杆巡抚，孤身一人竟然敢来平叛！

大敌当前，戴德孺也顾不得什么官场礼仪了，他看着王守仁，略带讽刺地问出了所有人都想问的话：

“王大人，现在就我们这几个人，你凭什么认定能够平叛呢？”

是的，没有朝廷的支持，对手又是藩王，你有什么理由如此自信，能够平定叛乱呢。

众人都停下了手中的活儿，等待着这个十分关键的回答。现场变得鸦雀无声，因为他们将根据这个回答，决定他们的去留。

“因为我在这里。”

王守仁环顾四周，用震耳欲聋的声音大声重复道：

“因为我在这里！”

孤军，也要奋战到底！

一些人走了，但包括戴德孺在内的大多数人都留了下来，因为他们从这个人自信的回答中感觉到了某种力量。

既然大家坐在了一条船上，也就不分彼此了，戴德孺随即下令，召集所属的少量军队，准备在城内布防。

“宁王敢来，就与他巷战到底！”

然而，王守仁拍了拍他的肩膀，称赞了他的勇气，又对在场的人发布了一道出人意料的命令：

“不用布防了，传令下去，全军集结，准备撤退！”

啥？不是你非要抵抗到底吗？现在又搞什么名堂？

面对戴德孺那惊讶的脸孔，王守仁若无其事地笑了笑：

“戴知府，我们的兵力不够，这里也不是平叛的地方，必须马上撤离。”

那么哪里才是平叛的地方呢？

“吉安。”

“在那里，我们将拥有战胜叛军的实力。”

当年司马迁在《史记》中曾经说过，飞将军李广的外形很像一个普通的农民，无独有偶，很多人第一次看到王守仁，都会觉得他是一个呆子，活像个二愣子，看上去傻乎乎的，但在他糊涂的外表下，却有着无尽的智慧。

王守仁是一个很绝的人，他总是在奇怪的地方，提出奇怪的意见，做出奇怪的事，但最后却都被证实是正确的。

他的这种可怕的智慧来源于他的哲学，因为王守仁先生和古往今来的所有哲学家都不同，他的哲学十分特别，就如同吃饭的筷子和挖地的锄头，随时都可以用，随时都有用处。

他痛恨杀害孙燧、发动战争的宁王，却从未被愤怒冲昏头脑，他十分清楚凭借目前的兵力，绝对无法战胜对手，眼下他只能积蓄力量，等待时机的到来。

有着平叛的志向，也要有切合实际的平叛策略，这就是“知行合一”，这就是王守仁无往不胜的哲学和智慧。

可惜一百多年后的史可法似乎并不了解这一点。

第十六章　奋战

强援

吉安，位于江西中部，易守难攻，交通便利，王守仁将在这里举起平叛的大旗，准备最后的决战。

算王大人运气好，当时镇守吉安的知府是一个非常强悍的人，他的名字叫做伍文定。

伍文定，湖北人，出身于官宦世家，这也是一个不安分的主，虽然自幼读书，却不像个书生，长得虎背熊腰，十分之剽悍，他的工作经历也很特别，早年在江苏做过推官（主管司法），长期接触社会阴暗面，和黑社会流氓地痞打交道，对付恶人时手段十分凶残，令犯罪分子闻风丧胆。

这位伍知府即将成为王巡抚最为得力的助手。

王守仁带着临江府的那帮人心急火燎地正往吉安赶，可走到半路突然被几百名来历不明的士兵围住了，一群人吓得魂不附体，还没等他们反应过来，一个表情凶狠的人就站了出来：

“王巡抚请出来说话！”

王守仁毕竟见过世面，也不怎么害怕，大大方方地走出来：

"我是王守仁，你是谁?"

那位仁兄这才自报家门：

"王大人好，属下吉安知府伍文定!"

要说这位伍知府也算是厉害，叛乱一起，邻居衙门的官员跑得都差不多了，他却纹丝不动，不但他不跑，也不准别人跑，有几个胆子小的准备开溜，竟然被他亲手拿刀干掉了。

经过这么一闹，吉安的官员们达成了一个共识：宁王再凶残，和伍文定比起来还是有一定差距的。安全起见，还是留下来的好。

不久之后伍文定听说赣南巡抚王守仁跑了出来，准备平叛，他这人性子急，也顾不了那么多，带了三百士兵就上了路，正好遇见了王守仁。

他也不跟王大人客气，一开口就说主题：

"王大人是否准备平叛?"

"不错。"

"那我就恭喜大人了。"

这次轮到王守仁纳闷儿了，你啥意思啊?

伍文定用洪亮的声音作了解释：

"那家伙（此贼，指宁王）一向名声不好，支持他的人不多，大人你众望所归，且有兵权在手，建功立业，必定在此一举!"

这句夸奖的话却让王守仁吃了一惊：

"你怎知道我兵权在手?"

伍文定笑了笑，他没有回答这个问题。

一个可以派上用场的聪明人，这就是伍文定留给王守仁的第一印象。

在吉安，王守仁成立了平叛指挥部，召开了第一次军事会议，由于当时到会的都是知府、知县之类的小官，王巡抚自然而然地成为了平叛军总司令。

王司令随即作了敌情通报：根据情报，宁王兵力共计八万人，精锐主力为王府护卫，其余成分为土匪、强盗、抢劫犯、黑社会流氓地痞、反动会道门组织、对社会不满者等。

这支所谓的叛军，实在是支名副其实的杂牌军。这么看来，形势还不算太坏，但问题在于，此时的王司令是个光杆司令。他没有八万人，连八千都没有。

虽说有旗牌在手，可以召集军队，但这需要时间。所以目前最重要的事情就是判断宁王下一步的行动方向。

对于这个问题，王守仁已经有了一个肯定的答案。

他把手指向了地图上的一个地方——南京。

“他必定会进攻南京。”

王司令就此进行了详尽的分析：洪都（南昌）不是久留之地，而宁王虽然不是什么聪明人，脑袋倒也没进水，北上攻击京城这种蠢事他还干不出来。

所以他唯一的选择就是顺流南下攻击南京。

更为重要的是，此时各地还没有接到统一平叛的指令，防备不足，如果宁王趁乱发动进攻，一举攻克南京，半壁江山必然落入叛军之手。

这番话说得下面的诸位六七品芝麻官们耸然动容，既然形势如此严重，那就别废话了，赶紧进攻宁王吧。

于是王司令又一次发话了：

“我的兵力不足，难以与叛军抗衡。必须等待各地援军赶来。”

那么王司令，你需要多长时间呢？

“至少十天。”

“所以必须让宁王在南昌再等我十天。”

与会官员们彻底炸开了锅，王司令的玩笑开得也太大了吧，宁王又不是你儿子，你说等他就等？

然而，王守仁笑了：

“我自有办法。”

诡计

不久之后，宁王驻地的街道墙壁上出现了很多乱贴乱画的告示，当然了，不是办证开发票之类的广告，具体内容大致如下：

都督许泰等率边军、刘晖等率京军各四万，另命赣南王守仁、湖广秦金、两广杨旦各率所部，共计十六万人，分进合击，平定叛军，沿途务必妥善接应，延误者军法从事！

这封文书的大概意思很明白，就是对宁王说我有十六万人，很快就要来打你，希望你好好准备。

必须说明的是，这封文书上的人名全部属实，但情节全属虚构，除王守仁外，其余人等压根儿就不知道这回事。

这就是王守仁的诡计，他伪造了文书，并派人四处散发，以打乱宁王的部署，王司令做事情一向周到，为了让宁王安心上当，他还安排了更为厉害的一招。

洪都城内的宁王知道了所谓大军来攻的消息，正在将信将疑之际，手下突然密报，说从进城的人身上发现了几个特殊的蜡丸，内有机密信件。

宁王打开书信，真正被吓了一跳。

书信内容是这样的：李士实、刘养正两位先生，你们干得很好，朝廷一定会好好嘉奖你们，现在希望你们配合行动，劝说宁王离开洪都，进攻南京，事不宜迟！

两位难得的“人才”竟然投敌，宁王还算是个明白人，也不怎么相信。偏巧就在这个时候，手下通报，李士实、刘养正来访。

李士实先生开门见山，第一句话就捅破了天：

“殿下，此地不宜久留，应立即带兵攻击南京！”

王守仁的台词实在写得太好，李士实也配合得如此天衣无缝，这下子不由得宁王兄不信了。

自信满满、前来邀功的两位军师本以为会得到一个激情澎湃的答复，最终却只看到了一双狐疑不定的眼睛。

他们失望地走了，宁王朱宸濠却就此确定了他的战略：

留在洪都，哪里也不去！

有幸遇上王守仁这样的对手，朱宸濠先生也算是倒了八辈子的霉。

王守仁的计谋获得了成功，他立即向各地发出紧急文书，集结兵力。

王司令真是一个实事求是的人，没有朝廷的公文，他就自己临时草拟，没有正规军，他就用民兵，在他的召唤下，附近的袁州、临江、赣州等地百姓纷纷倾巢而出，不管老的少的，病的残的，只要是个人，能走得动，他就统统招过来。毕竟就算不能打仗，壮壮声势，挥挥旗帜，呐喊两句口号也是好的。

就这么七弄八弄，短短十余天，他就召集了七八万人，虽然质量不怎么样，但总算还是凑够了数。

眼前的招兵盛况让江西的这些知府、知县们开始头脑发热了，平时只能管几个都头和打屁股的衙役，突然有了这么大的派头，这么多手下，他们群情激昂，打算立刻出兵，去和宁王决一死战。

可是王司令让他们失望了。

兵法

原本争分夺秒、急急忙忙招兵的王守仁突然改变了主意，他坐拥数万手下，士气也极盛，无论怎么看，此刻都应是出兵的最好时机，然而，王大人却是吃了秤砣铁了心要在这里常住，四处派人修房子安置家具，就差办一张吉安暂住证了。

他属下的那些知府、知县们全都不知所措，十几天之前心急火燎的是他，现在安闲度日的也是他，不知到底搞什么名堂，可他们素知这位王司令不是个善茬，也不怎么敢问，直到伍文定忍无可忍的那一天，这个谜底才被彻底揭开。

伍知府脾气比较急，看见王守仁不动窝，索性直接找上门去质问：

“军队已经集结，为何不动?!”

王守仁看着这个气急败坏的知府，却并不生气，只是淡淡地回复：

“以你之见，眼下该如何行动?”

“我军士气正盛，应趁敌军尚未行动，立刻发起进攻，必可一举大破敌军!”

王守仁笑了：

“伍知府，你读过兵法吗?”

这句话把伍文定气得差点儿没晕过去，他大声答道：

“属下虽是文官，自幼饱读兵书，也甚知韬略，所谓出其不意，攻其不备，此时正是攻击的最好时机，断然无误!”

然后他挑衅地看着对方，等待着他的回复。

王守仁终于收敛了笑容，郑重地回答道：

“你所说的固然不错，却并非兵家上乘之策。所谓兵法之奥秘，在我看来，只有八个字而已。”

“此心不动，随机而行。”

综合看来，这八个字确实概括了王哲学家兼王司令员的军事思想，他一生的用兵法则大都符合这八字方针。

王守仁随即对此作出了解释：

平叛之战确实应该速战速决，但此时情况已然不同，起初敌强我弱，需要拖延敌军，争取时间。如今我军实力大增，可以与敌人抗衡，叛军也已知道我军强盛，必不敢轻动，况且宁王经营洪都多年，根深蒂固，若我军贸然出击攻城，必然久攻不下，时间越久，祸患越大。此举决不可行。

现我军龟缩不出，示弱于叛军，使其主力出击，然后看准时机，一举围歼，必取全胜！

一贯好勇斗狠的伍文定服气了，他带着敬畏的神情看着面前的这个人，小心翼翼地退了出去，他终于明白为什么王大人会有那个出名的评价——“狡诈专兵”。

一切都在王守仁的预料之中，几天之后，决战序幕就将正式拉开。

正德十四年（1519）七月，在洪都等了十几天的宁王终于觉悟了，日子过了这么久，别说十六万人，十六头猪也没看到，等到王守仁招兵买马的消息传来后，他才确定一个事实——上当了。

但在悔恨惊慌之余，他意外地发现，王守仁并没有发起进攻，他随即判定敌军兵力不足，仅能自保，于是开始履行预定的军事计划——攻取南京。

应该说，宁王的行动完全在王守仁的预料之中，但事实证明，王司令还是错误估计了一点，正是这个疏忽差点儿让他彻底完蛋。

因为宁王虽然不是一个聪明人，却是一个动作很快的人。

他说一不二，棉被都不捆就率六万主力军亲征，这帮杂牌军也真不是白给的，仅一天时间便攻陷了九江，七月初发兵，几天之内便已经军临兵家要地——安庆。

最大的危险到来了。

安庆，位处南京上游门户，自古沿长江而下用兵者，若攻取安庆，南京必是囊中之物。后世太平天国时，曾国藩之弟曾国荃猛攻安庆城，虽损兵折将，旷日持久，却是死也不走，直至轰塌城墙，占据城池，方才仰天狂呼：“贼破矣！”

不久之后，他率军顺流而下，一举攻陷了南京，太平天国覆灭。

朱宸濠虽然不认识曾国藩和洪秀全，却也懂得这个地理学常识，大军抵达安庆城之日，他便下达了总攻命令，数万军队将安庆围得水泄不通，日夜攻打。

天时是有的，地利也是有的，可惜没有人和。

说来朱宸濠的运气真是不好，他的造反之路上总是碰到一些很麻烦的人，在江西有孙燧和王守仁，到了安庆，又遇见了杨锐和张文锦。

杨锐是都督，张文锦是安庆知府，他们对不请自来的宁王采用了统一的招待方式——火枪弓箭。关于这两个人，就不细说了，单单介绍一下这二位干过的一件事情，大家对其为人就可以有个大致的了解。

宁王连日进攻安庆城不利，便找来了一个叫潘鹏的投降官员进城劝降，此人是安庆人，所谓老乡见老乡，两眼泪汪汪。宁王兄估摸着看在老乡分上，城内的守军应该会给几分面子。

这是个比较愚蠢的想法，你都把军队堵在人家城门口了，还指望老乡感情?

潘鹏兄可不蠢，他还想多活两天，可是领导的意思也是不能违背的，无奈之下他派了一个亲戚进城招降，接下来的事情就有点儿耸人听闻了。

杨锐兄实在是个不搞客套的人，劝降信他看都不看，就一刀把潘老乡的亲戚砍了，砍了人还不肯罢休，竟然还极有耐心地碎了尸，把手脚分别砍断，一样样地丢下城楼示众，如此可怕之场景在今日恐怖片中也不多见。

砍人碎尸之类的事情确实有点儿骇人听闻，但杨锐兄毕竟是个武官，杀人也不是头一次，有点儿心理问题不奇怪，所以这事放在他身上也算基本正常。

可另一位张文锦知府就不同了，他自幼读书文官出身，凶狠毒辣却也不落人后，杨锐在前面杀人，他已经绕到城内，把潘老乡在城内所有沾亲带故的亲戚都翻了出来，砍了个干干净净。潘老乡听说之后，当即吐血晕倒。

看见两位守城大人手段如此狠毒，城内守军都毛骨悚然，心惊胆战，纷纷表示愿意拼死守城，一时之间士气大振。

城外的宁王搞不清状况，也不明白为什么劝降还劝出了反效果，没有办法，他只好亲自出马督战，鼓舞士气。可城内的士兵在死亡的威胁下（主要来自杨、张两位大人），拼命地抵抗，叛军进展不大。

十几天过去了，宁王仍然站在城外眺望安庆，急得他团团转，只能把刘养正找来破口大骂：

“你们这帮废物！安庆都攻不下，还说什么金陵（即南京）！”

此路不通，可别无他途，所以骂完了的宁王还是要接着督战攻城，此刻他才明白老祖宗朱权为什么当年被人欺负到了家，却还是忍气吞声——

造反实在是个苦差事啊。

正当宁王在安庆城啃砖头的时候，王守仁先生那里却已经乱成一团。

宁王兵临安庆城下的消息传来时，王司令慌得不行，跳下床顾不上穿鞋，光着脚跑去看地图，他虽然已经估计到了对方的计划，却没想到宁王动作竟如此迅速。情急之下，立即下令军队集结，准备出发。

但在短暂的慌乱之后，王司令员突然恢复了平静，他撤回了出兵的命令，却增派了打探消息的人，还别有兴致地和那些额头冒汗、惊慌失措的下属们拉起了家常。

碍于之前的教训，王司令的部下不敢自作聪明，也没人询问缘由，而不久之后传来的消息也验证了司令大人的英明决策——安庆依然在坚守之中，暂时无忧。

这下大家心里的石头才算落了地，纷纷回家磨刀擦枪，只等王司令一声召唤，指向哪里，就打到哪里。

可王守仁这辈子似乎就不打算让人消停，一贯专行的他竟然表示要开会听取群众意见。

既然王司令要开会，大家也只好跟着去凑热闹了。

这是宁王之乱中最为重要的一次军事会议，王守仁分析了局势，表示目前有两个目标，一个是救援安庆，另一个是攻击敌军老巢南昌，要求与会人等发表意见。

出人意料的是，这次开会竟然没有发生任何争论，因为大家一致认为，前往安庆是唯一的选择。

理由很充分：宁王造反准备多年，南昌的守备十分严密，如果贸然攻城，一时很难攻得下，而他进击安庆失利，士气很低，我军抄他后路，与安庆守军前后夹击，必然一举击溃，到时候南昌不攻自破。

实在是条理清晰，事实清楚，证据确凿，无论怎么看，这个结论都是对的。

最后王司令总结发言：

“不对。”

判断

“只能攻击南昌。”

这就是王司令的判断，鉴于他一贯和别人看法不同，所以大家也不怎么吃惊，只是睁大眼睛，想看看王司令这次又能玩出什么花样来。

“你们的看法不对，南昌在安庆的上游，如果我军越过南昌直接攻击安庆，则南昌守敌必然会攻击我军后部，断我军粮道，腹背受敌，失败必在所难免，而安庆守军只能自保，怎么可能与我军前后夹击敌军呢？”

当然了，听众的疑问还是有的：

“南昌城池坚固，一时之间如何攻下？”

对于这个问题，王司令胸中早就有了一大把竹子：

“诸位没有分析过军情吗，此次宁王率全军精锐进攻安庆，南昌必然十分空虚，此时进攻，自然十拿九稳！”

“南昌一破，宁王必定回救，首尾不相顾，无需时日，叛军必败！”

王守仁有才，太有才了。

因为他作出了正确的判断。

在明代的最高军事决策机构兵部衙门里，有这样一句吓唬人的话——“敢闹事，就发配你去职方司！”

这句话但凡说出来，一般的兵部小官就会立马服气，老老实实地干活。这其中可谓大有奥妙：兵部下设四个司，类似于今天中央部委的司局级单位，而职方司之所以如此著名，是由于它在明朝官场中有一个十分特别的评价——最穷最忙。

但就是这个最穷最忙的衙门，却在军事战争中起着最为重要的作用。

因为这个所谓的职方司，主要职责是根据军事态势作出判断，拟定军事计划，进行军事统筹，大致就相当于今天的总参谋部。职方司最高长官是郎中，相当于总参谋长。

这职位听起来很威风，很多人却打死也不去，躲都躲不及。原因很简单，可以用六个字概括——没油水，背黑锅。

千里做官只为钱，捞不到钱谁有动力豁出命去干？更要命的是，这个职位收益极小，风险极大，比如王守仁曾经当过主事（相当于处长）的武选司，就是兵部下属的著名肥衙门，专门负责武将人事选拔调动工作，下去调研有好酒好肉好娱乐招待，提拔个把人上来就能收钱，就算这人不能打仗，归根结底也是他自己的问题，不至于追究到人事部门来。

职方司就不同了，它不但没有油水可捞，靠死工资过日子，还要作出正确的军事判断，并据此拟订计划，一旦统筹出了问题，打了败仗追究责任，那是一抓一个准，根本跑不掉。

可偏偏战争中最有趣也最残酷的，就是判断。

《三国演义》里面的诸位名将们是不用担心判断的，因为他们的胜负都是天注定，比如曹操兄看到大风刮倒了自己营帐里的帅旗，就能断定刘备先生晚上来劫营。

如果这是真的，那么有志报国的各位青年就不用再读兵书了，可惜的是，在预测未来的时间机器尚未发明之前，战场上的任何一方都不可能预知对手的策略和战争的结局，将领们只能根据种种蛛丝马迹和战场经验来作出预测，当然了，根据史料记载，某些实在拿不定主意的将领们，会使用最后的绝招——算命。

但无论你有多么精明或是愚蠢，最后你总会搞出一个自己的战场判断，该打哪里，何时打，该守何处，怎么守。

于是最能体现战争艺术奥妙的时刻终于来到了，一千个指挥官可能有一千个判断，而让人啼笑皆非的是，在战争结局揭晓之前，这一千个判断似乎都是正确的，都有着确凿的理由和证据。

可是战争这道完美的数学题，只有一个正确的答案。

王守仁放弃了看似无比正确的安庆，决定进攻南昌，后来的形势发展证明，他的抉择是正确的。

但得到众人认同的王守仁心中仍然是不安的，因为他知道，这个计划还存在着一个极大的变数——攻取南昌之后，宁王却不回兵救援，而是全力攻下安庆，直取南京，该怎么办？

管不了那么多了，先攻击南昌！

正德十四年（1519）七月戊申，王守仁正式起兵。

他向江西全境发布勤王军令，并率领直属军队日夜进军，很快抵达临江府，在那里，他再次会合了临江、赣州、袁州各地赶来的“义军”（成分极其复杂，大都是流氓强盗），总兵力达到八万余人。王守仁马不停蹄，命令军队加快速度，逼近那最后的目标。

南昌，七月十七日，王守仁站在城外，眺望着这座坚固的城池。

一个月前，他从这里逃走，满怀悲愤，孤身奔命。

一个月后，他回到了这里，兵强马壮，锐气逼人。

无论如何，了结的时刻终于还是到了。

夜战

按说到了这个份儿上，就应该动手打了，可大家别忘了，这支军队的指挥官是王守仁先生，王司令带兵自然有王司令的方法，但凡打仗之前，他如果不搞点儿自己的特色（阴谋诡计），是不会罢休的。

首先他派人四处传扬，大张旗鼓，说自己手下有三十万人（敢吹），还特别说明这都是从福建和广东调来的精锐部队，绝非传言中的乌合之众（传言是真的）。

搞得守军人心惶惶之后，他又派遣大量间谍，趁人不备，躲过城管监察，摸黑在南昌城内大肆非法张贴广告告示，劝诫南昌市民不要多管闲事，关好自家房门，安心睡觉，听见街上有响动，不要多管闲事。

他的这一连串动作不但让敌人惊慌失措，连自己人也是雾里看花，要打你就打，又不是没有士兵装备，有必要耍阴招吗？

王守仁认为很有必要。

他的兵法就是用最小的代价，换取最大的胜利，兵不厌诈正是他的兵法哲学，除了使用上述计谋外，他还选定了一个特别的进攻时间——深夜。

因为他压根儿就没有想过硬拼，早在行军途中，他就已准备了大量的攻城云梯，只等夜深人静时，派出精干人员用云梯突袭城墙，夺取城池。为了保证登城的成功，王守仁还同时派人预备攻城器械，潜进到城门附近，准备吸引守军注意，配合登城士兵。

一切都准备妥当之后，他召集所有部下，开了一次别开生面的动员会。

王守仁虽然机智过人，平日却也待人和气，所以大家经常背地称呼他为老王。

可是在会上，一贯慈眉善目的老王突然变成了阎王，满脸杀气地下达了最后的命令：

“此次攻城，由我亲自督战，志在必取！一鼓令下，附城！二鼓令下，登城！三鼓令下未登城，杀兵！四鼓令下未登城，杀将！”

会场鸦雀无声，大家都面无人色，就此达成共识——王司令着实不是善类。

该准备的准备了，该玩的诡计也玩了，王守仁正襟危坐，等待着夜晚的进攻。但连他也万万没有料到，自己的这些战前热身运动竟起到了意想不到的效果。

深夜，夜袭正式开始。

王守仁一声令下，潜伏在城下和城门口的士兵即刻发动，攻城门的攻城门，爬城墙的爬城墙。

可是奇怪的事情发生了，登城的军队竟然未遇阻挡，很多人十分顺利地到了城头，爬墙的人正纳闷儿，城门这边却发生了一件更让人哭笑不得的事情。

几个士兵小心翼翼地摸到城门，仔细打探后顿时目瞪口呆，半天才回过神来朝那些正在爬墙的兄弟们大喊了一嗓子：

“别费劲儿爬了，下来吧！这门没关！”

远处的王守仁也是一头雾水，什么预备队、救援队压根儿都没用上，城池就占了，这打的是个什么仗？

他还怕有埋伏，可后来发现，守军早就逃了个一干二净，找个人问问才知道，因为他老兄之前的宣传工作干得太出色，城内的人早就打定主意逃跑。还没等到进攻，就纷纷溜之大吉。

所以当王守仁进城的时候，他所遇到的麻烦已经不是叛军，却是自己的手下。

由于时间紧，招兵任务重，他的部下中也有很多流氓强盗，这些人一贯擅长打家劫舍，到了南昌城内一点儿不客气，动手就干，四处放火打劫，还顺手烧了宁王宫殿。

这还了得！王司令大发雷霆，抓了几个带头的（抢劫的人太多），斩首示众，这才稳住了阵脚。

南昌到手了。但王守仁却表现出了一丝与目前胜利不符的紧张，他还有一件最为担心的事情。

两天之后，王守仁的探子回报，宁王已经率领所有主力撤回，准备前来决战，不日即将到达南昌。

消息传来，属下们都十分担忧，虽然占领了南昌，但根基不稳，如与叛军主力交战，胜负难以预料。

王守仁却笑了，因为困扰他的最后一个心头之患终于解决了。

宁王听到南昌失守的消息时，正在战场督战，当时就差点儿晕倒，急火攻心之下，他立刻下令全军准备撤退，回击南昌。

关键时刻，刘养正和李士实终于体现了自己的价值，他们异口同声地表示反对，并提出了那个让王守仁最为担心的方案——不理会南昌，死攻安庆，直取南京！

这条路虽然未必行得通，却是目前唯一可行的办法。

如果宁王采纳了这个方案，就算他最后当不成皇帝，起码也能闹腾得时间长一点儿。

可惜以他的能力，对这条合理化建议实在没法子接受吸收，所以他最终只能在鄱阳湖上迎接自己的宿命。

正德十四年（1519）七月二十三日，宁王朱宸濠率军自安庆撤退，抵达鄱阳湖西边的黄家渡，他将在这里第一次面对那个曾从自己手中溜走的对手——王守仁。

宁王就要来了，自己部队那两把刷子，别人不知道，属下们却心知肚明，于是纷纷建议挑土垒石加固城防。然而，王守仁却似乎并不担心城墙厚度的问题，因为他并不打算防守。

"敌军虽众，但攻城不利，士气不振，我军已断其后路，且以大义之军讨不义之敌，天亦助我！望诸位同心，以锐兵破敌，必可一举荡平！"

到此为止吧，朱宸濠，为了自己的野心和欲望，你已经杀死了太多无辜的人，这一切应该结束了。

流氓兵团

就在宁王抵达鄱阳湖黄家渡的同日，王守仁也带领军队主力赶到这里，于对岸扎营，准备最后的战斗。

至正二十三年（1363），朱元璋与平生最大宿敌陈友谅在鄱阳湖决一死战，大获全胜，扫清了夺取天下之路上的最大障碍。

一百五十二年后，当年曾激战三十六天、火光冲天、陈尸无数的鄱阳湖又一次即将成为决战的舞台。一百五十二年前，两个人的那次大战最终决定了天下的归属和无数人的命运。这一次似乎也一样。

但与之前那次不同的是，这确实是一场正义和邪恶的战争。

因为交战的双方抱持着不同的目的和意志——一个为了权势和地位，另一个，是为了挽救无数无辜者的生命。

决战即将开始，我们先来介绍一下双方的主要出场队员，因为这实在是两套十分有意思的阵容。

朱宸濠方
总司令：朱宸濠。
先锋：凌十一（强盗）。
中军：闵二十四（海匪）等。
后军接应：吴十三（强盗）、王纶（降官）等。
参谋：李士实、刘养正。

王守仁方
总司令：王守仁。
先锋：伍文定（吉安知府）。
中军：戴德孺（临江知府）、邢珣（赣州知府）等。
后军：胡尧元（通判）、徐文英（推官）、王冕（知县）等。

如果你还在等待名将出场的话，那就要失望了。一百多年前奋战于此的徐达、常遇春、张定边等人早已成为传说中的人物，参加这次战役的除了王守仁外，其余大多没有啥名气。

再说明一下，以上列出的这些名字你全都不用记，因为他们大多数人都没啥露脸机会，只是摆个造型，亮亮身份而已。

总结双方“将领”的身份阵形，对阵形势大致可以概括为——流氓强盗 VS 书生文官。

这也没办法，事情发生得太过突然，双方都是仓促上阵，能拿出手的人才实在不多，只能凑合着用了，请大家多多原谅。

但这场鄱阳湖之战虽然没有一百多年前的将星云集，波澜壮阔，却更有意思。

因为除了双方阵容比较搞笑之外，两方的军队也包含着一个共同的特点——流氓众多。其实，这也是中国历史中一个十分值得研究的问题。

之前介绍过，由于时间过于紧张，双方招兵时都没有经过政审，军队中都有大量的流氓强盗，但这绝不仅仅是他们这两支军队的特色。如果认真分析一下史料，就会发现一个有趣的历史普遍现象——军队流氓化（或是流氓军队化）。

在春秋时期，参军打仗曾经是贵族的专利，那年头将领还要自备武器装备，打得起仗的人也不多，所以士兵的素质比较高。

可随着战争规模越来越大，死人的速度也快了起来，靠自愿已经不行了，平民甚至囚犯也被编入军队，之后又出现了常备军、雇佣军。

到了唐宋时期，国家常备军制度日益完善，比如宋朝，长期养兵花费大量财物，却经常被打得落花流水，原因之一就是军队的体制问题。那时也没有什么参军光荣、军属优待的政策，一旦参了军那几乎就是终身职业，也没有转业退伍这一说。君不见《水浒传》中犯人犯了罪，动不动就是刺字充军几百里。可见那时候当兵实在不是个好工作。

出于前途考虑，当时的有志青年们基本都去读书当官了，军队里游手好闲、想混碗饭吃的流氓地痞却是越来越多。这帮人打仗不咋地，欺负老百姓却是个顶个的强，而且还不听指挥，这样的军队，战斗力自然是很难指望。

比如有一次，宋朝禁军（中央军）的一位高级将领奉命出征，可分到手里的都是这么一帮子不听话不卖命的二流子，政治工作爱国教育也不顶用，这帮人也不怕他，无奈之下，他竟然出下策，请来一帮流氓老千来自己军营开赌局，并指使这帮人出千骗手下那帮流氓兵痞的钱。

一来二去，士兵们的钱都输得精光，还欠了赌债，要知道，流氓也是要还赌债的，此时他才光辉出场，鼓动大家奋勇作战，回来之后他重重有赏，帮大家把债还了。

就这么一拉二骗，才算是把这帮大爷请上了战场，其作战效果也是可想而知。

当然了，军队里的流氓兵虽然很多，但良民兵还是存在的，况且流氓兵的战斗力有时候也很强。只不过他们会表现出很多与常人不同的地方。

在明代初期，就有这么两个典型例子，一个良民兵，名字叫徐达。另一个流氓兵，名字叫常遇春。

这都是有档案可查的，比如徐达，史载“世业农”，革命前是个老实的农民。再看常遇春：“初从刘聚为盗”，强盗出身，确实不同凡响。

这两个人的战斗力都很强，就不说了，但不同的出身似乎也决定了他们的某种表现，徐达是“妇女无所爱，财宝无所取”，高风亮节，佩服

王守仁的这个意见看似简单，背后却隐藏着极为深远的考虑。

按照朱厚照的计划，是要到南昌与朱宸濠作战，而朱宸濠虽然现在已经被捕，朱厚照却似乎并不罢休，准备一路走下去，搞个轰轰烈烈的武装游行。

从京城到山东，已经惹出了那么多的事情，十几万大军和那群奸邪小人要真的进了江西，吃吃喝喝加上打家劫舍捞点儿外快，老百姓估计就不用活了。

所以南京是最好的地点，反正皇帝陛下也玩了很久了，到南京后就别动了，免得四处折腾，况且南京也是帝都、特大城市，在这里搞仪式也算有了面子，快点儿完事您就快点儿回去吧，大家都方便。

朱厚照在行军路上收到奏折，看后没多想，就交给了旁边的江彬，询问他的意见。

江彬看懂了，他完全领会了王守仁的良苦用心，知道他为了百姓安宁，不愿再起事端。

然后他对朱厚照说出了自己的看法：

“绝对不可！”

“千里迢迢带领大军到此，怎么能够空手而归！”

但是朱宸濠都被抓了，还能打谁呢？

“把他放回鄱阳湖，陛下再抓一次！”

如此缺心眼儿的主意都能想出来，也算坏得只剩渣了。

朱厚照十分高兴，他同意了江彬的提议。

这是个十分阴毒的建议，其中包含着不可告人的目的。

一旦皇帝和十万大军进入了江西，以战后的混乱局面，其给养必然无法供应。养兵要管饭，没饭吃了就会去抢，到时局势必然混乱不堪。

而最为混乱的时候，也就是最好的时机。

这个处理意见很快传到了王守仁的耳朵里，他惊呆了。

他很清楚，这个方案极其凶险，如果照此执行，一场新的浩劫必然兴起，那些好不容易躲过战乱、生存下来的无辜百姓终将逃不过死亡的命运。

可是怎么办呢？

江彬的命令就是皇帝的命令，你能和皇帝讲道理吗？

王守仁似乎再次走到了穷途末路，在初露寒意的秋夜，孤灯之下，他开始了紧张的思索。

大军就要来了，局势已经无法控制，时间所剩无几，必须想出办法，必须想出办法！

但这次王守仁的智慧似乎没有任何用处，他冥思苦想了一夜，也没有想出办法。

看来只剩下那个不是办法的办法了，这也是他唯一的选择——抗命。

违抗圣命者，大逆！

王守仁很清楚这一点，但他依然决定这样做，去换取那些无辜百姓的生命。

不能再等待了，带上朱宸濠去南京，绝不能让他们进入江西一步！

我确信这样做是正确的。

正德十四年，九月，壬寅。

王守仁带领随从，押解着朱宸濠，向着自己未知的命运踏出了第一步。

觉悟

怀着惴惴不安的心情，王守仁上路了，应该说，他作出了一个勇敢的决定，但很快，王守仁就意识到，自己的这次无畏举动可能并不能改变什么。

他突然发现，即使自己抗命离开地方，主动交出朱宸濠，也未必能够保全江西百姓，万一那帮孙子不依不饶，朱宸濠到手之后还是要去江西闹事，那该怎么办？

答案是没办法。

可没办法的王守仁也只能继续往前走，然而刚走到半路，他却得到了一个看似无关紧要的消息：皇帝陛下派出了一支先遣队，日夜兼程向江西进发，已经抵达杭州。

应该说，这事和王守仁关系不大，管他什么先遣队、游击队，反正到地方把人一交，之后回家往床上一躺，要杀要剐看着办。

可当王守仁听见先遣队负责人的名字的时候，他改变了主意。

他决定去见一见这个人。

这个关键的决定最终挽救了他，挽救了无数的无辜百姓。

先遣队的负责人是张永。

对于这个人，我们并不陌生，他虽然经常干点儿坏事，不能算是个好人，却也讲道理、通情理，十年前就曾和杨一清通力合作，除掉了刘瑾。

正是基于他的这些优良表现，王守仁相信张永还是一个有良心的人，他希望能够争取这个人，毕竟现在已经没有别的指望了。

正德十四年（1519）九月，丁未，王守仁带着朱宸濠抵达杭州，立刻前往府邸拜会张永。

据说当时王守仁没带任何礼物，是空着手去的，这倒也比较明智，按张永的级别和送礼档次，王先生就算当了裤子也是送不起的。

他没权也没钱，却准备争取权宦张永的支持——凭借他的勇气和执著。

毕竟是个巡抚，看门的也不敢大意，立刻通报了张永。

正当他在门口考虑见面措辞的时候，却得到了一个意外的答复：不见！

张永不是傻瓜，他知道王守仁来干什么，想干什么，这么大的一个黑锅，他是不会背的。

看门的二话不说，立马把大门关上了。

面对着紧闭的大门，王守仁似乎明白了什么，但他并没有退缩。

他不再接着敲门，却退后了几步，大声喊出了他的愤怒：

“我是王守仁，为黎民百姓而来！开门见我！”

饱含悲愤与力量的声音穿透了沉默的大门，回荡在空旷的庭院中，震动着院中每一个人。

大门打开了。

张永终于出现在王守仁的眼前，但他似乎并不打算和这位王先生交朋友，只是漫不经心地问道：

“王巡抚来干什么？”

王守仁并不在意对方的冷淡态度，他用十分诚恳的语气说出了发自肺腑的话：

“江西的百姓久经朱宸濠的压榨，又经历了叛乱，还遇上了天灾（兵乱继以天旱），而今大军执意要去江西，兵饷粮草绝难供应，到时民变再起，天下必将大乱！苍生何辜！”

“张公公你深得皇上信任，望能劝圣驾返京，则江西幸甚，百姓幸甚！”

然而，王守仁这番饱含深情的话却并没有能够打动张永，对久经宦海的张太监来说，这些所谓的悲剧似乎并不重要。

他仔细想了一会儿，面无表情地提出了他的要求：

“进言自然可以，但是有一个条件。”

“什么条件？”

张永用手指了指，试探地问道：“必须把那个人交给我，你愿意吗？”

他口中所说的“那个人”，就是朱宸濠。因为对他而言，这是一件可以用来邀功的珍贵礼物。

王守仁愣住了，半晌，他突然仰天大笑起来！

在这阵突如其来的笑声中，张永愤怒了，他感受到了一种前所未有的羞辱。

于是他用饱含杀气的口吻问道：

“敢问王巡抚，有何可笑？”

王守仁停住了笑声，正色地回答道：

“那个人自然是要交给张公公的，我要此人何用？”

何用？你不知道可以请功领赏吗？

从张永那不解的眼神中，王守仁明白了他的疑惑。

“在下起兵平叛，本为苍生百姓，天下太平，如此而已。”

王守仁十分真诚地作出了解释，然后他低下头，等待着张永的答复。

然而，这个答案却让张永陷入了更深的迷惑中，这个人孤身起兵，平定叛乱，事成之后却不计功劳，不求富贵，他为什么要这样做呢？

这对于张永来说，是一个很难理解的问题，当年他与杨一清合作铲除刘瑾，归根结底还是因为刘瑾大权在握，与他水火不容，杀掉刘瑾，他才能够独掌宫中监权。没有好处的事情，谁会去做？

可是眼前的这个人似乎是个例外，他以一人之力建立不世奇功，却心甘情愿地将手中最大的战利品拱手让出，只是为了那些与他并不相识的普通百姓？

张永闭上了眼睛，开始认真地思考，他想解开这个难解之谜，想了解眼前这个奇怪的人，想知道他为什么要这样做。

许久之后，他睁开了眼睛，因为他已经找到了问题的答案，在尔虞我诈的一生中，他第一次开始相信：

在这个世界上，有一种品质叫正直，有一种人叫义士。

“好吧，我来帮你。”

盟友的力量

王守仁略感意外地起身走出了张永的住处，但兴奋已经涌满他的身体，他终于找到了一个朋友，一个足可信赖的盟友。

这个朋友交得确实十分及时，因为不久之后，江彬就又来找麻烦了。

他也得知，王守仁已经带着朱宸濠到了杭州，这么大块肥肉放在嘴边，他立刻活泛起来。

只要把朱宸濠搞到手，平叛之功就手到擒来！

但顾及身份，总不能自己去找王守仁，考虑再三，他决定派一个锦衣卫去杭州要人。

江彬充满了期待，而接到命令的锦衣卫也十分高兴，因为在衙门差事里，这种奉命找下级官员要人要物的工作最有油水可捞，不但可以耍威风，还能趁机敲一笔，如果要求得不到满足，就故意找茬，回去再狠狠告上一状，让你想哭都没眼泪。

可是找王守仁先生要钱，那是相当艰难的。

王守仁听说有锦衣卫来要人，便推辞不见，表示人已经送到了张永那里，你有种就自己去要人吧。

锦衣卫先生自然不敢去找张永，人要不到，他却也不走，那意思很明白，你得表示表示才行。

王守仁没有钱，即使有钱他也不想给。

但是碍于面子，他还是给了点儿钱——五两银子。

没错，就是五两。锦衣卫看着这点儿银子，简直不敢相信自己的眼睛，他极为愤怒，把银子砸在地上，扬长而去。

这下王守仁先生有大麻烦了，得罪了这位仁兄，他回去之后自然会颠倒黑白，极尽攻击诋毁之能事，必欲除之而后快。

可是事到如今，已经很难挽回了，即使送钱赔礼也未必有用。

手下人十分担心，王守仁却怡然自得地告诉他们，他自有办法让这位锦衣卫不告黑状。

但他似乎并不打算送钱，也不想赔礼，只是安安心心地一觉睡到天亮，悠闲地洗漱完毕，等着那位锦衣卫上门。

不久，这位仁兄果然来了，他虽是锦衣卫，但按照品级，他是王守仁的下级，按照官场规矩，他应该来辞行。

王守仁正站在庭院里等待着他，看着这个不懂规矩的铁公鸡，锦衣卫先生正想说两句难听的话，却见王守仁先生三步并作两步，走到了自己跟前。

王守仁真诚地拉着他的手，深情地说道：

"我当年曾经蹲过贵部门的监狱（即正德五年那一次），老兄的同仁也见过不少，却是第一次见到老兄你这样的好人啊！"

这几句莫名其妙的话彻底打蒙了锦衣卫，他呆呆地看着王守仁，哑口无言。

"我怕阁下来去辛苦，特备薄礼（确实够薄），没想到阁下竟如此廉洁，居然分文不取！我这个人没有别的用处，就是会写文章，今后必定为阁下写一篇文章，让天下所有的人都知道阁下的高风亮节！"

锦衣卫踉踉跄跄地走了，唯恐在这里多待一分钟，这次他是彻底服了，心服口服。

其实锦衣卫大人也不是笨蛋，他十分清楚，王守仁是在拿他开涮，但他发现自己竟然发不得脾气！因为在王守仁的那几句话中，也隐含着杀机。

所谓"阁下如此廉洁"，是给他台阶下，顾及他的面子，这是软的。

所谓"我没有别的长处就是会写文章"云云，是在警告他，你要敢乱来，就写一篇骂你的文字，让天下人都知道你的恶行。这是硬的。

软硬兼施之下，岂有不畏惧者？

王守仁清正廉洁，不愿送礼，但麻烦一样会自动找上门。面对着要么送礼，要么挨整的困局，王守仁用一种近乎完美的方法解决了问题。他坚持了原则，也躲过了麻烦。

如果你还不理解什么是"知行合一"，那么我来告诉你，这个故事就是"知行合一"。

锦衣卫先生哭丧着脸，给江彬带回了那个让他失望的消息——人已经被张永抢走了。

江彬气急败坏，但他很明白，张永先生惹不得，要是撕破了脸，自己也没好果子吃，想来想去，只能拿王守仁出气。

于是这个小人开始编造谣言，说什么王守仁与朱宸濠本来是一伙的，因为王守仁怕事情不成功，才临时起兵之类的鬼话，还派人四处传播，混淆视听。

这话虽然荒诞不经，但要是传到朱厚照的耳朵里，王守仁先生还是很麻烦的，关键时刻，张永挺身而出。

他向朱厚照说明了来龙去脉，并气愤地说道：

"王守仁如此忠臣，国之栋梁，为何要受到如此中伤？天理何在！"

朱厚照虽然喜欢玩，不服管，却也是懂道理的。

所以当江彬来到朱厚照面前，绘声绘色地描述了王守仁的"罪行"后，只得到了一句回答：

"你给我记住，这种话今后少讲！"

还没等江彬反应过来，朱厚照又给了他一闷棍：

"王守仁立刻复命，即日起为江西巡抚，按时到任，不得有误。"

被领导骂得狗血淋头的江彬退了出去，估计他这辈子再也不会打小报告了。

以德服人

其实江彬一直是个运气不错的人，他大字不识几个，从小所学专业是打架斗殴，偏偏跟对了老板，顿时飞黄腾达，一发不可收。杨廷和对他客客气气，张永不敢招惹他，钱宁被他关进牢房，混到这个地步，也算是到头了。

直到他碰见了王守仁。

费尽心思想夺人功劳，却是竹篮打水，打小报告挖坑设圈套，最后自己掉了进去。

失败，极其失败。

到了这个地步，也该知难而退了吧，可是江彬同志偏不，他一定要和王守仁斗到底。考虑到皇帝面前有张永护着他，江彬决定转移战场，到江西去整王守仁。

恶人做到江彬这个程度，也算到头了。不过这一次，他确实占据了先机。

当王守仁接到旨意，准备回到南昌就任的时候，江彬已经派遣他的同党张忠等人率领部分京军进入了江西。

这位张忠刚到南昌，就做了一件很恶毒的事情，他竟然逮捕了伍文定，把他捆了起来，要他交代所谓的罪行。

可伍文定岂是好欺负的？他也不讲客套，刚被绑住就跳起来大骂：

“老子爹娘老婆都不管，为国家平叛，有什么罪?！你们这帮人都是在皇上跟前混饭吃的，竟然冤枉忠良，想给朱宸濠报仇吗？如此看来，你们也是反贼同党，该杀！”

这句话那是相当厉害，反贼的黑锅谁敢背，张忠吓得不行，最终也没敢把伍文定怎么样。

看着从伍文定这里捞不到什么东西，他们灵机一动，开始询问朱宸濠的同党，希望从他们那里得到王守仁协同叛乱的口供。

事实证明，反贼也比这帮人渣有道德，无论他们怎么问，却始终没有一个人冤枉王守仁。

同时，张忠还鼓动手下的京军，天天在南昌街头寻衅闹事，希望挑起事端，本地官员虽然尽力维护，但情况仍然很糟，人心日渐不稳，眼看要失去控制，酿成大乱。

在这关键时刻，王守仁回来了。

张忠终于找到了目标，他找来了上百名士兵，分成三班倒，天天站在王守仁的家门口，只干一件事情——骂人。

这帮京城来的丘八都是老兵痞，骂人极其难听，而且还指名道姓，污秽到了极点。

王守仁的随从和下属们每每听到这些话，都极为愤怒，准备找人收拾张忠。

然而，王守仁反对，他明白张忠的企图就是挑起是非，现在必须保持冷静。

他采取了一种完全不同的处理方法，非但不跟京军计较，还善待他们，病了给药，死了给棺材，也从来不排挤、歧视他们，本地人吃什么，就给他们吃什么。

没有人给京军们上思想教育课，但他们亲身经历的一切都在不断地告诉他们：王守仁是一个好人，是一个值得尊敬的人。

慢慢地，没有人再去捣乱胡说八道，也没有人再去寻衅滋事，张忠催促多次，鼓动挑拨，却始终无人响应。

王守仁又用他那无比的人格魅力避免了一次可能发生的灾难。

京军们大多没有读过什么书，很多人原先还是流氓地痞出身，但王守仁用他的行动证明，这些准流氓们也是讲道理、有人性的。

可是张忠先生是不讲道理、没有人性的，他连流氓都不如，为了陷害王守仁，他挖空了心思四处寻找王守仁的工作漏洞，终于有一天，他觉得自己找到了。

于是他立刻找来了王守仁。

"朱宸濠在南昌经营多年，家产应该有很多吧？"张忠得意地发问。

王守仁平静地看了他一眼：

"是的。"

好，要的就是这句话。

"既然如此，为何抄家所得如此之少，钱都到哪里去了？！"

面对表情凶恶的张忠，王守仁开始做认真思考状，然后摆出了一个恍然大悟的表情：

"张公公（张忠是太监），实在对不住，正好这件事要和你商量，我在朱宸濠那里找出来一本账，上面有这些财物的去向记载，还列有很多收钱的人名，张公公要不要看一看？"

奇怪的事情发生了，张忠浑身打了个哆嗦，立刻就不言语了。

因为他知道，这本账本上必然有一个名字叫张忠。

说起这本账，实在是朱宸濠人生中少有的得意之作，以前他曾多次到京城，四处送钱送物，十分之大方，李士实看着都觉得心疼，曾劝他，即使有钱也不能这么花，应该省着点儿。

朱宸濠却得意地笑了：

"你知道什么，我不过是给钱临时找个仓库而已（寄之库耳），到时候自然会拿回来的。"

朱宸濠实在是个黑吃黑的高手，他的意思很简单，等到将来他夺了江山做皇帝，就可以把这些行贿的钱再收回来。连造反都打算要做无本生意，真可谓是官场中的极品，流氓中的流氓。

为了到时候要钱方便，他每送一笔钱，就会记下详细的时间、地点、人物，久而久之，就有了这一本账本。

后来这本要命的账本就落入了王守仁先生的手里，成为了他的日常读物之一。

张忠看着王守仁脸上那急切企盼回答的表情，哭笑不得，手足无措，过了很久才支支吾吾地说道：

“不必了，我信得过王先生。”

“真的不用吗?”王守仁的表情十分诚恳。

“不用，不用，我就是随便问问而已。”

张忠从此陷入了长期的抑郁状态，作为宫中的高级太监、江彬的死党，他还没有吃过这么大的亏。

一定要报仇!

第十八章　沉默的较量

射箭

中国流传上千年的整人学告诉我们，要整一个人，如果工作上找不到漏洞，那就找他本人的弱点，从他的私生活着手，张忠认为，只要是人，就一定会有弱点，可是王守仁先生实在是个奇迹，他很少喝酒，还不逛妓院，不打麻将，不搞封建迷信，完全是一个守法的好公民。

张忠十分头疼，他绞尽脑汁，苦苦思索，终于从王守仁身上发现了一个他认为可以利用的弱点——瘦。

相信出乎很多人的意料，优秀的军事家王守仁先生，却不是一个身强体壮的人，一直以来他的身体都不好，据史料记载，他还一直患有肺病，身体比较瘦弱。

张忠看着瘦得像竹竿的王守仁，想出了一个整治他的主意，当然了，这件事情的后果是他万万想不到的。

正德十四年（1519）十一月的一天，张忠突然来请王守仁观看京军训练，迫于无奈，王守仁只好答应了。

去到地方一看，京军正在练习射箭。王大人刚准备坐下看，张忠却突然走了过来，挡住了他的视线。他的手中，拿着一张弓。

张忠要王守仁射箭，王守仁说射得不好，不射。

张忠说不射不行，王守仁说那好吧，我射。

用射箭来难为文人，这就是张忠搜肠刮肚想出的好主意，真不知他的脑袋是怎么长的。

京军们停止了练习，他们准备看弱不禁风的王大人出丑。

在放肆的谈笑声和轻视的目光中，王守仁走上了箭场。

他屏住呼吸，搭箭，拉弓，弓满，箭出。

十环（中红心）。

四周鸦雀无声。

他深吸了一口气，从箭筒里抽出第二支箭。

拉弓，弓满，箭出。

还是十环（次中红心）。

张忠的下巴都要掉下来了，他呆呆地看着这个瘦弱的文人，惊得目瞪口呆。

王守仁没有理会张忠，他继续重复着简单的动作，在他的世界中，似乎只剩下了这几个动作，拉弓，弓满，箭出。

依然是十环（三中红心）。

然后他回头，将那张弓还给了张忠，不发一言，回到了自己的座位上，仿佛眼前的这一切和箭靶上的那三支箭与他没有任何关系。

在短暂的沉寂后，围观的京军突然发出了震天的欢呼声，他们佩服眼前的这个奇人。没有人会想到，文质彬彬、和颜悦色的王大人竟然还有这一手。

这些京军们被王守仁彻底折服了，他们曾经受人指使，穷尽各种方法侮辱他，挑起纠纷为难他，但这场斗争的结果是：王守仁赢了，赢得很彻底。不用武力，也不靠强权，以德服人而已。

在这惊天动地的欢呼声中，张忠感到了恐惧，彻头彻尾的恐惧，他意识到，这些原先的帮手不会帮他作恶了，他们随时有可能掉转头来对付自己。

于是在这场射箭表演之后两天，他率领着自己的军队撤出了江西，历时数月的京军之乱就此结束。

江西百姓解脱了，但王守仁却将因此经受更大的考验。

朱厚照的幸福生活

看着狼狈归来的张忠，江彬气坏了。

他完全无法理解，位高权重的自己，为什么奈何不了一个小小的王守仁。

不能再小打小闹了，要整就把他整死！

这一次，他本着刻苦认真的精神，准备策划一个真正意义上的阴谋，一个足以杀掉王守仁的陷阱。

就在江彬先生刻苦钻研的时候，朱厚照先生正在钓鱼。

对江彬的种种行为，朱厚照并不知道，也不想知道，他只知道现在他十分自由，而且还想继续自由下去。

出了山东，他到达了南直隶（今江苏、安徽一带），这一带湖多，朱厚照先生雅兴大发，每到必钓鱼，他还是比较大方的，钓上来的鱼都分给了左右的大臣们。

大臣们当然十分感激，千恩万谢之后，却听见了这样一句话：

"钱呢？"

大家都傻眼了，原来朱厚照先生的鱼是不能白要的，还得给钱才行！看来这位皇帝陛下很有现代劳动观念，付出了劳动就一定要报酬。

朱厚照并不缺钱，他这样做也挣不了几个钱，一句话，不就图个乐嘛。

就这么一路乐过去，到了扬州，惹出了大麻烦。

当时的扬州是全国最大的城市之一，据说人口最高曾达到一百余万，十分繁华，当然了，这里之所以有名，还有一个重要的原因——美女众多。

可是正德十四年（1519）十二月，这座著名城市的街头却出现了一场中国历史上可谓绝无仅有的怪现象。

街道一片混乱，到处都站满了人，但这些人却几乎保持着同一个表情和动作——左顾右盼，这些人四处张望，只为了做一件事——抢人。

抢人的方式很简单：一群人上街，碰见男的，二话不说，往家里拉，拉不动的就抬，总之要把人弄回去。

等被抢的这位哆哆嗦嗦地到了地方，琢磨着这帮人是要钱还是要命时，却看见了准备已久的锣鼓队和盛装打扮的新娘子。

然后有人走过来告诉他，你就是新郎。

之所以会发生这戏剧性的一幕，原因十分简单——朱厚照喜欢美女。

皇帝感兴趣的事情，自然有人会去代劳，而这位自告奋勇、自行其是的人是个太监，叫做吴经。

很遗憾，这位吴经也不是个好人，他先行一步到达扬州，抢占了很多民宅，说是皇帝要用，然后他又征集（抢）了很多未婚女人，也说是皇帝要用。

对于这位吴经的行为，很多史书都用了一个共同的词语来描述——矫上意。

矫上意，通俗地说，就是打着皇帝的名号干坏事，让皇帝背黑锅。因为朱厚照并没有让他来干这些缺德事。

客观地讲，朱厚照确实是干过很多荒唐的事情，私生活也算丰富多彩，但从他容忍大臣、能辨是非的一贯表现看，这个人还是比较靠谱的，可偏偏他不能容忍一成不变、老气横秋的生活，他喜欢自由自在，驰骋遨游。

而这种兴趣爱好是那些传统文官读书人很难接受的，他也没兴趣和老头子官僚一起玩，所以搞到最后，陪在他身边的都是一些不三不四，却会找乐子的小人。

这些人没有什么以天下为己任的责任感，天天伺候这位大爷，无非也是为了钱，借着办事，趁机自己捞点儿油水，那实在是再自然不过的事情了。

所以在我看来，朱厚照的黑锅虽然多，却背得也不冤，毕竟人家陪你玩，也是要拿工钱的。

吴经就是这样一个拿工钱的人，他占房子、抢女人之后，故意放出风去，让人家拿钱来赎，也算是创收的一种方式。

他这样一搞，不但搞臭了皇帝的名声，还搞出了这场让人哭笑不得、空前绝后的大恐慌。

鉴于征集对象限于未婚女子，人民群众立刻想出了对策，无论如何，必须先找一个男人来顶着，到了这个关口，什么学历、文凭、相貌、家世都不重要了，只要是男的就行。

于是老光棍们的幸福时光到了，原本找不到老婆，现在却一下子成了紧俏产品，很快被抢光，有一些有老婆的也被抢了，不过这个问题不大，当年娶两个老婆也是国家允许的。

而那些平日就出名的风流才子此刻就麻烦了，由于声名在外，立刻成为了多家抢夺的对象，据说有一位姓金的秀才被三家同时拉住，最后被人多势众的一家抢了回去，他本人倒有几分骨气，趁人不备就爬墙逃走，可刚落地没多久，就又被另一家抢了回去。

相信对于这一景象，很多男同志都是身不能至，心向往之，不过请诸位节哀，在今天这一幕是绝对不会出现的，最新数据显示，男女比例已经达到117:100，按照这个比例，一百多人中就有十七位先生是注定要将光棍进行到底了。

据说这个比例还要进一步拉大，相信在不久之后的将来，娶到老婆的仁兄们就可以自豪地拍拍胸脯，喊一声老天保佑，阿弥陀佛了。

最后还要告诫大家，这种上街抢人的方式如果用在现代，那是未必能够行得通的，因为在今天的街头，凭外表相貌抢人，只能保证你抢到的是人，却不一定是个男人。如果你运气好，没准儿还能抢到几个超女。

无论如何，扬州算是彻底乱了，如果闹下去情况会完全失控，大祸将起。万幸的是，扬州还有一个叫蒋瑶的知府。

这位蒋知府平日与人为善，但事情到了这个地步，不出头不行了，他跑去找吴经，希望他捞一把就够了，及早收手。

吴经哪里把这个地方官放在眼里，只漫不经心地回了一句：

“胆敢抗命，就杀了你！”

蒋知府说了半天好话，却得到这么一个答复，气愤到了极点，他豁了出去：

“趁早告诉你，我抗命自然该死，但百姓是朝廷的百姓，要是逼反了他们，到时追究责任，你也跑不掉！”

吴经一盘算，倒也是这么回事，这才老实了点儿，局势终于得到了控制。

要说这位蒋知府也真是硬汉，经过这么一番折腾，他也彻底想开了，无非就是一死，还有什么话不敢讲，他打定主意，要让朱厚照早点儿滚蛋。

朱厚照真的来了，他老人家倒还比较老实，只是拿着鱼竿去湖边钓鱼。蒋知府也在一旁陪同，此时江彬已经得到了吴经的报告，说这个蒋瑶妨碍他们发财。于是江彬准备难为一下这位知府。

正巧此时，朱厚照钓上了一条大鱼，他按照老传统，开玩笑地说："这条鱼可卖五百金！"

江彬在一旁听见，立刻说道：

"蒋知府，这条鱼你就买了吧。"

这明显是坑人，可出人意料的是，蒋瑶竟然答应了，他不但答应，还马上赶回家拿钱。

没过多久，蒋瑶就捧着一些首饰和一堆衣服回来了。

朱厚照奇怪了：

"你这是干什么？"

蒋瑶昂着头大声说：

"国库没有钱！我只有这些东西了。"

江彬吓得脸都白了，可是朱厚照却没有发火。

他低头想了一下，笑了起来，把鱼丢给了蒋瑶：

"你去吧，这条鱼送给你了。"

事情到这里也算告一段落了，但蒋知府可谓是多年死火山突然爆发，一发不可收拾，打定了主意，就算死也要把朱厚照这尊大佛送出扬州。

不久之后，朱厚照派人来找他要当地特产——琼花。

蒋瑶先生是这样回答的：

"琼花本来是有的，但自从宋徽宗去北方打猎，这花就绝种了，所以没花送陛下。"

这是一句十分刻薄的话，前面曾经说过，所谓去北方打猎，学名是北狩，就是当俘虏的意思，这是明目张胆地把朱厚照先生比作亡国之君。

传话的人吓得目瞪口呆，半天呆着不动。

蒋瑶随即大喝一声：

"愣着干什么，照原话去回就是了，有什么事我来承担！"

然而，出乎所有人的意料，什么事情也没有发生，朱厚照听到了这句话，只是叹了口气，笑了笑，轻松地表达了他的意见：

"也就这样了，我们离开这里吧。"

在这场皇帝与文官的斗争中，执著的蒋瑶胜利了，他准备欢送朱厚照先生早离疆界。

可是朱厚照先生永远是出人意料的，就在即将离开扬州的时候，他找来了蒋瑶，直截了当地告诉他：自己不能白来，无论如何，你得搞点儿本地土特产品给我。

这就是传说中黑暗专制、恐怖独裁的明朝皇帝，如此低声下气地要东西，着实体现了其“专制独裁”的本质。

朱厚照的态度固然让人吃惊，但更意外的事情还在后头。

对于皇帝的要求，蒋瑶只回答了一句话：

“扬州没有土特产。”

对此，朱厚照又是一阵苦笑，但皇帝大人就这么空手开路似乎不太体面，结果无奈之下，他硬要了五百匹苎白布，也算挣回了点儿面子。

蒋瑶终于松了口气，虽然他不喜欢朱厚照，但基本礼仪还是要的，人都要走了，总得意思意思，于是他命令下属摆了酒席，请朱厚照吃饭，算给皇帝大人送行。

可在酒席上发生的事情却让这位知府终生难忘。

朱厚照郑重其事地接受了邀请，向官员们挥手致意，大家正准备聆听他的指示，这位仁兄却突然翻了脸：

“摆这么多酒席干什么，我也吃不了，你们竟然如此浪费吗？”

下面的蒋瑶捏了捏自己的脸，他怕自己在做梦，一夜之间，朱厚照怎么就转了性，成了勤俭持家的模范？

可皇帝大人似乎越说越气，发了话：

“我不吃了！”

看着皇帝发了火，官员们不知所措，现场气氛十分尴尬。不过不用急，朱厚照先生的这句话还没说完。

没等官员们反应过来，朱厚照却又换了一副笑脸，补充了刚才发言的下半句：

“把这些酒席折成银两交给我就是了。”

现场立刻陷入了寂静，极度的寂静。

怎么着？吃不了打包带走也就罢了，您还要折现金？

这兄弟还真讲实惠啊！

看着发愣发呆的官员们，朱厚照得意了，他放肆地开怀大笑，就此扬长而去。

皇帝陛下自然不缺钱，更不用说这几个酒席钱，他这样做的原因很简单——这是一件很有趣的事情。

娱乐百官，其乐无穷啊！

正德十四年（1519）十二月丙辰，朱厚照终于到达南京。至此，自八月从北京出发，一路走一路游，足足四个月时间，朱厚照终于到达了他此次旅行的终点。

在这里，他将遭遇人生中最大的危机。

不祥的预兆

当朱厚照得意扬扬地踏入南京城时，他身边的江彬也被激动的情绪所笼罩。

但是他激动的原因与朱厚照先生截然不同，经过长期的筹划和准备，他的计划已经完成，即将进入实施阶段，而实施的最佳地点，就是南京。

而在这之前，他还必须处理一个心头大患——王守仁。

但王守仁先生太不容易对付，所以这次他设计了一个极为阴毒的圈套，并指使张忠具体执行。

不久之后，张忠在朱厚照面前转悠的时候，突然不经意间感叹了一句：

“王守仁实在不是个忠臣啊！”

朱厚照问他为什么。

“他现在一直在直隶（南）江西一带，竟这么久都不来朝见陛下，实在目中无人，陛下如果不信，可以召见他，此人一定不会来的！”

听起来是个有意思的事情，朱厚照决定试一试。

江彬之所以能肯定王守仁不会应召，其中大致包含了“狼来了”的原理。

以往江彬经常假冒朱厚照的名义矫旨办事，大家心里都有数，而王守仁和他矛盾很深，唯恐上当受骗，前来受死。而以王先生的性格，万万不会想到，这次的旨意真的是皇帝陛下发布的。

王巡抚，安心待着吧，藐视皇帝的罪名你是背定了！

可没过多久，他就又蒙了，因为有人告诉他，王守仁已经赶到了芜湖，正准备觐见皇帝。

让你来你不来，不让你来你偏来！江彬想去撞墙了。

这自然还是要托张永先生的福，他及时通知了王守仁，让他日夜兼程，快马赶过来，给了江彬一个下马威。

所谓朝中有人好办事，实在不是一句空话。

朱厚照也知道王守仁到了，他倒真的想见见这位传奇人物，这下可把江彬、张忠急坏了，他们多方阻挠，准备把王守仁赶回去，绝不让他与皇帝见面。

王守仁已经受够了，他知道江彬还要继续整他，这场猫捉老鼠的游戏很难有终结的时候，为了给江彬一个教训，他准备反击。

一天后，张忠突然急匆匆地跑来找江彬，告诉了他一个惊人的消息：

“王守仁不见了！”

又是一头雾水。

“他去哪里了？”

“派人去找了，四处都找不到。”

见鬼了，总不至于成仙了吧，看见他的时候嫌他碍眼，心烦。看不见他的时候怕他搞阴谋，心慌。

“快去把他给我找出来！”江彬的精神快要崩溃了。

王守仁没成仙，他脱掉了官服，换上了便装，去了九华山，在去的路上，他逢人便说，自己已经看破红尘，不想争名夺利，准备到山里面当道士，了此余生。

王巡抚要当道士！这个轰动新闻顿时传遍了大街小巷，张永不失时机地找到了朱厚照，告诉他，王守仁平定了叛乱，却不愿意当官，只想好好过日子，所以打算弃官不干，去修道了此一生。

朱厚照被感动了。

他找来江彬，狠狠地骂了他一顿，让他今后老实点儿不要再乱来。

然后他传令王守仁，不要再当道士了，继续回来当他的官。

于是王道士在山里吃了几天斋，清了清肠胃，又一次光荣复出。

江彬决定放弃了，因为他终于清醒地意识到，王守仁先生是一个可怕的对手，是绝对无法整倒的。

而更重要的是，不久之后他要做一件惊天动地的事，如果稍有不慎，就会人头落地，必须集中所有精力，全力以赴。

正德十五年（1520）一月，行动正式开始。

南京兵部尚书乔宇如同往常一样，召集兵部的官员开会，并讨论近期的防务情况，南京虽然也是京城，也有六部都察院等全套中央班子，却是有名无实，一直以来，这里都是被排挤、养老退休官员们的藏身之处。

但兵部是一个例外，南京兵部尚书又称为南京守备，手握兵权，负责南直隶地区的防务，是一个极其重要的位置。

因此，虽然其他部门的例会经常都会开成茶话会和聊天会，兵部的例会气氛却十分紧张，但凡有异常情况，都要及时上报，不然就会吃不了兜着走。

会议顺利进行，在情况通报和形势分析之后，乔宇正式宣布散会。

就在他也准备走的时候，却看见了一名千户向他使了个眼色。

乔宇不动声色，留了下来，等到众人走散，这位千户才凑到他跟前，告诉了他一件十分奇怪的事情——江彬曾经派人去找守门官，想要索取城门的钥匙。

乔宇当时就呆了，他很清楚这一举动的意义。

城门白天打开，晚上关闭，如有紧急情况要开门，必须通报兵部值班人员，获得许可才能开。这件事情奇怪就奇怪在，如果是皇帝要开门进出，自然会下令开门，而江彬是皇帝的亲信，日夜和皇帝待在一起，要钥匙干什么用？

答案很简单：他要干的那件事，是绝对不会得到皇帝同意的。

乔宇打了个寒战，他已经大致估计到了事情的严重性。

"你去告诉守门官，自即日起，所有城门钥匙一律收归兵部本部保管，没有我的允许，任何人不得借用，违令者立斩！"

"如果江指挥（江彬是锦衣卫指挥使）坚持要呢？"

"让他来找我！"

江彬很快得知了乔宇不肯合作的消息，他勃然大怒，虽说乔宇是兵部尚书，堂堂的正部级高干，他却并不放在眼里。

江彬的狂妄是有根据的，他不但接替钱宁成为了锦衣卫指挥使，还被任命兼管东厂，可谓是天字第一号大特务，向来无人敢惹。但他之所以敢如此嚣张，还是因为他曾经获得过的一个封号——威武副将军。

这是个在以往史书中找不到的封号，属于个人发明创造，发明者就是威武大将军朱寿，当然了，这个朱寿就是朱厚照同志本人。

朱厚照是一把手，他是二把手，他不嚣张才是怪事。

可当江彬气势汹汹地找到乔宇时，却意外地发现，乔宇似乎比他还要嚣张，无论他说什么，乔宇只是一句话：不借。

苦劝也好，利诱也好，全然无用。江彬没办法了，他恶狠狠地威胁乔宇，暗示会去皇帝那里告黑状。

然而，乔宇直截了当地告诉他：你去好了，看你能怎么样！

江彬不是没脑子的人，乔宇这种官场老手竟然不怕他，还如此强硬，其中必定有问题。

他忍了下来，回去便派特务去监视调查乔宇，结果让他大吃一惊，庆幸不已，原来这位乔宇不但和朝中很多高官关系良好，竟然和张永也有私交，张永还经常去他家里串门。

而乔尚书的履历也对这一切作了完美的注解——他的老师叫杨一清。

江彬发现乔宇是对的，他确实不能把此人怎么样，他不想得罪张永，更不敢得罪杨一清，刘瑾的榜样就在前面，他还想多活个几年。

很明显，这条路是走不通了，必须用别的方法。

江彬的判断十分准确，张永确实和乔宇关系紧密，但他并不知道，就在他调查乔宇的同时，张永的眼线也在监视着他。

根据种种迹象，张永和乔宇已经断定，江彬有谋反企图。但此人行动多变，时间和方式无从得知，所以他们只能静静地等待。

第十九章　终结的归宿

失踪之谜

前方迷雾重重。

这是张永和乔宇的共同感觉，毕竟朱厚照每天都和江彬待在一起，明天会发生什么事情，只有天知道。

虽然他们对即将发生的事情进行过预想，有着充分的思想准备，但当那一天终于到来时，事情的诡异程度仍然大大超出了他们的想象。

正德十五年（1520）六月丁巳朔，乔宇突然气喘吁吁地跑到张永的府邸，他的脸上满是惊恐，一把抓住张永的衣袖，半天只说出了一句话："不见了！不见了！"

张永脸色立刻变得惨白，他没问谁不见了，因为只有那个人的失踪才能让乔宇如此惊慌。

就在一天前，朱厚照前往南京附近的牛首山游览，当年南宋名将岳飞曾经在这里打败过金军，朱厚照对此地久已神往，专门跑去玩了一天。

可是就在天色已晚的时候，有人惊奇地发现，朱厚照失踪了！

但是奇怪的是，皇帝不见了，他的随从和警卫们却对此并不惊讶，也没有大张旗鼓地去寻找，似乎很奇怪，却也算正常——负责护卫工作的人是江彬。

虽然江彬封锁了消息，但是乔宇有乔宇的人，这件事很快就传到了他的耳朵里，他吓得魂都快没了，连忙赶来找张永，并提出了他的意见。

“情况紧急，为防有变，我这就派兵把江彬抓起来!”

张永倒是比较镇定，他告诉乔宇，目前还不能动手，毕竟局势尚未明朗，而且朱厚照这人比较没谱，出去玩个露营之类的也算正常，抓了江彬，过两天朱大爷自己回来了，那就麻烦了，况且如果匆忙动手，还可能会逼反江彬。

所以目前唯一能做的事情就是多派些人出去寻找。

“先等等吧。”

这是明代历史上最为离奇的一次失踪，让人费解的是，对于此事，史书上竟然也是讳莫如深，其背后极可能有人暗中操纵，实在是神秘莫测。

一天过去了，两天过去了，十几天过去了，朱厚照连个影子都没有。

“不能再等了!”

已经近乎疯狂的乔宇再也无法忍受了，在这些等待的日子里，他如同生活在地狱里，万一朱厚照真的在他的地盘上遇害，别说江彬，连杨廷和这帮人也不会放过他。

“怎么办?”

他用盼救星的眼光看着张永，得到的却是这样一个回答：

“我也不知道。”

见惯风浪的张永这次终于手足无措了，如此怪事，活不见人，死不见尸，找谁算账呢? 外加这位朱同志又没有儿子，连个报案的苦主也没有，上法院都找不到原告，他也没了主意。

突然，一道亮光在他的脑海中浮现，他想起了一个人：

“那个人一定会有办法的。”

几天后，王守仁接到了张永的邀请。

当他听完这件离奇事件的详细介绍后，就立刻意识到，局势已经极其危险了。

但与此同时，他也作出了一个重要的判断——朱厚照还没有死。

“何以见得?”张永还是毫无头绪。

“团营目前还没有调动的迹象。”

所谓团营，是朱厚照自行从京军及边军中挑选训练的精锐，跟随他本人作战，大致可以算是他的私人武装，但平时调动大都由江彬具体负责。

“如果陛下已经遭遇不测，江彬必定会有所举动，而团营则是他唯一可用之兵，但而今团营毫无动静，想必是陛下受江彬蒙骗，藏身于某地，如此而已。”

张永和乔宇这才松了口气，既然人还活着，那就好办了。

然而，王守仁却并不乐观，因为他的习惯是先说好消息，再说坏消息。

他接着告诉这二位弹冠相庆的仁兄，虽然朱厚照没有死，却也离死不远了。

他提出了一个关键的问题：隐藏皇帝是很危险的事情，江彬一向谨慎，也早就过了捉迷藏的年龄，为什么突然要出此险招呢?

答案是——他在试探。

试探谋杀后可能出现的后果，试探文官大臣们的反应，而在试探之后，他将把这一幕变成事实。

在一层层地抽丝剥茧后，王守仁终于找到了这个谜团的正确答案。

现在必须阻止江彬，让他把朱厚照带出来，可是怎么才能做到这一点呢?

面对着张永和乔宇那不知所措的目光，王守仁笑了。

他总是有办法的。

第二天，南京守备军突然开始行动，在南京附近展开搜索，但他们的搜索十分奇怪，虽然人数众多，规模庞大，却似乎既没有固定的对象，也没有固定的区域。而此时，南直隶和江西驻军也开始紧张操练备战，气势汹汹声势浩大。

对于这一切，很多人都是云里雾里，搞不懂到底发生了什么事情。

但江彬是知道的，他明白，自己的阴谋已经被人识破了，突然出来这么大场面，无非是有人要告诉他，不要痴心妄想惹啥麻烦，最好放老实点儿。

于是在失踪了数十天后，朱厚照终于又一次出现了，对他而言，这次游玩是一次极为难忘的经历。至于阴谋问题，并不在他的考虑范围之内。

玩也玩够了，朱宸濠也到手了，朱厚照终于准备回家了。

但在此之前，他还要演一出好戏。

正德十五年（1520）八月癸巳，南京。

在一片宽阔的广场中，朱厚照命令手下放出了朱宸濠，但朱宸濠先生的脸上并没有任何的喜悦，因为他的四周都是虎视眈眈的士兵。在仅仅获得了几秒钟的自由后，朱厚照一声令下，他又被抓了起来，重新关进牢房。

这就是朱厚照的安排，他一定要亲自抓一次朱宸濠，哪怕是演戏也好，想来也只有他才能想出这种耍着人玩的花样。

终于平定了“叛乱”，朱厚照心满意足，带领全部人马踏上了归途。

在回去的路上，朱厚照也没有消停，路过镇江，他还顺道去了杨一清先生的家，白吃白住闹了几天，搞得老头子好长时间不得休息，这才高兴地拍拍屁股走人。

闹也好，玩也好，至少到目前为止，朱厚照的江南之旅还是十分顺利的，阴谋似乎并不存在，那些黑暗中蠢蠢欲动的人们对他也毫无办法。

皇帝就要回京了，在那里没有人再敢打他的主意，江彬的计划看来要落空了。

可是朱厚照绝对不会想到，死神的魔爪已经悄悄伸开，正在前方等待着他。

那个改变朱厚照一生的宿命之地，叫做清江浦。

正德十五年九月己巳，朱厚照来到了这个地方，这个充满了迷雾的神秘莫测之地。

这一天，他坐上了一只小船，来到积水池，准备继续他的兴趣爱好——钓鱼。然而不久之后，他却突然落入了水中。

另一个千古谜团就此展开。

随从们立刻跳入水中，把他救了上来，朱厚照似乎也不怎么在意，然而这之后的事情却开始让人摸不着头脑。

朱厚照虽然不怎么读书，却是一个体格很好的人，他从小习武，好勇斗狠，长期参加军事训练，身体素质是相当不错的。

然而奇怪的是，这次落水之后，他的身体突然变得极为虚弱，再也没有了以往的活力和精神，整日待在家中养病，却未见好转。

对于这次落水，史书上多有争论，从来都没有一个定论，我自然也不可能给出一个结论。

但南京的城门钥匙、牛首山的突然失踪，一切的一切似乎并不是单纯的巧合。

还有那一天跟随他钓鱼的随从和警卫们，我只知道，在牛首山失踪事件发生的那一天，他们作为江彬的下属，也负责着同样的工作。

这个谜团似乎永远也无法解开了，所有的真相都已在那一天被彻底掩埋。

从此，朱厚照成为了一个病人，那个豪气凌云、驰骋千里的人不复存在，他将在死神的拖拽下一步步走向死亡。

正德十六年（1521）三月乙丑，这一幕精彩离奇的话剧终于演到了尽头。

奄奄一息的朱厚照看着四周的侍从护卫，留下了他人生的最后一句话，就此结束了他多姿多彩的传奇一生。

"我的病已经没救了，请告诉皇太后，国家大事为重，可以和内阁商议处理，以前的事情都是我的错，与旁人无关。"

朱厚照的这段遗言，有人认为是假的，因为在许多人的眼里，朱厚照永不会有这样的思想觉悟，他的人生应该是昏庸到底，荒淫到底的。

其实我也希望这段遗言不是真的，不过动机完全不同。

如果这段话确实出自朱厚照之口，那将是他妥协的证明，这位个性张狂、追求自我的反叛者，与那些限制他自由的老头子和规章制度斗争了一辈子，却在他人生的最后一刻，放弃了所有的努力，选择了屈服。

如果这是真的，那才是一个彻头彻尾的悲剧。

因为他的传奇经历和某些人的故意抹黑，朱厚照成为了中国历史上知名度极高的一位皇帝，所谓好事不出门，坏事传千里，他比他那位勤政老实的父亲要出名得多，如果在辞海里给他专门开一个词条，估计注解中有两个词是跑不掉的：昏庸、荒唐。

以皇帝的标准来看，这两个词用在他身上倒也不算冤枉，他实在不是个敬业的劳动者。

但以人的标准来看，他并没有做错什么，他不残忍，也不滥杀无辜，能分清好歹，所以在我看来，他不过是一个希望干自己想干的事、自由自在度过一生的人。

作为人，他是正常的，作为皇帝，他是不正常的。

所以我就此得出了一个重要结论：

皇帝这份活儿，真他娘的不是人干的。

传道

朱厚照走到了终点，但正德年间另一位传奇人物的人生却还在继续着，王守仁仍然在续写着他的辉煌。

叛乱平定了，俘虏交上去了，阎王小鬼也打发走了，到此应该算是功德圆满。王大人也终于可以歇歇了，正在这个时候，张永来了，不过这次他是来要一样东西的。

他要的，就是朱宸濠的那本账本。

张公公在朝廷中是有很多敌人的，平时就打得你死我活，现在天赐良机，拿着这本账本，还怕整不死人吗？

在他看来，王守仁算是他的人，于情于理都会给他的。

然而，王守仁的回答却实在出人意料：

“我烧掉了。”

张永的眼睛当时就直了。

面对着怒火中烧的张永，王守仁平静地说出了他的理由：

“叛乱已平，无谓再动兵戈，就到此为止吧。”

张永发现自己很难理解王守仁，他不要钱、不要官，不但不愿落井下石，连自己的封赏也不要，为了那些平凡的芸芸众生，他甘愿功成身退，拱手让人。

这个世上竟然有这样的人啊！

一声叹息之后，张永走了，走得心服口服。

一切都结束了，世界也清净了。经历了人生最大一场风波的王守仁，终于获得了片刻的安宁。

当然，只是片刻而已，因为像他这样的人，不惹麻烦自然有麻烦来找他。

这次找他麻烦的人，来头更大。

嘉靖元年（1522），新登基的皇帝看到王守仁的功绩，赞叹有加，决定把他应得的荣誉还给他，还当众发了脾气：

“这样的人才，为什么放在外面，即刻调他入京办事！”

然而，之后奇怪的事情发生了，这道命令却迟迟得不到执行，拖到最后，皇帝连催了几次，吏部才搞出一个莫名其妙的结果——调南京兵部尚书。

皇帝都说要他入京了，吏部吃了豹子胆，敢不执行？

吏部确实没有执行皇帝的命令，但他们也没有抗命，因为他们执行的，是另一个人的命令。

在当时的人们看来，这个人比皇帝厉害。

因为连当时的皇帝，都是这位仁兄一手拥立的。

此人就是我们的老朋友杨廷和，这次找王守仁麻烦的人正是他。

杨廷和大致上可以算是个好人（相对而言），虽然他也收收黑钱，徇徇私，但归根结底他还是努力干活的，朱厚照在外面玩的这几年，没有他在家拼死拼活地干，明朝这笔买卖早就歇业关门了。

但他也有一个致命的缺点——心胸狭窄，很难容人。他和王守仁的老上级王琼有着很深的矛盾，对于王守仁这样的人，自然不会手下留情。

对于这样的一个结果，王守仁却并不在意，对于一个视荣华为无物，置生死于度外的人来说，这算得上什么呢？

他收拾东西，去了南京，接任兵部尚书。

历史是神奇的，虽然对于杨廷和的恶整，王守仁并没有反击，但正德年间的著名定律——不能得罪王守仁，到了嘉靖年间竟然还是有用的。

杨廷和先生不会想到，他很快也要倒霉了，让人匪夷所思的是，虽然那件让他倒霉的事王守仁并未参与，却也与之有着莫大的关系。

那是以后的事了，杨廷和先生还得等一阵子，可是王守仁的不幸却已就在眼前。

嘉靖元年二月，王守仁刚到南京，就得知他的父亲王华去世了。

这位老先生前半辈子被王守仁折腾得够呛，后半辈子却为他而自豪，含笑而去，也算是死得瞑目。

这件事情沉重地打击了王守仁，他离任回家守孝，由于过于悲痛，还大病了一场。

正是这次打击和那场大病，最终使他放下了所有的一切。

父亲的训斥，格竹子的执著，刘瑾的廷杖，龙场的悲凉，悟道的喜悦，悲愤的逃亡，平叛的奋战，如此多的官场风波，刀光剑影，几起几落，世上再也没有一样东西，可以扰乱他的心弦。

他终于可以静下心来，一心一意地搞他的哲学。

他虽然已经名满天下，却毫无架子，四处游历讲学，无论是贫是富，只要前来听讲，他就以诚相待，即使这些人另有目的。

嘉靖元年，一位泰州的商人来到了王守仁的家，和王守仁比起来，他只是个无名小卒，但奇怪的是，他却吸引了很多人的注意。

因为这位仁兄的打扮实在惊人，据史料记载，他穿着奇装异服，戴着一顶纸糊的帽子，手里还拿着笏板，放在今天这打扮也不出奇，但在当时，就算是引领时代潮流了。

他就穿着这一身去见了王守仁，很多人并不知道，在他狂放的外表后面，其实隐藏着另一个目的，然而，他没有能够骗过王守仁。

王守仁友善地接待了这个人，与他讨论问题，招待他吃饭，他对王守仁的学识佩服得五体投地，便想拜入门下，王守仁答应了。

不久之后，他又换上了那套行头，准备出去游历讲学。

王守仁突然叫住了他，一改往日笑颜，极为冷淡地问他，为何要这种打扮。

回答依然是老一套，什么破除理学陋规、讲求心学真义之类。

王守仁静静地听他说完，只用一句话就揭穿了他的伪装：

“你不过是想出名而已（欲显尔）。”

这人彻底呆住了，这确实是他的目的，在他出发前，唯恐身份太低，被人家瞧不起，希望利用王守仁来扩大名声，所以想了这么个馊主意来炒作自己。

这位仁兄还是太嫩了，要知道，王守仁先生看起来慈眉善目，却是耍诈的老手，当年他老哥出来骗人的时候，估计书生同志还在穿开裆裤。

眼见花招被拆穿，也不好意思再待下去了，他拿出了自己最后的一丝尊严，向王守仁告别，准备回家。

王守仁却叫住了他，对他说，他仍然是自己的学生，可以继续留在这里，而且想住多久就住多久。

此人终于明白，所谓家世和出身，从来都不在王守仁的考虑范围之内，他要做的，只是无私的传道授业而已。

他收起了自己的所有伪装，庄重地向王守仁跪拜行礼，就此洗心革面，一心向学。

这个人的名字叫做王艮，他后来成为了王守仁最优秀的学生，并创建了一个鼎鼎大名的学派——泰州学派（王艮是泰州人）。

泰州学派是中国历史中第一个真正意义上的思想启蒙学派，它发扬了王守仁的心学思想，反对束缚人性，引领了明朝后期的思想解放潮流。

此学派影响极大，精英辈出，主要传人有王栋、徐樾、赵贞吉、何心隐等，这些人身份相差极大，如赵贞吉是朝廷高级官员，何心隐却是社会不稳定因素，经常闹事，实在是五花八门，龙蛇混杂。

但这一派中影响最大的却是另外两个人，一个被称为“中国历史上最伟大的思想家之一，思想启蒙解放的先锋”（官方评价），叫做李贽。

对于这位李贽先生，如果你没有听说过，那是不奇怪的，毕竟他不是娱乐圈的人，曝光率确实不高，但他在中国思想哲学史上的名声实在是大得吓人，这位仁兄还是一位传奇人物，关于他的事情后面还要讲，这里就不多说了。

而另一个人更为特别，此人不是泰州学派的嫡传弟子，只能算个插班生，但如果没有这个人，明代的历史将会改写。

这个影响了历史的人的名字，叫做徐阶。

这是一个重量级的人物，也是后面的主角人选，目前暂时留任候补休息。

光芒

王守仁是一个伟大的人。

他不嫌弃弟子，不挑剔门人，无论贫富贵贱，他都一视同仁，将自己几十年之所学倾囊传授，他虚心解答疑问，时刻检讨着自己的不足，没有门户之见，也不搞学术纷争。

据我所知，能够这样做的，似乎只有两千年前的那位仁兄——孔子。

他四处讲学，用自己的人格魅力和学识征服了无数的人，心学的风潮逐渐兴起，但他的这一举动也惹来了麻烦。

官方权威的程朱理学家们终于无法容忍了，在他们看来，王守仁的"异端邪说"就如同洪水猛兽，会荡涤一切规范与秩序，他们纷纷发起了攻击。

写文章的写文章，写奏折的写奏折（很多人都是官），更绝的是，当时的中央科举考试的主考官，竟然把影射攻击王守仁的话，当做考题拿来考试，真可谓空前绝后，举世奇观。

漫天风雨，骂声不绝，总之一句话，欲除之而后快。

对于这一"盛况"，他的门人都十分气愤，但王守仁却只笑着说了一句话：

"四方英杰，各有异同，议论纷纷，多言何益?"

这不仅仅是一句回答，也是王守仁一生的注解。

他的这种态度打动了更多的人，因为所有的人都已看到，在狂潮之中，王守仁依然屹立在那里，泰然自若。

心如止水者，虽繁华纷扰之世间红尘，已然空无一物。

是的，前进的潮流是无法阻挡的，正如同王守仁的光芒，纵然历经千年，饱经风雨，却终将光耀于天地万物之间。

嘉靖六年（1527）五月，天泉桥。

王守仁站在桥上，看着站在他眼前的钱德洪与王畿。

这两个人是他的嫡传弟子，也是他的心学传人。他之所以在此时召集他们前来，是因为最后的时刻就要到了。

不久之前，朝廷接到急报，两广地区发生了少数民族叛乱，十分棘手，两广总督姚镆急得跳脚，却又束手无策，万般无奈之下，皇帝想到了王守仁。

于是王守仁先生又一次接到了救火队员的工作，他被委任为左都御史，前往平叛。

此时他的身体已经很差了，经过长期征战和常年奔波，他再也经不起折腾了。而且此时他已然成为了知名的哲学家，有很高的学术声望，完全可以拒绝这个差事。

可是如果他拒绝，他就不是王守仁了，他的这一生就是为国为民活着的。王哲学家决定再次拿起武器，深入两广的深山老林去爬山沟。

但在此之前，他还有几句必须要说的话。

钱德洪和王畿肃穆地看着老师，他们在等待着。

王守仁打破了沉默：

“我即将赴任，但此去必定再无返乡之日，此刻即是永别之时，望你们用心于学，今后我不能再教你们了。”

钱德洪和王畿当即泪流满面，马上跪倒在地，连声说道：

“老师哪里话！老师哪里话！”

王守仁却笑着摇摇头：

“生死之事，上天自有定数，我已五十有六，人生已然如此，别无牵挂，只是有一件事情还要交代。”

钱德洪和王畿停止了悲泣，抬起了头。

“我死之后，心学必定大盛，我之平生所学，已经全部教给了你们，但心学之精髓，你们却尚未领悟，我有四句话要传给你们，毕生所学，皆在于此，你们要用心领会，将之发扬光大，普济世人。”

天地竟是如此之宁静，大风拂过了空旷的天泉桥，在四周传来的阵阵风声中，王守仁高声吟道：

无善无恶心之体，有善有恶意之动。

知善知恶是良知，为善去恶是格物。

钱德洪与王畿一言不发，屏气凝神，记下了这四句话。

此即所谓心学四诀，流传千古，至今不衰。

吟罢，王守仁仰首向天，大笑之间飘然离去：

“天地虽大，但有一念向善，心存良知，虽凡夫俗子，皆可为圣贤！”

号哭而来，欢笑而去，人生本当如此。

这就是中国哲学史上著名的天泉论道，王守仁将他毕生的坎坷与智慧传授给了后人，从这个意义上讲，他已经完成了自己的使命。

但是王守仁先生还不能光荣退休，因为他还要去山区剿匪。

王先生虽说是哲学家，但某些方面却很像湘西的土匪，放下枪就是良民，拿起枪就是悍匪，一旦兵权在手，大军待发，他就如同凶神恶煞附身，开始整顿所有部队，严格操练。

这其实并不矛盾，因为王守仁很清楚，对于叛乱者，讲解哲学是没有用的，只有开展武装斗争，枪杆子才是硬道理。

这就是智慧，这就是知行合一的真意。

不过估计王守仁先生也没想到，他的到来对这场叛乱会产生怎样的影响，起码他肯定不知道自己的名声到底有多大。

在听到王守仁前来征讨的消息后，领导叛乱的两个首领当即达成了共识——投降。

王先生实在是名声在外，他的光辉业绩、犯事前科早就街知巷闻，连深山老林里的少数民族也是闻名已久，叛乱者也就是想混口饭吃，犯不着和王先生作对，所以他们毫不迟疑地决定接受朝廷招安。

但这二位首领倒还有个担心，由于王先生之前的名声不好（喜欢耍诈），他们两个怕就算投了降，到时候王先生阴他们一下，翻脸不认人怎么办？

但事到如今，投降生死未卜，不投降就必死无疑，还是投降吧。

其实王守仁先生还是守信用的，只有对不讲信义、玩弄阴谋的人，他才会痛下杀手，见到这二位首领后，他下令拖出去打了顿板子（教训一下），就履行了诺言。

就这样，朝廷折腾了几年毫无办法的两广之乱，王守仁先生老将出马，立马就解决了。

这件事情给他赢得了更多的荣誉，朝廷上下一片赞扬之声，但这最后的辉煌也燃尽了王守仁的生命之火，他即将走向生命的尽头。

嘉靖七年（1528）十月，他的肺病发作，在生命垂危之际，他提出了最后一个要求——回家，从哪里来，就回哪里去吧！

可是他的病情实在太重了，要等到上级审批，估计坟头上都长草了，王守仁当机立断，带着几个随从踏上了回乡之路。

但他终究没有能够回去。

嘉靖七年十一月，王守仁到达了江西南安，再也走不动了，这里就是他最后的安息之地。

在临终之前，他的门人聚在他的身旁，问他还有什么遗言。

王守仁笑了笑，用手指向胸前，留下了他在人世间的最后一句话：

“此心光明，亦复何言。”

鸟，我知道它能飞；鱼，我知道它能游；兽，我知道它能走。飞的我可以射，走的我可以网，游的我可以钓。

但是龙，我不知该怎么办啊！学识渊深莫测，志趣高妙难知；如蛇般屈伸，如龙般变化，龙乘风云，可上九天！

对于王守仁先生，我别无他法，只能用这段两千多年以前的文字来描述他，这是他应得的称颂。

他的心学，是中华文明史上的一朵奇葩，是值得我们每个人为之骄傲的财富，他吹响了人性解放的号角，引领了明代末期的思想解放潮流，他的思想流传千古，近代的康有为、孙中山等人都从其中受益匪浅。

除了中国外，他的心学还漂洋过海，深刻影响了日本、韩国等东亚国家，他本人也被奉为神明，受人日日顶礼膜拜，那位东乡平八郎大将就是他的忠实粉丝。

彪炳显赫，自明之后，唯此一人而已。

王守仁的一生，是光明的一生。他历经坎坷，却意志坚定；混迹官场，却心系百姓。他反对暴力和贪欲，坚信正义和良知。

赞：

王守仁是一个高尚的人，一个纯粹的人，一个有道德的人，一个脱离了低级趣味的人，一个有益于人民的人。

他是真正的圣贤，当之无愧。

第二十章　新的开始

聪明的选择

朱厚照死的时候，最忙的人是杨廷和。

公正地讲，王守仁先生虽然是千古难得的圣贤，却并非一个掌握时局的人物，他长期担任中央下派干部，基本不在京城混，这种编外人员实在说不上是朝廷重臣。在那些年中，真正支撑国家大局的人是杨廷和。

在正德十六年（1521）三月的那个深夜，当皇帝驾崩的消息传来后，杨廷和并不悲痛，这并非是他对自己的学生毫无感情，实际上，他根本就没有时间悲痛。

那个风雨欲来的夜里，他会见了两个惊慌失措的人，一个是谷大用，另一个是张永。

他们来的目的很简单，只讨论一个问题——谁当皇帝？

朱厚照兄实在是不够意思，玩够了拍屁股就走了，您倒是轻松了，可是苦了剩下来的兄弟们，这么大个摊子，您倒是给留个接手的人啊！

由于玩得太厉害，朱皇上没生孩子（哪来这工夫），可大明国不能没有皇帝，这下子张永也慌了，他虽然手握大权，毕竟只是个太监，到底该怎么办，他也没主意了，只能跑去找杨廷和。

相对于他们的慌乱，杨廷和先生却是稳如泰山，面对着张永急切的目光，他只是淡淡地说了一句：

“兄终弟及，皇位自然有人接任。”

那么这个接替皇位的人是谁呢？

“兴献王之子，宪宗皇帝之孙，孝宗皇帝之从子，大行皇帝之从弟。”

张永和谷大用这才松了口气。

请注意，以上说的不是四个人，而是一个人，毕竟人家是皇族，祖宗三代是都要说清楚的，要知道，当年为了查实刘备先生的中山靖王之后的地位，找出来的族谱长度堪与大学论文相比。

这个背负着四个身份的幸运儿，名叫朱厚熜。他就是明代历史上统治时间第二长的嘉靖皇帝。

此时的杨廷和自然十分喜欢这位他推举的皇位继承人，但在不久之后，他将会改变自己的看法，当然了，这毕竟是之后的事情。

而现在，看着神情放松、放心大胆准备官升一级的张永和谷大用，杨廷和却板起了面孔：

“事情还没了结。”

是的，正德年间的这一场大戏，还差最后的一幕才能完成。

而这最后一幕的主角，就是江彬先生，他解决了钱宁，但没有能够搞垮王守仁，现在他将面对自己的新对手——杨廷和。

很快，杨廷和发布了命令，解散由朱厚照组建，由江彬操纵的团营，解除了他手中的武装，然后他发布命令，由张永、郭勋等人控制京城防务，严禁任何军队调动。

很明显，这是要动手了，京城很快就陷入了风雨飘摇之中，流言飞语四处乱飞，一贯骄横的江彬也顿时乱了阵脚，慌作一团，不知如何是好，无奈之下只能每天和同伙商量对策。

凑热闹的人似乎也不少，不久之后的一天，京军都督张洪深夜突然到杨廷和的家里，通报了一件事情。

“现在江彬那一帮人正在四处活动，他们可能要造反，首辅不可不防！”张洪用饱含忧虑的语气提醒着杨廷和。

然而，杨廷和却不以为然：

“你不用怕江彬造反，而今天下大定，他以何造反？况且即使他想造反，他的部下也不会跟着他，你多虑了，在我看来，江彬绝不会反！”

张洪看着态度坚决的杨廷和，叹了口气，走了。在他背后为他送行的，是杨廷和那道意味深长的眼神。

他离开了杨廷和的府邸，却没有回家，而是去了另一个人的住处——江彬。

这位张洪是江彬的心腹，他是奉命来打探消息的，得到了暂时无事的保证，江彬终于松了口气。

与此同时，杨廷和却叫来了内阁里的蒋冕和毛纪，准备拟订一个天衣无缝的计划。

很快，江彬接到了一个通知，他获邀参加一个仪式，原来宫里要修工程，按照规定，必须先搞一个祭奠仪式（封建迷信害死人），他老兄也在被邀之列。

这在江彬看来，是一件十分光荣的事情，所以他去了。

江彬先生这一辈子干过很多坏事，害过很多人，用恶贯满盈来形容实在并不过分，现在终于到了还本付息的时候了。

风萧萧兮易水寒，欠了债兮你要还。

带着一大群随从的江彬出了门，直奔皇宫而去，可是到了宫门口，护卫通知他，参加仪式，只能让他单独进去，闲杂人等不得入内。

江彬争了一下，但涉及程序规定，他也就没有再说什么。丢下了所有手下，只身一人进了宫。

从这里也着实可以看出，江彬先生实在不是个读过书的人，要知道，这一招从古用到今，屡试不爽，是宫廷政变、杀人灭口、报仇雪恨的必备绝招，远到吕后，近到朱棣，都是这一招的长期稳定用户。

现在用户名单上又多了一个名字——杨廷和。

江彬进了宫，行完了礼，正准备撤，张永却突然拦住了他，说想请他吃饭。

张永的面子是不能不给的，江彬就跟着他去了，可饭局还没见到，半路上突然跳出来了一个大臣，对江彬说你先别走，还有一道太后的旨意给你。

江彬虽然不读书，却也不是笨蛋，他看了看不怀好意的张永，然后又看着那位准备宣读旨意的大臣，立刻作出了准确的判断。

江彬毕竟是武将，他挣脱了张永的手，拔腿就跑，张永却没有追，只是冷冷地看着他离去的身影。

既然喜欢运动，那就让你多跑会儿吧。

于是江彬先生就此开始了他人生的最后一次长跑。事实证明，江彬先生虽然经常干坏事，但身体素质还是相当不错的，他先是跑到了西安门，可是大门早已关闭。估计这位兄弟没有学过撬锁，爬墙的技术也不过关，一拍大腿，接着跑吧！

江彬选手的长跑素质真不是盖的，全速奔跑之下，他很快就跑到了北安门（顺时针方向），到了地方没人给他掐表递毛巾，却有一群看门的太监等着他。

“江都督，你别再跑了，有旨意给你！”

江彬倒还颇有幽默感，一边跑还一边回了句：

“今天哪里还有什么旨意！”

于是新的一幕出现了，江彬在前面跑，一群太监在后面追，估计江先生也是跑累了，慢慢地被后面的太监选手们追上，于是大家一拥而上，终结了江彬先生企图打破明代田径纪录的幻想。

不知道是太监们过于激动还是心理问题，据史料记载，江彬先生被抓后，身体没受啥苦，胡子却被人扯了个干净。

正德年间的最后一个权奸就以这种喜剧方式结束了他的一生。总体来说，表现得还是相当不错的。

杨廷和终于解决了所有的对手，他确实验证了当年丘浚的预言，此刻国家已经在他一人的掌握之中。

在正德皇帝去世的四十余天里，大明帝国没有皇帝，唯一说话算数的就是这位杨先生，他在皇室子孙中千挑万选，终于找到了那个叫朱厚熜的人。

选择这个人的原因有两个：其一，他的血缘很近，而且据说很聪明，非常机灵。

其二是一个不大方便说出来的原因，这孩子当时只有十五岁，对于官场老手杨廷和来说，这是一个比较好控制的人。

杨廷和的前半生是十分顺利的，他斗倒了刘瑾，斗倒了江彬，王守仁也被他整得够呛，老油条、老狐狸这样的词语已经不足以形容他的智慧和狡诈。

但是这次他失算了，谁说年纪小就容易控制？要明白，圣人曾经说过：后生可畏，焉知来者不如今！

正德十六年（1521）四月二十三日，那个略显羞涩的少年朱厚熜来到了京城，继位成为了新的皇帝，改明年为嘉靖元年，是为嘉靖皇帝。

战无不胜的杨廷和先生那辉煌的前景和未来就将断送在他的手上。